NIKOLAJ FROBENIUS

Vou lhe Mostrar o Medo

O mistério de Edgar Allan Poe

TRADUÇÃO DE
Eliana Sabino

GERAÇÃO

Título original:
Jeg skal vise dere frykten

Copyright © 2012 by Nikolaj Frobenius
1ª edição — Maio de 2013

Grafia atualizada segundo o Acordo Ortográfico da Língua Portuguesa de 1990,
que entrou em vigor no Brasil em 2009

EDITOR E PUBLISHER
Luiz Fernando Emediato

DIRETORA EDITORIAL
Fernanda Emediato

EDITOR
Paulo Schmidt

PRODUTORA EDITORIAL E GRÁFICA
Erika Neves

CAPA
Raul Fernandes

PROJETO GRÁFICO E DIAGRAMAÇÃO
Megaarte Design

PREPARAÇÃO DE TEXTO
Tilso Duchamp

REVISÃO
Leonardo Porto Passos

**Dados Internacionais de Catalogação na Publicação (CIP)
(Câmara Brasileira do Livro, SP, Brasil)**

Frobenius, Nikolaj
  Vou lhe mostrar o medo / Nikolaj Frobenius ; [tradução Eliana Sabino]. -- São Paulo : Geração Editorial, 2012.

  Título original: Jeg skal vise dere frykten.
  ISBN 978-85-8130-109-9

  1. Ficção norueguesa I. Título.

12-09782   CDD-839.823

Índices para catálogo sistemático:
1. Ficção : Literatura norueguesa   839.823

GERAÇÃO EDITORIAL

Rua Gomes Freire, 225/229 – Lapa
CEP: 05075-010 – São Paulo – SP
Telefax : (+55 11) 3256-4444
E-mail: geracaoeditorial@geracaoeditorial.com.br
www.geracaoeditorial.com.br
twitter: @geracaobooks

2013
Impresso no Brasil
Printed in Brazil

Em 1846 ou 1847
conheci alguns textos de Edgar Poe;
experimentei uma emoção singular.
CHARLES BAUDELAIRE

✣

A obra de Poe é bárbara.
HAROLD BLOOM

Edgar Allan Poe

Rufus Griswold

Virginia Poe

Prólogo

GRISWOLD

A igreja

Nova York, 1857

No final de uma tarde de agosto, um homem usando capa caminhava apressado em meio à multidão da Broadway, lançando olhares amedrontados à sua volta. Desviando-se dos passantes, Rufus Wilmot Griswold atravessou o cruzamento a passos ainda mais rápidos, bem na frente de um fiacre que vinha em sua direção. A capa se arrastava pelo chão atrás dele como uma má reputação, e ele a recolheu bruscamente, escapando por pouco das quatro grandes rodas do fiacre.

Broadway cheirava mal, rescendendo a lixo, urina de cavalo e perfume. Havia um enxame de chapéus masculinos e femininos, e vira-latas aparentemente abandonados por seus proprietários miseráveis vagavam na lama.

Griswold abria caminho por entre os moleques, os pregadores, os bêbados com suas garrafas coloridas. À sua frente, uma briga irrompeu entre dois irlandeses em mangas de camisa. Um dos dois havia agarrado o outro pelo colarinho, jogando-o no chão, e lhe cobria o rosto de murros enquanto despejava complicados xingamentos. Apressado, o homem não reparou neles — tinha os olhos fixos na rua à sua frente, como se não houvesse outra coisa no mundo além da necessidade de fugir. Nessa cidade onde, para sua infelicidade, estava então totalmente esquecido, Griswold havia sido um jornalista famoso. Em seu percurso, murmurava:

— O velho voltou... posso sentir... ele está perto...

As pessoas cediam-lhe a passagem; uma mulher voltou-se e chamou atrás dele, um moleque apontou-lhe o dedo enquanto ria de seu rosto transtornado. Ao chegar diante da Primeira Igreja Prebisteriana, que entre a Broadway e a Nassau lançava majestosamente as suas flechas na direção da abóbada celeste, ele estacou e olhou ao redor, depois abriu as portas e entrou no templo. Ali tinha ele o hábito de procurar refúgio quando queria a ajuda do Senhor.

Atravessou rapidamente a nave e foi encolher-se contra uma parede, como se temesse ser descoberto na igreja deserta. Ao cabo de um instante, sentou-se em um banco e ficou a observar o lugar à sua volta; depois recomeçou a monologar, tentando recuperar a calma.

— Você não tem nada a temer. O Senhor o protege...

Mas não continuou. À sua frente, encolhido no chão, o velho, cuja cabeça diminuta e horrorosa estava apertada sob o banco, observava-o com o olhar turvo. Griswold fez um movimento de recuo, como que para se proteger. Depois começou a chorar.

— O que você está fazendo aqui? — perguntou num soluço.

Sob o banco, o velho acolheu a pergunta com um sorriso que parecia mesclar medo e astúcia. Tudo em sua aparência trazia as marcas da pobreza mais extrema, da mais abjeta degradação: calças esburacadas de um tecido grosseiro e um fraque surrado, abotoado até o pescoço, que sustentava uma cabeça cadavérica. A despeito do sorriso, o rosto era triste e o olhar, doloroso. Quando o homem lhe estendeu a mão, Griswold encostou-se um pouco mais à parede, sem tirar os olhos da silhueta deitada a seus pés. No dedo mínimo, um anel com uma pedra vermelha tinha algo de incongruente naquela mão descarnada.

— Diga o que quer de mim!

O outro não conseguiu — ou não quis — responder. Sacudiu a cabeça com a expressão de uma criança obstinada. Ainda mais perturbado, Griswold se levantou e pôs-se a correr por entre os bancos da nave, seguido pelo velho engatinhando. No corredor central, tropeçou em sua capa e caiu de joelhos. O velho o alcançou rapidamente.

— Deixe-me em paz! — Griswold gritou, tentando desvencilhar-se.

Mas o velho grudou-se a ele soltando lamentos, agarrando-se à capa com uma força irresistível, que a Griswold parecia a violência destruidora de um desmoronamento ou uma enchente, uma força da natureza capaz de modificar totalmente uma paisagem e deixá-la irreconhecível. Griswold terminou por perder a força e desabar no piso da igreja.

— Eu não quis prejudicá-lo...

O velho, que ainda estava em cima dele, berrou, apertando a cabeça contra a sua:

— Você quis destruir o patrão!

Inclinou-se para frente e sussurrou algo no ouvido de Rufus Griswold. Por alguns segundos, este tentou calcular o alcance do que acabava de ouvir, e finalmente se convenceu de que uma conjunção maligna estava em curso. Tornou a pousar a cabeça no solo, seu rosto relaxou, o espaço da igreja alongou-se e ele teve a impressão de estar sendo arrastado para a obscuridade das fileiras de bancos.

Uma hora mais tarde, Griswold subia com dificuldade a escada que levava ao seu apartamento na Quarta Avenida, esforçando-se para não perder o fôlego. Dentro de casa, abriu a boca para chamar, mas já não tinha voz. Entrou e se arrastou até o quarto. Uma vez deitado em sua cama, forçou-se a olhar fixamente para uma gravura presa à parede.

Mais tarde, nessa noite de 27 de agosto de 1857, aquele que pouco antes havia sido pastor batista e um jornalista célebre, foi encontrado morto em seu apartamento pequeno e miserável, no número 239 da Quarta Avenida. Havia uma capa enrolada em volta de seus pés; à luz da lamparina da mesa de cabeceira, ele tinha a aparência de um cão encolhido. Suas costas estavam pressionadas contra o papel da parede com muita força, como se tivesse tentado derrubá-la.

Emily, sua primogênita, levantara-se após ser desperta pelos passos do pai no corredor, mas ao chamá-lo não obtivera resposta. Fora bater à porta do quarto dele.

— Papai?

Ele estava inerte. Emily segurou-lhe a mão e sentiu o frio que parecia emanar da pele dele. Inclinou-se sobre o corpo. Ao tocar-lhe o pescoço, disse consigo mesma que o tempo havia martelado aquele rosto como um instrumento grosseiro. A pele era enrugada e marcada, a fronte lembrava o ninho de serpentes evocado por são Paulo, e os grandes olhos estavam abertos, fixos num ponto à frente dele. Emily dirigiu a luz da lamparina naquela direção: o último olhar de Rufus Griswold estava pousado sobre um retrato pendurado no centro da parede...

Era o rosto orgulhoso e maldito do escritor e crítico Edgar Allan Poe. Os retratos de Poe e do pai de Emily haviam sido pendurados lado a lado, como se Griswold quisesse lembrar a amizade que os unira.

Emily contemplou os retratos e pensou: "Como ele pôde esquecer o meu nome?" Deslizou os dedos pela orelha do pai. Sobre a pele fria, ela sentiu o maxilar que apontava para o pescoço.

Na semana anterior, ela havia se aproximado da mesa de trabalho do pai; ele se voltara para ela e abrira a boca para falar, mas não dissera coisa alguma. Remexendo em seus papéis, pegara com ar ausente a xícara de chá preto que ela lhe oferecera, tentando disfarçar, mas ela havia reparado que ele se esforçava para recuperar o nome dela no ar. O nome dela havia desaparecido em meio a todas aquelas palavras na escrivaninha.

Durante vinte anos, seu pai havia trabalhado sobre os textos e as cartas de Edgar Allan Poe, o gênio decaído, e durante todo esse tempo se esforçara por denegrir a imagem do homem em quem seu olhar agora estava fixo. Embora ninguém mais quisesse publicar o que ele escrevia a respeito de Poe, continuara a escrever sobre ele, a lê-lo, a persegui-lo, como se o escritor continuasse vivendo a sua vida detestável nessa cidade, quatro andares abaixo dele. Emily havia escutado as pessoas dizerem que, no afã de manchar a reputação de Poe, seu pai terminara por arruinar a sua própria. Por ocasião da morte do escritor, Griswold redigira um necrológio descrevendo em detalhes o seu aspecto miserável, os sapatos e o fraque surrados, e o evocara errando pelas ruas como um louco, "balbuciando maldições ininteligíveis ou apelos patéticos". Acrescentando: "Mas esse homem jamais amou a si próprio." Emily sentira então uma tristeza indizível, pois aquilo não se tratava de um necrológio, e sim de outra coisa.

Chorando, ela se aproximou do leito, e no mesmo instante foi como se visse o aposento através dos olhos do pai e experimentasse o desespero dele. Disse a si mesma que ele talvez tivesse imaginado que Edgar Allan Poe o encarava com um olhar amistoso. Pousou a cabeça sobre o paletó dele e sentiu a seda puída contra o rosto. Lembrou-se então que, alguns dias antes, folheando um livro de Poe, ele se pusera a ler um poema.

Estavam sentados diante da janela aberta. Da praça abaixo deles chegavam ruídos, murmúrios, o choque das rodas dos veículos sobre as pedras do calçamento. No início ele recitara em tom irônico, mas à medida que avançava, a sua voz se elevara, e Emily compreendera que ele não mais zombava do que lia, mas que algo em sua garganta o impedia de terminar a leitura. Ao se inclinar para observar os olhos dele sob uma mecha de cabelos brancos, ela percebera que eles já não estavam voltados para o livro, e sim vagando janela afora, na direção da praça. Ele havia recitado o poema de cor, como se não existissem outros poemas do mundo.

> Entro co'a alma incendiada.
> Logo depois outra pancada
> Soa um pouco mais forte; eu, voltando-me a ela:
> "Seguramente, há na janela
> Alguma cousa que sussurra. Abramos.
> Eia, fora o temor, eia, vejamos
> A explicação do caso misterioso
> Dessas duas pancadas tais.
> Devolvamos a paz ao coração medroso.
> Obra do vento e nada mais".[1]

Ele voltara-se para a filha:

— Existe uma pessoa.

Emily lhe devolvera um olhar interrogativo.

— Um homem. Está à nossa procura: busca todos que têm ligação com Poe.

Emily não estava entendendo.

— Um velho estranho — ele acrescentara.

O olhar do pai a fizera aproximar-se dele.

— Pensei que ele tivesse partido. Mas voltou — ele dissera.

— Conte-me isso, papai.

— Arrancou os dentes deles.

— Os dentes?

— E os enterrou vivos.

Emily olhava fixamente para o pai, incapaz de dizer uma palavra.

— Todas as ideias dele — Griswold explicara — foram tiradas dos contos de Poe.

---

[1] *"The raven"* (O corvo), de Edgar Allan Poe. Tradução de Machado de Assis. (N. da T.)

— O que está me dizendo?

Mas Griswold contentara-se em balançar a cabeça antes de mergulhar de volta em seus pensamentos.

Emily estendeu-se na cama ao lado do cadáver do pai, na imobilidade angustiada causada pela lembrança daquela conversa.

Muitos anos mais tarde, depois de ter deixado Nova York em companhia do marido para se tornar missionária na África e levar a palavra do Senhor às tribos imprevisíveis do Congo, ainda se recordava do olhar do pai naquela tarde em que ele lhe falara de Poe e do homem que o perseguia, e certas noites, no momento em que a luz se esmaecia, revia o rosto dele no dia que findava. Ela compreendia, então, que um segredo se fora junto com ele e que ninguém a poderia ajudar a descobri-lo.

Eliza

Richmond, Virginia, 1811

A maior parte das terras do estado confederado da Virginia era pobre ou devoluta, mas, apesar disso, Richmond era uma cidade em expansão. Os navios mercantes de Londres, Liverpool, Gibraltar e Nova York vinham ancorar e carregar em seus portos. Na indústria do tabaco, cujos barcos no rio e carroças nas ruas levavam para toda parte o aroma delicioso, os empregos aumentavam proporcionalmente à população. À noite, porém, o mau cheiro vindo dos entrepostos e das usinas espalhava-se pela rua principal, ao longo das vitrines iluminadas dos salões de beleza e das tabernas apinhadas, e entravam por uma janela atrás da qual tossia uma atriz.

Edgar Poe estava parado diante de um leito oscilante. Tinha três anos de idade. A mãe, Eliza — uma mulher de vinte e quatro anos, miúda, com grandes olhos que pestanejavam na direção do menino —, estava estendida na cama. Abalada pelos acessos de tosse, ela sufocava sob a coberta. Edgar olhava para ela, braços ao longo do corpo. De vez em quando fechava os olhos, como que para abafar o ruído daquela tosse.

Na penumbra, Eliza parecia espantosamente pequenina: uma criança com olhos de adulta. Era bela como uma boneca, e aquela cena — uma mulher doente olhando fixamente para o filho — poderia fazer parte de uma das peças teatrais em que ela atuara desde os nove anos, por todo o país.

Como protagonista, ela havia cantado "A garota do mercado" e arrancado tempestades de aplausos. Embora a vida no teatro fosse sórdida e degradante, os críticos de então escreviam que ela era "pura como uma estátua de mármore", "formidavelmente bela e talentosa".

Ela representara em Charleston, na Companhia de Teatro Novo da Filadélfia, em Baltimore, Boston, Washington, Norfolk e Richmond. Apresentara-se em todos os lugares imagináveis, para operários barulhentos e bostonianos arrogantes. O primeiro grande papel shakespeariano, Ofélia, ela havia interpretado aos quatorze anos no Teatro Southwark. Cinco anos mais tarde, tendo adotado o sobrenome do marido na época em que os dois atuavam no Teatro da rua Federal, em Boston, ela se tornara a sra. Poe. Três filhos nasceram dessa união. Depois ela foi abandonada pelo marido, um bêbado sem talento, o que não a impedira de participar de centenas de espetáculos: comédias, tragédias, espetáculos de dança, comédias musicais, espetáculos de variedades, festas comemorativas.

Quando voltou para o teatro de Richmond, em 1810, foi acolhida como uma estrela de primeira grandeza por um público conquistado pelo brilho do seu encanto. O crítico do *Richmond Enquirer* escrevera:

> Quando ela entrou em cena, foi acolhida por tempestades de aplausos, e nem uma única vez ela decepcionou seu público. Foi uma explosão de gritos de entusiasmo: "Que criatura fascinante!", "Meu Deus, que linda cintura!", "Que delicadeza!", "Que encanto! Que expressão!".

Ela estava agora sentada na cama, apoiada em quatro travesseiros, o rosto iluminado pela luz baça de um lustre. Tinha os braços dobrados em volta do pescoço como para aprisionar a tosse entre eles e assim apaziguar o seu sofrimento. Os cabelos caíam sobre seu rosto úmido de suor, e ela se balançava sem cessar para frente e para trás, tentando acalmar o turbilhão em seus pulmões.

Nessa noite ela segurou o médico pela gola da sobrecasaca, puxando-o para si com todas as suas forças. Seus olhos, sobre os quais um crítico havia afirmado serem "os mais doces e expressivos da América", percorreram o rosto do médico, enquanto ela murmurava:

— Vou viver até amanhã?

Ele refletiu por alguns minutos, balançou a cabeça afirmativamente e se apressou em deixar o quarto.

O *Mycobacterium tuberculosis*, o capitão da morte, havia anos retalhava seus pulmões como pequenas facas. Agora, quando ela tossia, o sangue jorrava do nariz e da boca. Na véspera, este parágrafo aparecera no *Richmond Enquirer*:

APELO A UM BOM CORAÇÃO

Esta noite a sra. Poe jaz em seu leito de sofrimento, rodeada de seus três filhos. Pela última vez, sem dúvida, ela pede ajuda a vocês. Não haverá ocasião de recorrer de novo à generosidade do público de Richmond. Para mais informações, ver as notícias do dia.

Muitas pessoas generosas de Richmond haviam ajudado, a família recebera comida, dinheiro e medicamentos. Dali em diante, a única preocupação de Eliza era que seus filhos não fossem parar em uma casa de caridade. Todas as noites, na sua agitação, ela lhes havia falado dos pais adotivos que viriam buscá-los.

— Mas onde estão eles? — murmurava.

Seriam deles os passos que se ouviam na escada? A noite teria findado?

— Já começou o quinto ato?

Ela cochilava, depois abria os olhos e ficava por um instante totalmente desperta antes de tornar a adormecer.

Onde estavam os pais adotivos?

— Por que estão atrasados?

Quando ela abriu os olhos de novo, era dia claro.

O médico se inclinou sobre ela e disse, numa voz que lhe pareceu desagradavelmente alta, que "pessoas de bom coração" iriam encarregar-se de seus filhos. Eles não poderiam morar juntos, porém, ele assegurava, estariam todos em boas mãos.

— Mas onde, então? — ela replicou em tom amargo, encarando-o.

Henry seria acolhido pela família Poe em Baltimore, ao passo que Rosalie iria morar com os Mackenzie em Richmond. O homem de negócios John Allan e sua esposa Fanny haviam finalmente confirmado que acolheriam o pequeno Edgar.

Edgar estava perto da porta: inclinado para frente, encarava a mãe com o olhar sombrio e atônito que ostentara desde o seu nascimento.

— Edgar — ela chamou, passando a mão pela boca; ao retirá-la, tinha os dedos pegajosos de sangue.

O menino postou-se diante dela e lhe estendeu a mão. Ela a segurou.

— Dói? — ele quis saber.

Ela não conseguiu reprimir uma risada chocha, mais parecendo um soluço.

— Não, filhinho — assegurou.

— Que barulho é esse no seu peito?

Ela apertou um pouco mais a mão dele.

— É o vento vermelho — disse —, o vento que sopra através dos seres humanos.

— É perigoso?

— É ele que sopra a vida no nosso peito, e sopra novamente para expulsá-la. Não somos senhores de nossa própria casa — murmurou, fechando os olhos. — Esta espécie de... vento... é ele o senhor.

Edgar a encarou, surpreso.

— É assim comigo também?

— Sim, ele está em cada um de nós.

— E é ele que expulsa a vida de cada um de nós?

— Sim.

Eliza desejava dizer mais para confortá-lo, mas foi obrigada a se dobrar em duas para tossir. Ao reerguer a cabeça, percebeu que Edgar havia escondido o rosto nas mãos.

— Edgar.

— Sim?

— Pode ir até a cômoda e pegar a tesoura?

Edgar obedeceu, as mãos tapando o rosto.

Eliza desfez um cacho das suas tranças, cortou uma mecha e a estendeu para o filho.

— Quando eu não estiver mais aqui, você vai guardar este cacho, está ouvindo?

— Sim, mamãe.

— Daqui a algumas horas seus novos pais virão buscá-lo. Você vai morar na casa deles, Edgar. Eles se chamam Fanny e John Allan.

Edgar balançou a cabeça várias vezes em sinal de aprovação.

— E, Edgar...

— Sim?

— Impressione-os.

Edgar assentiu novamente.

— Agora, pode ir chamar Henry para mim, por favor?

Henry e Rosie esperavam do lado de fora do quarto, sentados lado a lado. Edgar se aproximou do irmão mais velho e pousou a mão em sua cabeça. Henry ergueu os olhos e lhe dirigiu um olhar furioso. Edgar lhe indicou o leito da mãe.

— Agora é você.

Henry levantou-se. Rigidamente, como um velhinho, entrou no aposento.

Edgar e Rosie sentaram-se juntos no chão. Ouviram a tosse de Eliza, que atravessava a casa como um cavalo. Edgar cobriu as orelhas com as mãos.

— O vento chegou — murmurou.

Rosie não escutou: ela também apertava as mãos sobre as orelhas.

À exceção da tosse de Eliza, tudo estava calmo na casa. Nem um sopro passava pela janela. Nenhum vento nas árvores, nenhum ruído vindo da rua. Nenhum eco de voz. Apenas lhes chegava o ruído do vento abominável dos pulmões de sua mãe.

Rosie e Edgar adormeceram sobre uma coberta no corredor.

O menino sonhou com uma casinha escura nos pulmões de Eliza.

Na casa dos pais adotivos, Edgar descobriu outra existência: riqueza, ordem, indiferença. À noite, ele despertava deitado no caixão de sua mãe, no meio dos restos dela, ossos e poeira. Como fora parar ali? Respirava os cabelos dela. Dirigia-se a ela em murmúrios, porém não obtinha resposta. Os ossos dela estavam mudos. Ele queria esmurrar a tampa do caixão, dar-lhe pontapés, mas não conseguia mover as pernas, do pescoço para baixo seu corpo perdera a sensibilidade. A escuridão o envolvia como um grande cobertor. Ele queria sair, mas não conseguia se mexer.

— Ajudem-me a sair daqui!

Acordava com a mãe adotiva sentada na beirada da sua cama. Fanny Allan estava imóvel, um pouco constrangida.

— Você precisa ficar quieto à noite, Ned — disse em tom confidencial.

Ela o chamava de Ned.

— Entendido? O sr. Allan precisa dormir.

Um gesto de cabeça para a sua nova mãe.

— Sim, mamãe.

O medo está constantemente emparedado dentro de nós, ele pensaria anos depois. Durante o dia procuramos dissimulá-lo, mas à noite os nossos pensamentos tomam o poder. Tudo o que fazemos é governado pelo medo ou pelo desejo de nos livrarmos dele.

I

*Filadélfia – Nova York,
1841-43*

POE

Uma carta

Filadélfia

Tem trinta e dois anos e ainda não se tornou um escritor famoso. A cada dia que passa ele sente a iminência da catástrofe. Em breve será tarde demais: ele será definitivamente rejeitado, ridicularizado, esquecido, lançado a um abismo de anonimato onde repousará, semivivo, semimorto, sem a menor esperança. A pretendida "vida de escritor" não é mais que um curto episódio no longo e estranho registro das misérias da vida humana.

O momento de glória vai forçosamente acontecer um dia, bom Deus! Cedo ou tarde Edgar terá sucesso e impressionará todo o mundo. Seus poemas e seus contos são excepcionais, ele sabe disso, seus textos são melhores que os de qualquer outro poeta de sua geração. No entanto, a fama se faz esperar e ele escreve sempre sob o aguilhão da pobreza.

Aos dezesseis anos já havia decidido tornar-se um escritor famoso. Nada poderia impedi-lo, nem os pais adotivos, nem os professores, nem o ciúme, a hostilidade, o desprezo.

— Eles não me enxergam — cochichava ao seu amor da juventude, uma moça morena, melancólica, que respondia pelo nome de Elmira. — Não enxergam o meu talento.

— Não — ela murmurava, cobrindo-o de beijos sob as árvores do Ellis Garden.

— Como podem ser tão cegos?

Dezesseis anos mais tarde, ele ainda não atingiu o objetivo que se sente capaz de alcançar. A celebridade demora a chegar. Ele não está em parte alguma, e ao seu redor, tudo é cada vez mais anônimo.

"Que inferno! Por que as coisas não começam?", diz a si mesmo todas as manhãs ao sair da cama. "Não tenho tempo para esperar!"

Mas o que fazer para atrair atenção? Quem sabe? Alguém afirmou que seus textos são demasiado cruéis, demasiado dissonantes. Contudo, ele descreve o mundo tal qual o vê. Estamos todos amarrados ao mastro de um navio: enquanto as gaivotas nos bicam, tentamos nos comportar como pessoas educadas e civilizadas. Perdemos o nariz e os olhos e o disco solar mergulha no mar. Enquanto as ondas varrem o convés, desejamos ardentemente o fim.

A humanidade é medrosa e autodestrutiva. Os personagens não podem ter nas suas obras outra aparência senão aquela que têm na realidade.

Ele não é um fantoche, nem um catavento que gira ao sabor da moda. Ele é um ataúde insano à deriva no mar.

Edgar e sua jovem esposa, Virginia, residem agora na Filadélfia.

Sua consagração como escritor está próxima, ele explicou a ela. A América logo erguerá o olhar para seus textos.

Quando fica sabendo que Rufus Griswold, figura predominante do jornalismo e da crítica, se encontra na cidade, prontamente lhe escreve para propor um encontro.

Filadélfia, 2 de maio de 1841

Caro senhor Rufus Griswold,

    O senhor George R. Graham, proprietário do *Graham's Lady's and Gentleman's Magazine*, jornal no qual sou redator, em muitas ocasiões me falou do senhor e do seu trabalho. A minha curiosidade foi tanto mais despertada pelo fato, devo confessar, de que sou com frequência tentado a avaliar cada "acontecimento" literário neste país com a maior cautela possível. Ora, em relação à sua antologia da poesia americana, não estou em condições de sentir outra coisa senão simpatia. Como julgo que temos interesses comuns em muitas esferas, gostaria de lhe propor um encontro. O senhor estaria disposto a encontrar-me no Jones Hotel na quarta-feira ao meio-dia?

Respeitosamente,

Edgar Allan Poe

GRISWOLD

No fiacre

~

Filadélfia

No veículo que o conduz ao hotel, ele fecha os olhos e instantaneamente se sente tomado por turbilhões de claridade e escuridão. Embora quase sempre fatigado, jamais dormindo o suficiente, apenas algumas horas por noite, seu espírito não se deixa entorpecer. Ele sempre suspeita da zona entre a vigília e o sono, propícia ao surgimento de pensamentos deletérios. No entanto, logo que submetido ao ritmo do movimento do fiacre, ele mal resiste à tentação de adormecer.

Durante toda a noite, Rufus Griswold permaneceu sentado diante de sua mesa de trabalho lendo os poemas desse tal Poe que ele iria conhecer.

— Terrível, terrível — murmurava, embora sem conseguir afastar os olhos da leitura.

Havia naqueles poemas uma atmosfera que o escandalizava — não somente a falta de moral, mas alguma coisa que ele tomava como sacrilégio —, porém não se decidia a parar de ler. Quanto mais se irritava, mais crescia a sua curiosidade. Não há Deus no mundo de Poe, dizia a si mesmo. Por que ler poesia sobre a morte, o mal, os sonhos, os baixos instintos... e, ao mesmo tempo, por que ele não havia conseguido interromper a leitura antes das cinco horas da manhã?

Durante alguns segundos, ele fecha os olhos e descansa as mãos sobre os joelhos. O ar da rua lhe chega ao rosto pela janela do fiacre: um cheiro agridoce de maçãs ou de ameixas podres o transporta ao jardim que bordejava a casa da família em Hubbardton, Vermont, onde sua mãe, Deborah, enterrava o lixo no fundo de um buraco na terra, ao pé do sicômoro. Sentado ali no fiacre, vê a paisagem pela janela do seu quarto, no segundo andar da casa onde cresceu.

Saiu da cama ainda escuro, foi até a janela e a abriu para contemplar o lago Gregory. Seguiu com os olhos as nuvens que formavam imagens acima das árvores. Um menino sufocando em seu berço. As mãos, os pés, os pedaços do corpo esparramados no céu. Rufus imaginava os olhos de Deus. A mãe segurava a Bíblia na frente do rosto. Ele se inclinou e olhou para ela por baixo do livro. Ela lia. Ele pronunciou as palavras ao mesmo tempo que ela: "porque ele enxerga até as extremidades da Terra, ele percebe tudo o que há sob o céu". De olhos fechados, Rufus se imaginou cego. Fechou a janela, deitou-se na cama e se escondeu debaixo das cobertas, encolhido como uma bola. Quando Deus viria destruí-lo?

Estava decidido a ser obediente e seguir as severas recomendações da mãe. Porém, quanto mais refletia sobre as regras e as ordens maternas, mais forte era a certeza de que alguma coisa o forçava a transgredi-las. Ninguém dava à mãe tanta preocupação quanto ele. Violava as regras sem saber por que agia desse modo, sem saber o que procurava, o único a desobedecer quando todos os demais obedeciam. "Quero ser um bom cristão", dizia a si mesmo enquanto acariciava seu gato de três patas, branco como giz. "A partir de amanhã não minto mais", decidiu, "não me preocupo mais com os olhos de Deus, nem com as letras do alfabeto no céu estrelado. A partir de amanhã serei um menino obediente e cumprirei as minhas promessas. Amanhã cedo, quando acordar, serei outra pessoa." No entanto, pensava ao mesmo tempo: "Amanhã à noite estarei aqui pronunciando estas mesmas palavras". Desde pequeno, Rufus sabia que faria alguma coisa terrível; simplesmente não sabia o que seria.

Um buraco na rua sacode o veículo. Rufus salta no assento, depois se endireita, dizendo a si mesmo que é um "sonhador desesperado". Não consegue deixar de pensar nos episódios de sua vida que deveria esquecer, mas que fazer? Deixar de pensar? Um dia aconteceu-lhe resolver que iria deter o funcionamento do seu cérebro. Isso foi depois de ter sido obrigado a fugir da casa de seu amigo de infância, George Foster, de Troy. Tinha acordado na cama dele com o braço nu de Foster rodeando seu peito e o corpo do amigo colado ao seu; levantara-se, arrumara as suas coisas e correra durante muito tempo, atravessando a cidade antes do nascer do sol. Durante vários dias, vagara sem saber onde estava. E então, certa noite, escutara a voz de Deus vindo da copa das árvores: "Serás meu instrumento. Distinguirás o bem do mal". Em lágrimas, Rufus caíra de joelhos e agradecera ao Senhor.

George Foster lhe havia escrito pedindo para retomarem o contato, mas Rufus não queria relações com George Foster e o seu abominável "amor".

Bem que gostaria de ser um dos instrumentos de Deus; quanto a parar de pensar, jamais havia conseguido.

Ele pega a sua pasta no chão e a coloca sobre os joelhos; apoia o polegar na fechadura, que se abre com um ruído seco, e espia o interior.

Nesses últimos tempos, recebia muitas resenhas elogiosas das obras de Edgar Allan Poe. A primeira vez que havia lido um dos contos dele, publicado pela *Burton's Magazine*, ficara muito feliz. O título era "William Wilson" e finalizava com estas palavras: "quão cruelmente você se matou". Trata-se de uma representação do espírito, Rufus dissera consigo mesmo na ocasião: a consciência de um homem perseguido por uma sombra melhor do que ele próprio. No seu entender, o autor descrevera muito bem o horror que pode acabrunhar a alma de um ser humano corrompido. Sabe quanto custa fugir de si mesmo e fugir de seu Deus. Assim, Poe havia descrito uma coisa que era familiar a Rufus, e Rufus resolveu ler outras obras daquele escritor. Mas a leitura de "Berenice" o deixara fora de si. Que lamaçal! Um conto a tal ponto desprovido de espírito, sanguinário, artificial: não podia acreditar que um homem civilizado pudesse ter escrito tal coisa. Um esgoto asqueroso. O que pretendia o autor ao arrancar os dentes da boca daquela infeliz para jogá-los displicentemente no chão? Qual o sentido em chafurdar no mal e na aflição? Não era dever do escritor tratar de assuntos apropriados para armar moralmente o leitor contra as tentações do mundo? Ah! Havia lançado o conto ao chão e o pisoteado. Depois o recolhera e desfolhara as páginas para jogá-las uma por uma na cesta de papéis. Durante vários dias, o sentimento de ter sido traído pelo autor o atormentara até o mais profundo da sua alma. O simples nome "Berenice" lhe causava mal-estar. Pusera-se de joelhos para pedir a Deus que o preservasse do desvario, do pecado e da barbárie, e, em considerável desespero, sussurrara à esposa: "Só a submissão ao Senhor pode nos afastar do caos".

Então, muitos anos mais tarde, quando trabalhava em sua antologia, na qual fora obrigado a incluir a poesia de Edgar Allan Poe, viu-se forçado a se interessar novamente por aquela narração de desafio à natureza, e se espantou ao perceber que a trazia gravada na lembrança, tão nítida como se a houvesse lido alguns dias antes. Assim, ao ler um artigo de jornal que relatava um acontecimento macabro ocorrido num cemitério nova-iorquino, ele imediatamente pensou no conto de Poe e sentiu crescer dentro dele a mesma ira desesperadora. "Nada disto é verdade, não quero mais pensar no assunto", decidiu, descartando a reportagem e voltando aos poemas.

Redator de uma antologia importante, ele decerto compreendia que a leitura de poesia que lhe "corrompia a alma" fazia parte do seu trabalho, mas lhe desagradava — ainda mais depois que voltou à sua lembrança o conto abominável. Daí em diante, passou a viver com o sentimento de que Poe o tinha "prejudicado".

Ele retira da pasta o último poema lido na véspera, "A cidade no mar": "Olhai! A Morte um trono para si edifica..."

— O trono da morte, pois sim — murmura, recolocando a folha no lugar e fechando a pasta.

Naquela noite, a cada poema "reverberante" que lia, crescia nele o maravilhamento à medida que o desesperava a sua impotência em resistir ao seu fascínio.

— Que fazer com esta imundície que me atrai? — sussurrava às páginas do livro. — Este veneno, esta decocção de paganismo!

O que Poe escreve é indigno de um homem respeitável. Ele escreve com o gozo do medo, aborda o sofrimento e a queda, mas sem Deus e sem moral; não é um cristão que escreve tais coisas, é um adorador das trevas, alguém que não tem outro deus senão ele próprio e sua sombra, e que não parece em momento algum em condições de elevar-se moralmente acima do seu desejo de escrever tão "melodiosamente".

Não! Era exatamente essa poesia que Rufus devia e queria combater, tornando-a ridícula. Era seu dever providenciar para que não fosse lida! No entanto, continuava lendo, linha após linha, como se uma vontade perniciosa atraísse o seu olhar para aquelas páginas, sem que ele fosse capaz de desviá-lo. Ao longo da leitura, veio-lhe a ideia de que talvez não se tratasse de uma lacuna nos poemas de Poe. O amoralismo que transbordava deles era, segundo todos os indícios, inteiramente deliberado: era "o pecado fulgurante".

Que queria dizer com aquilo?

> Olhai! A Morte para si um trono edifica
> Em uma cidade solitária e terrífica
> Muito adentro do sombrio Ocidente,
> Aonde os piores e melhores de toda a gente
> Foram-se ao seu repouso permanente.[2]

---

2 "*The city in the sea*" (A cidade no mar). Tradução de Paulo Schmidt. (N. da T.)

A descrição da morte da alma é vulgar e bárbara.

O ritmo é diabólico.

Rufus dá uma olhada na rua e percebe que o fiacre está imóvel. Já haviam chegado ao Jones Hotel.

Um pouco febril, ele se dirige à entrada.

De rosto coberto por um véu negro, uma mulher que sobe os degraus atrás dele o interpela em voz baixa. Surpreso, Rufus volta-se para ela e murmura:

— Como disse?

Mas a viúva não presta atenção nele e, de olhos baixos, atravessa a porta envidraçada. Rufus a segue e chega à recepção. Ainda acompanhando com o olhar o véu, esfrega as botas uma na outra, deitando poeira, barro e sujeiras variadas sobre o tapete. Em seguida, seus olhos se dirigem para um homenzinho macilento, vestido de negro, de costas para ele, parado em frente ao balcão da recepção, e imediatamente Rufus resolve dar meia-volta. Os críticos que falassem bem de Poe com toda a veemência que quisessem e acusassem Griswold de ter perdido o juízo, mas para ele é uma questão de princípios. Poe não é um bom cristão. De modo algum. Aquele idólatra terminará na danação eterna e a antologia ficará muito bem sem Edgar Allan Poe.

Com ar resoluto, Rufus dirige-se para a saída.

POE

Jones Hotel

Filadélfia

— Senhor?

Edgar tenta chamar a atenção do homem que se dirige à saída.

— Senhor Griswold? É o senhor?

Já na porta, o visitante se volta.

— Senhor Poe? Sinto muito, não o tinha visto — diz.

Griswold dirige-se de novo à recepção. Carrega uma pasta de couro com fecho brilhante. Está vestido com apuro, os cabelos negros puxados para trás. O olhar é tal qual o haviam descrito, como que iluminado por dentro.

— Bem, aqui estou — sibila Edgar, encarando o seu interlocutor direto nos olhos.

Griswold aperta-lhe a mão sem tirar a luva.

Edgar está com fome. No café da manhã, comeu somente algumas tâmaras deliciosas trazidas do mercado por tia Muddy, e ainda conserva o perfume delas na boca. É meio-dia. Por Deus, a fome lhe provoca vertigem... será que algum dia deixará de importuná-lo? Nunca é tarde ou cedo demais para tirá-lo do sério. Que pode fazer senão tentar suportar essa longa e miserável viagem com pelo menos uma fachada de graça e dignidade? Evidentemente, a sina do escritor na América é atravessar com serenidade estoica essa tempestade de acasos absurdos e de cinismo vulgar que constituem o cerne do que é chamado de "literatura americana". É preciso jogar o jogo, mas não ter ilusões: é só isso, um jogo relativamente cômico para homens e mulheres presunçosos. Durante meses ele sonhou em conhecer o homem que agora se encontra à sua frente. Será Griswold o instrumento da sua fama? Poderá ser?

— Que tal irmos ao bar — diz.

Dá meia-volta, avança e ouve os passos do jornalista atrás de si. Diante do balcão, olha para as garrafas de vinho e de uísque perfeitamente alinhadas nas prateleiras e se dirige ao garçom:

— Pode nos levar chá para a mesa perto da janela?

— Naturalmente, senhor — responde o homem em tom infeliz.

Edgar olha para os olhos dele, onde uma inflamação criou uma película amarelo-clara, obrigando-o a apertá-los de maneira estranha e um pouco cômica. Em seguida, vira-se para Rufus Griswold.

— Bebe chá, senhor Griswold?

Griswold assente com a cabeça. Um cacho de cabelo cai sobre sua testa, ele o empurra para trás com a mão enluvada.

Vão sentar-se a uma mesa diante da janela.

— Adoro me sentar aqui e observar os rostos na rua — revela Edgar, acomodando-se. — Não gosta disso? Observar?

Griswold o contempla com ar de desconfiança. O que se passa na cabeça do distinto jornalista nesse instante? O que ouviu falar sobre Poe? O que há nesse olhar inquiridor?

— Observar?

— Sinto muito. Queira desculpar a minha falta de jeito. Sabe, meus pensamentos estão alhures. Minha querida esposa, Virginia, minha Sissy, está doente, e não consigo me concentrar totalmente em outra coisa que não seja a saúde dela. Trata-se de uma veia que se rompeu enquanto ela cantava. Coitada, ela nunca mais foi a mesma. É como se alguma coisa estivesse a devorá-la, em breve não mais a reconhecerei. Dito isto, o que perguntei, Griswold, era se o senhor também gosta de observar os rostos na multidão.

Griswold sorri sem sorrir de verdade. Edgar sabe que ele é pastor e, embora jamais tenha exercido o ministério, tem um rosto que exprime piedade e unção sacerdotal.

— O senhor ainda trabalha no *Daily Standard*?

Gesto afirmativo de Griswold, que nada acrescenta. Edgar se inclina um pouco sobre a mesa.

— Julgo ter entendido que o senhor está trabalhando em uma antologia da poesia americana. Eu mesmo já pensei muitas vezes na necessidade de reunir as melhores vozes da América para demonstrar que não somos piores que os escritores europeus.

— Com certeza.

— Esta é a razão pela qual o seu trabalho é de tamanha importância, senhor. Não creio que se possa louvá-lo o suficiente.

Rufus está pouco à vontade, ou pelo menos dá essa impressão; o elogio não terá sido um pouco excessivo? Não teria sido demasiado bajulador, e suas intenções, por demais evidentes? Edgar fica um momento em silêncio.

— Sejamos menos formais, Poe — diz Griswold.

Edgar concorda.

— Eu leio — acrescenta Griswold, que evidentemente não quer dizer mais.

Edgar, levemente inclinado sobre a mesa, fixa no rosto de Rufus seu olhar sombrio e perscrutador.

— E o que o senhor lê?

— James Russel Lowell, Longfellow, Whittier, Charles Fenno Hoffman — Griswold recita com reverência.

— Ah, meu Deus! — a expressão escapa da boca de Edgar, que torna a recostar-se na cadeira. Já devia saber: Griswold não passa de mais um texugo com ambições literárias.

O garçom chega bem na hora, com o chá e as xícaras.

— *Darjeeling*, senhor. Espero que aprecie.

— Obrigado, muito obrigado.

— Alguma objeção? — Griswold pergunta, enquanto o garçom serve o chá apertando os olhos.

— Não, não, Lowell escreveu alguns versos bons.

— Alguns versos bons?

Edgar não reage e não sente necessidade de se desculpar. É verdade que na Filadélfia corre o boato de que ele jamais sorri. É incorreto, ele sorri com frequência. Porém, não a um reverendo como Rufus Griswold.

— Meu caro Poe — começa Griswold com o tom afetado que o caracteriza —, o senhor escreveu um dia, no *Burton's Magazine*, que a poesia de Lowell e a de Longfellow são o que temos de melhor na América.

— Sim, sim, sim. Não vamos discutir — Edgar replica com bastante afabilidade. — Não tenho a menor intenção de ser desrespeitoso. Mas se o senhor leu o que escrevi no *Burton*, terá entendido também que o professor Longfellow carece de originalidade. "Missa do Galo para o ano que morre" é um plágio puro e simples de Tennyson, que foi, este sim, um grande poeta. Aliás, para quem lê com atenção, seu "Cidade sitiada" é espantosamente semelhante ao meu "Cidade no mar". Esse homem é um plagiário.

— Absurdo! Algumas semelhanças incidentais entre o poema de Longfellow e "A morte do ano velho" de Tennyson são coincidências — Griswold protesta. — Ouvi o professor Longfellow ler o próprio poema com o estilo discreto pelo qual é célebre. Não posso acreditar que ele tenha plagiado o poema de Tennyson.

— Não se deve julgar a árvore pela casca — replica Edgar, que sente vontade de sorrir, mas se contém.

— Que quer dizer?

— Partes da poesia de Longfellow são quase verdadeiras.

— Quase verdadeiras?

— A poesia autêntica é verdadeira de outra forma.

— Que diabos o senhor quer dizer?

— Escute-me por um instante — Edgar pede, enquanto torna a encher as xícaras de chá. Precisa manter a calma para que a conversa não degenere. — O sentimento da beleza é uma parte importante do conhecimento humano, concorda comigo? A beleza nos cerca de todos os lados, mas o simples registro da beleza não é por si só poesia. Aquele que se contenta em recriar as formas que rodeiam todos os homens não vive segundo os critérios da verdadeira poesia.

— O senhor fala como um livro — comentou Griswold, que mantém os olhos fixos em seu chá.

— É possível — diz Edgar. — Permita-me explicar. A sede de beleza está na natureza de todos os homens... e essa sede é a prova de que estamos vivos. A mariposa aspira à luz: se chegar perto demais do sol, incendeia-se e... morre, não é mesmo? A verdadeira poesia não busca apenas a beleza que se encontra em volta de nós. Ela tenta agarrar o que está além.

Enquanto fala, Edgar sente a intensidade em sua voz.

— Além do quê?

— O que existe além do túmulo?

— Sinceramente, Poe...

— O verdadeiro poeta busca o que não sabemos.

Griswold passa a mão sobre o rosto várias vezes.

— Num dos seus poemas, o senhor fala do "pecado fulgurante", em outro, do "trono da morte". O Inferno que presta homenagem. Como se o Inferno... enfim, como se ele fosse...

Sem erguer o olhar de sua xícara de chá, recita:

E quando, em meio a sobre-humanos gemidos,
Assentar-se a cidade no fundo mais profundo,
Os Infernos, de mil tronos soerguidos,
Far-lhe-ão reverência perante o mundo.[3]

— Poe, não é dever do poeta mostrar-nos o bem?
— Não, não. O senhor não compreende. — Edgar não tira os olhos do rosto do seu interlocutor.
— O que eu não compreendo?
— A poesia é uma invenção rítmica da beleza. A beleza é o único objetivo da poesia. A verdadeira poesia, para começar, nada tem a ver com isso de que se fala. Seu único juiz é o bom-gosto. Nem o intelecto nem a moral contam para ela. Sua única preocupação é a beleza.
— A sua definição de beleza, ouso esperar, tem uma ligação com o bom e o justo?
A voz de Griswold é trêmula.
Edgar bebe seu chá, mas não responde. Já devia saber que fazer um pastor compreender a razão é um exercício absurdo.
— Fora do bem, não compreendo qual a razão de ser da poesia.
— A beleza... — Edgar começa, posando a xícara com violência no pires, que se quebra juntamente com a asa da xícara. "Mas que lugar é este?", ele pensa, nervoso, empurrando os cacos para o lado. "Por que a louça daqui tem de ser tão frágil?"
— Agrada? — Griswold completa.
— A beleza é sombria e incômoda — ele corrige, contendo a irritação. — Só depois de ter compreendido isto é que o senhor pode escrever um bom poema.
Griswold olha para o pires quebrado sobre a mesa.
— Esta atração pela beleza e pelo perigo, isso não será um cântico às catástrofes... e ao... Por que esta raiva, Poe?

---

3   "The city in the sea" (A cidade no mar). Tradução de Paulo Schmidt. (N. da T.)

— Não sei — responde Poe, desconcertado. — Para ser honesto, não sei. O senhor compreende, não tenho um temperamento... fácil de controlar.

Griswold agora se inclina sobre a mesa. Alguma coisa mudou em seu olhar: surgiu um elemento calculista que estivera ausente na conversa.

— Conheço isto, eu também — disse em voz baixa. — É como um raio que me atinge... então perco a cabeça, compreende, a cólera cega-me de uma maneira aterradora. E enquanto estou nesse... nesse estado de espírito... essa luz... sinto que Deus está em mim, que Ele sopra em mim e me projeta num turbilhão de luz furiosa que pode destruir tudo em seu caminho, destruir este mundo do homem presunçoso, virá-lo de cabeça para baixo, e tudo se passa como se Ele quisesse me mostrar, me dizer que... tudo isso nada mais é do que um sonho que ele pode varrer como um simples grão de poeira. Está compreendendo?

Edgar olha para o jornalista com espanto e se contenta em balançar longamente a cabeça, como se aprovasse totalmente o que o outro acabava de dizer.

— Desejo-lhe boa sorte nessa importante missão, Griswold. Agora me escute. Entre os meus poemas, há três cujos títulos vou lhe dar e que o senhor deveria, penso eu, ler com mais atenção que a que dedicou, me parece, à leitura de Charles Fenno Hoffman.

Griswold abre a boca para tentar interpor uma palavra, mas Edgar prossegue, sem se perturbar:

— "A adormecida"[4] é um dos meus melhores poemas. Quase perfeito, do ponto de vista rítmico. Verdadeiramente encantador. Gostaria de lhe recomendar também "Para Helen".[5] Foi escrito para uma mulher

---

4   *"The sleeper"*. (N. da T.)
5   Título original: *"To Helen"*. Poe é autor de dois poemas com este nome. O primeiro, publicado em 1831, homenageava Jane Stanard, mãe de um amigo de infância do escritor; o segundo poema foi publicado em 1845 e dedicado a Sarah Helen Whitman, com quem Poe quase se casou. (N. da T.)

que um dia me ensinou que pode existir dentro de uma pessoa uma formidável disposição para o amor. Por fim, eu adoraria que o senhor relesse "A cidade no mar". Decerto verá que estudei Byron e Tennyson e que procuro superar as descrições que eles fazem da beleza e da morte.

Com as duas mãos, Edgar torna a encher a xícara intacta de Griswold e a paródia de xícara, sem alça e sem pires, que é a sua. A vidraça fica coberta de vapor.

— Este chá é realmente muito bom — comenta.

— Como disse? Ah, sim, é excelente.

Griswold parece prestes a dizer algo, mas se cala.

— Vou reler seus poemas — declara, após um silêncio. Em seguida, inclina-se e retira um envelope da pasta. — Senhor Poe, o senhor tem numerosos admiradores. — E pousa o envelope na mesa.

— É mesmo?

— Esta reportagem, veja o senhor, perturbou-me bastante depois que a li... e... para ser franco, não sei o que pensar disso...

Edgar pega o envelope, abre-o e retira um recorte do *Sun* de Nova York, 30 de abril de 1841.

Terrível descoberta no cemitério
UMA JOVEM ENTERRADA VIVA
por Evan Olsen

Jornalista e policial são testemunhas
de um crime no cemitério

TUDO SOBRE O ACONTECIMENTO!

Segundo o título da reportagem, um crime foi cometido num cemitério. Edgar pousa a xícara de chá e ergue o jornal à altura da janela para enxergar melhor. Olha de soslaio para Griswold, cuja expressão é neutra. Braços estendidos na direção da janela, ele lê:

Ao penetrar no cemitério, fiquei, como de costume, impressionado com a superioridade numérica dos mortos. É a sua esmagadora maioria que nos impõe silêncio quando entramos em lugares como esse, a ideia de que a morte é onipresente e que aqueles que deixaram de viver são muitíssimo mais numerosos. Nós, caro leitor, somos sempre uma grande minoria de viventes, um pequeno parêntese no arquivo da morte.

"Saia de seu devaneio, droga", impacientou-se meu amigo, o policial Joe Sullivan.

Um homem está ajoelhado diante de uma sepultura aberta recentemente. É o coveiro, uma silhueta magra, suja, de quem é preciso que se diga de imediato que, longe de ser cômica, ela exprime uma impotência e uma perplexidade profundas.

Num movimento febril, ele oscila para frente e para trás, não como uma criança tentando acalmar-se, mas à maneira de um louco que procura se livrar do demônio que o habita.

Porém, não é apenas o homem ajoelhado que atrai a atenção do jornalista e do policial que nós dois somos; atrás dele há um personagem que nos choca sem dúvida ainda mais: um homenzinho de palidez cadavérica e aspecto verdadeiramente assustador. O rosto é enrugado e lívido, os lábios cerrados a ponto de se tornarem nada além de um traço. Ele não cessa de passar as mãos sobre a fronte, como se tentasse enxotar um pensamento, e murmura incansavelmente o nome de uma mulher, mas não consegui distinguir o que ele diz.

Um pedaço de papel encontrado no local do crime

O coveiro estendeu um pedaço de papel a Joe Sullivan.

"Estava em cima do túmulo", murmurou em voz quase inaudível. No papel, em cuidadosa caligrafia, uma série de pequenas cifras. Joe Sullivan dirige-se para a sepultura.

Do subsolo nos chega, abafada, uma lamúria dolorosa. Nós nos ajoelhamos e tentamos escutar. Impossível distinguir alguma palavra naquele lamento; apesar disso, tive a convicção de que tais ruídos provinham de uma voz humana.

"O que estão fazendo plantados aí?", Joe interpelou. "Vão procurar umas pás!"

Enquanto o coveiro e seu pequeno assistente obedecem, nós nos pusemos a escavar a terra com as mãos nuas. Embora estivéssemos congelando de frio, transpirávamos em gotas pesadas, e quanto mais cavávamos, mais perto ficávamos do barulho que vinha do caixão.

Quando as pás tocaram a tampa do ataúde, os gritos ficaram insuportáveis, e quando Joe Sullivan o abriu, por um otimismo exagerado nos atrevemos a olhar.

Uma jovem encerrada num caixão

A jovem usava um vestido simples, escuro, bordejado de renda branca. Os cabelos sem dúvida deviam ter sido de um louro escuro, mas no momento estavam rubros de sangue. De olhos cinzentos, devia ter sido uma bela jovem, mas não há como saber quem era nem se havia sido bela, pois a boca e todo o maxilar inferior encontravam-se tão destruídos que ela estava irreconhecível.

Que instrumento o agressor utilizou para destruir daquela maneira a boca de sua vítima? Nenhum de nós tinha condições de adivinhar, mas era inegável que ele havia sido excepcionalmente eficiente, tendo feito desaparecer os dentes e a língua, e destruído todo o maxilar inferior.

Quem teria acreditado que fui o primeiro a chorar? De resto, isto não tinha importância. Diante do túmulo e do caixão aberto, nada fazia sentido.

O espetáculo que a nós — jornalista, policial, coveiro e assistente — foi dado ver nos impressionou de tal maneira, que daí em diante nenhum de nós conseguiu apagá-lo da memória. Os gemidos vindos do caixão nos fizeram desejar nunca ter posto os pés naquele lugar.

Uma hora mais tarde a jovem sucumbiu aos ferimentos.

A polícia ainda não tem qualquer pista.

Edgar aperta o alto do nariz entre o polegar e o indicador, como que para repelir uma enxaqueca. A imagem fugidia de um mundo destruído surge diante de seus olhos: uma cidade submarina onde vultos encolhidos circulam pelas ruas de areia. Depois, recuperando-se, torna a dobrar cuidadosamente o artigo e o desliza para dentro do envelope.

— Sinto muito, não sei de que se trata isto — declara.

Griswold o encara fixamente.

— Esses acontecimentos me lembram... um dos seus contos. Qual é mesmo o título?

— Não sei.

— Ora, vamos, Poe.

— "Berenice".

— Exatamente. Ela também...

— ...foi enterrada viva num cemitério.

— Não acha isto... curioso?

— Curioso não é a palavra que me vem à mente, Griswold.

— Não?

— Acho que é... asqueroso.

— Verdade?

— É a coisa mais repugnante que li num jornal. Espero que seja uma espécie de brincadeira macabra de péssimo gosto.

— Infelizmente não.

Edgar se põe de pé.

— Eu ficaria zangado, Griswold, se o senhor pensasse que sei algo sobre essa história.

— Não quis dizer isso.

— Então o que quis dizer?

— Somente mostrar-lhe o artigo.

— Obrigado.

Griswold balança a cabeça e se põe de pé por sua vez.

— Perdoe-me. Não era a minha intenção...

— Vamos esquecer.

— Naturalmente.

— Tudo indica que não passa de uma coincidência absurda.

Griswold coloca algumas moedas sobre a mesa para pagar pelo chá. Enquanto se dirigem à portaria, Edgar coloca a mão nas costas de Griswold, exercendo uma leve pressão.

— O senhor precisa abrir-se para a beleza e a desgraça do mundo quando lê poesia, meu amigo. Tem isto dentro de si.

— Quer dizer...?

— O talento. Talento para ler poesia. É o que vejo no senhor.

O olhar de Griswold passeia pelo soalho.

— Vou tentar — afirma, depois enrubesce e avança a cabeça; eles se encontram cara a cara e ficam alguns segundos sem dizer uma palavra. Edgar sente o calor do rosto do outro. Vê que Griswold prende a respiração; seu peito incha como se ele reunisse forças para saltar num abismo à sua frente, toma impulso, mas o medo o detém — e ele não sabe se conseguirá mover um só músculo ou se ficará imóvel, irresoluto.

Então, subitamente, ele se inclina, como se perdesse o equilíbrio, e os lábios parecem roçar a bochecha de Edgar.

Edgar dá um passo para trás.

— Perdão, perdão — faz Griswold, com ar confuso.

— Não foi nada.

Edgar recua, com cortesia, porém decidido.

— Não sei o que...

Edgar toca-lhe suavemente o braço.

— Obrigado pelo chá.

Um gesto de cabeça. Griswold atravessa a portaria com passos largos.

Quando se encontra no alto da escada, Edgar é tomado por certa inquietação.

Griswold teria mesmo tropeçado?

POE

O menino

Filadélfia

Na rua, saindo do hotel, Edgar abotoa o sobretudo até o alto; gosta de sentir a borda da gola roçar na pele úmida e sensível do pescoço. Na outra calçada, avista Griswold entrando num fiacre. O cocheiro pega as rédeas e os cavalos partem num trote rápido. De repente, um trovão estronda no céu e pingos grandes como cerejas começam a cair sobre ele: em alguns segundos sua testa e as mãos estão geladas. Ele sai correndo.

Empurrado pela tempestade, escorregando nas pedras brilhantes do calçamento, pensa: ninguém está tentando me prejudicar, nem Griswold, nem um assassino qualquer, não existem "intenções obscuras".

Na praça, as barraquinhas dos comerciantes foram abandonadas às pressas. Os caixotes de legumes estão cobertos por sacos de juta e jornais velhos. Ele atravessa a praça em pequenas passadas, as mãos protegendo a cabeça.

— Uma farsa — murmura, saltando por cima de um cachorro encolhido contra o muro de uma casa. Muitos cachorros latem atrás dele.

Sempre com as mãos protegendo a cabeça, pega o caminho de volta à pensão onde está hospedado com a esposa, Virginia — Sissy, como a chama.

Na rua Mulberry, ele se detém sob uma sacada e procura a janelinha atrás da qual tem o hábito de se sentar para escrever. Começou um romance a respeito de uma terrível viagem marítima e escreve poemas, contos e resenhas. Enquanto sobe as escadas para o quarto da pensão, resolve dedicar-se ao conto do velho que percorre infatigavelmente as ruas de Londres. Abre a porta do quarto, grita o nome de Sissy e não obtém resposta. Então ela se sentira suficientemente forte para sair — tanto melhor! Ele torce para que a esposa tenha encontrado um lugar para se abrigar da tempestade. Retira o sobretudo ensopado e o coloca para secar sobre uma cadeira. Enxuga as mãos e o rosto com uma toalha e se senta à mesa de trabalho. Reina no aposento um cheiro de chuva e — de que mais? — de amoníaco. Ele olha de relance para o sobretudo descansando sobre a cadeira a um canto.

Fica alguns minutos sentado, pensativo — e finalmente pousa a pena e fecha os olhos.

Haveria um aviso na reportagem que Griswold lhe mostrara? "Um homenzinho de palidez cadavérica" era mencionado em algum trecho. Imediatamente o aposento parece encolher em volta dele, e o cheiro de amoníaco se fez mais insistente, enjoativo.

Ele relembra lugares onde não mora há muitos anos e um ou outro que havia decidido nunca mais rever. Ali, detrás da sua mesa de trabalho, o rosto de um menino reaparece depois de longo tempo. São os olhos dele, a pele e as mãos descoloridas. Tal como Edgar o vê, ele está sentado sob uma árvore, mergulhado na leitura de um caderno. É um conto de Edgar que ele lê, e seu olhar está cheio de admiração.

Durante os primeiros anos com seus pais adotivos em Richmond, Edgar sentava-se com frequência junto à janela de seu quarto para contemplar as magnólias que sua mãe tanto amava. Pensava: de que serve cultivar tantas árvores idênticas? A casa era exageradamente grande, com aposentos numerosos até demais, e o jardim, que era um mundo só dele. Na casa havia cadeiras douradas, arcos pintados de branco e o retrato de George Washington pendurado no salão. Na entrada, uma charrete, e no jardim, oito escravos adultos que se encarregavam de cuidar das árvores da patroa. Edgar, que não sabia o que fazer consigo mesmo — que coisa procuraria em todos aqueles aposentos vazios? —, passava à janela grande parte do seu tempo. Não se lembra do que observava: alguma grande risca de luz entre as nuvens, talvez, ou uma tempestade sobre os telhados.

Nos primeiros tempos, John Allan viajava com frequência, mas quando não estava viajando, percorria freneticamente a casa de manhã à noite e despejava recomendações sobre Edgar.

— É preciso ouvir a sua voz, meu rapaz! Nada de virar de costas resmungando como uma menina idiota!

Queria ensinar-lhe as "boas maneiras" escocesas.

Dicção.

Obediência.

Edgar devia ficar calado quando havia convidados e falar alto e distintamente quando o interrogavam. Certa manhã ele surgiu com um novo capricho: Edgar precisava de treinamento físico. Então preparou para ele um longo programa de exercícios: salto em distância, corrida e tiro ao alvo.

Certa tarde em que estava no jardim treinando salto em distância, Edgar percebeu por entre as magnólias o rosto de um menino pálido, de pouca estatura. Meio escondido entre as folhas, o garoto o observava fixamente. Edgar olhou em torno e não viu escravo algum para lhe explicar a presença daquela criatura no bosque de sua propriedade. Dirigiu-se calmamente para a árvore.

— O que está fazendo aqui? — perguntou com delicadeza.

O rosto do menino era de um branco de giz, enrugado como o de um velho, sobre um corpo magro e retorcido. Embora fosse de uma feiura repelente, algo nele incitou Edgar a se aproximar.

— Moro aqui. No porão. Com a minha mãe. Ela é uma mucama.

— Daisy?

O menino sorriu com tristeza.

— Sim, *sar*.

Habituado a ser chamado de "*sir*" pelos escravos, Edgar divertiu-se com o sotaque do moleque e não conseguiu reprimir o sorriso. O menino o encarava diretamente nos olhos.

— Ela está morta, a sua mãe verdadeira?

— Quem lhe disse isso?

O garoto deu de ombros.

— Sabe que aqueles que morrem na frente dos filhos jamais irão para o céu?

Edgar reviu o rosto materno.

— O que quer dizer?

— Eles não conseguem entrar.

— Não conseguem entrar?

— Não, eles ficam vagando na frente das portas do Céu e não conseguem entrar.

Edgar cerrou os punhos, a raiva lhe subiu à garganta como um arroto. Deu um passo na direção do menino, mas estacou — sentia como que um formigamento na testa e foi tomado por uma vertigem. Estendeu a mão para procurar apoio na árvore, depois caiu estendido no chão. A última coisa de que se lembrava era o sorriso sombrio do menino acima dele na grama, um sorriso que lhe pareceu familiar.

Despertou em seu quarto. Fanny, a mãe adotiva, estava sentada na beira da cama.

— Meu menino — ela suspirou, beijando-o.

Edgar olhou ao redor de si.

— Por que estou aqui?

— Daisy encontrou você no jardim. Que foi que lhe deu?

Ele ergueu-se e olhou de relance para a janela.

— Nada, apenas tropecei — respondeu.

No dia seguinte, Edgar reencontrou o garoto sob a magnólia em flor. Sentou-se ao lado dele e perguntou-lhe:

— O que está lendo?

— Só estou olhando. Não sei ler.

Edgar pegou o livro das mãos dele. Era uma edição antiga de *Viagens de Gulliver*.

— Quem lhe deu?

— Mamãe. Foi o patrão quem deu para ela.

— John Allan?

— É.

Edgar folheou o livro. Uma ilustração mostrava um gigante e um homenzinho em plena luta. Edgar sorriu.

— Você não sabe ler?

— Não conheço as letras.

Edgar abriu o livro na página do título.

— Quer que lhe ensine?

— Como disse, *sar*?

— Não escuta direito? Quer que eu lhe ensine a ler as letras?

— Não é difícil?

Edgar sorriu.

— Qual o seu nome?

— Samuel — respondeu o garoto.

Filho de uma mulher negra, Samuel tinha uma cor fantasmagórica e cabelos descoloridos. Os outros escravos não o queriam por perto enquanto trabalhavam. Fanny explicava: são supersticiosos. Samuel não era negro, e tampouco era branco; era de uma outra natureza. Era isso que incomodava os escravos e os levava a dar ouvidos às histórias do velho Jake sobre os espíritos que vão e vêm entre o reino dos mortos e o dos vivos. Em geral, Samuel sentava-se sozinho sob as árvores do bosque e ficava a contemplar os homens trabalhando, ou então folheava o livro de John Allan. Quando percebia que Edgar se aproximava, erguia o corpo franzino e se precipitava ao encontro dele. Todo o seu rosto se iluminava.

— Me ensina outras letras hoje, *sar*?

Samuel foi um aluno dócil e escutava Edgar com olhos brilhando sobre as páginas do livro.

No final de algumas semanas era capaz de ler frases inteiras. No final de dois ou três meses podia mergulhar nas *Viagens de Gulliver*.

Durante muitos anos, Edgar e Samuel jogavam jogos secretos no bosque, treinavam salto em distância, aperfeiçoavam linguagens cifradas, criptogramas que Edgar esboçava na cama quando não conseguia dormir. Caçavam os animais do jardim; um dia mataram um gato selvagem. O projétil explodiu o felino, cujas entranhas, pendendo das árvores ao redor, pareciam vermes. Quando John Allan descobriu que Edgar pegara sua espingarda, ameaçou:

— Se eu o pegar fazendo isso de novo, você vai embora desta casa! Está me ouvindo, seu bandidinho?

Do seu quarto, Edgar ouviu os pais adotivos brigando.

— Ele não tem bons modos — John Allan esbravejou.

— Eu tento educá-lo — Fanny respondeu timidamente.

— É inútil. Está no sangue dele. Sangue de ator. Sangue de vagabundo.

— É só uma criança — disse Fanny.

— Se deixar crescer a erva daninha, é o fruto que acaba morrendo — John Allan retrucou.

Edgar levou Samuel a um lugar secreto e lhe mostrou o envelope contendo a mecha de cabelos de Eliza, que ele trazia sempre guardado no bolso do casaco.

Quando Edgar começou a escrever, Samuel quis ler todo o caderno dele.

— Seja bonzinho, *sar*. Me deixa ver o que você escreveu?

Edgar deixava que ele lesse algumas das suas histórias, e o garoto as devorava. Quanto mais sinistras, mais ele as apreciava.

— Não pode me mostrar uma história de terror, *sar*? Vamos, seja bonzinho.

Edgar escreveu a história de um menino que se tornou um escritor de renome depois de ter roubado o caderno do pai, e a de um homem preso numa adega por seu empregado.

— É uma doce vingança.

Narrou também um incêndio fatal num teatro. Samuel estava convencido de que a história se tornaria realidade: o teatro de Richmond seria destruído por um incêndio um dia desses.

Edgar riu.

— Você é uma criatura engraçada, sabia?

Samuel meneou a cabeça.

— Certamente tem razão, *sar*.

Mas no seu olhar Edgar via a que ponto chegava a sua obsessão.

Quando partiu para estudar na Universidade da Virginia, Edgar experimentou emoções contraditórias: sentiria falta de Richmond e Samuel, porém, no veículo que o transportava para Charlottesville, não conseguia reprimir a alegria.

Na universidade ele iria estudar, trabalhar duro, passar nos exames, escrever poemas e narrativas e voltar a Richmond dono de seu destino. Então, sem aparentar dar qualquer importância, ele colocaria os últimos resultados dos exames — as melhores notas da turma — sobre a mesa daquele abutre do John Allan, com um sorriso que o obrigaria a fechar a matraca.

Enquanto assistia à sua primeira aula, sentia-se como um jovem Hamlet, convencido de que o conhecimento o transformaria. Ser um estudante significava que a sua transformação estava começando, cada livro iria mudá-lo um pouco. Além disso, a vida estudantil lhe oferecia a oportunidade de compor seus poemas. Quando despertava de manhã, tinha longas estrofes na cabeça — versos evocando paisagens tenebrosas e mulheres moribundas, que ele passava para o papel chorando. Era como se as tivesse encontrado durante o sono, como se uma voz as houvesse soprado à sua consciência. Em pouco tempo ele se livraria da pele do antigo Edgar Poe.

Um mundo novo o esperava.

Mas a vida estudantil foi um fracasso: ele não conseguiu terminar o ano. John Allan, aquele abutre, não lhe enviava dinheiro suficiente. Edgar não tinha o bastante para comprar livros, roupas, sequer o bastante para viver! Para fazer face às condições de vida (passavelmente caras) no campus, começou a jogar cartas à noite, e de início aquilo o enchia de entusiasmo. Depois, perdas pesadas lhe empanaram definitivamente a vontade de ganhar. Uma única ideia parecia movê-lo quando ele estava diante de uma mesa de jogo: como perder o máximo de dinheiro possível? Como perder tudo o que tinha? Aquele estranho desejo não diminuía, apesar da voz calma e ponderada que cochichava à sua consciência que isso era insensato, pura loucura. Não, seu desejo de perder não era fingido. Pelo contrário, quanto mais tentava reprimi-lo, mais vivamente ele se impunha. Algumas semanas depois, era com a ruína que ele sonhava, e só jogava para perder tudo e encontrar uma razão para se lançar na embriaguez mais desenfreada.

— Esta noite perco tudo o que tenho comigo — declarava alegremente, sentando-se à mesa de jogo. As pessoas achavam que ele estava brincando, mas ao cabo de algumas horas não lhe restava um único dólar.

Em grandes goles, ele esvaziou meia garrafa de uísque. Quando abriu os olhos, o piso rolava de um lado para outro com deliciosa lentidão; era como uma espécie de presença, um campo de energia secreto revelando-se a ele. Deitou-se sem tirar a roupa e, estirado no leito, murmurou para o teto:

— Assim como está é perfeito. Fico melhor acomodado na horizontal.

Sem dúvida ele acabaria por se tornar excelente na arte de ficar deitado.

Em Richmond, John Allan naturalmente soube do novo estilo de vida do filho adotivo. Dirigiu-lhe numerosas reprimendas. Edgar não se deixava afetar por elas. Parecia que nada tinha efeito sobre ele.

Durante os meses que se seguiram, ele duplicou as dívidas de jogo, e quando John Allan foi buscá-lo para o levar a Moldávia, nome da nova residência da família, ele devia quase 2.500 dólares. John Allan pagou a parte da dívida que julgava justa e em seguida informou à direção da universidade que Edgar não voltaria.

No veículo que os levava a Richmond, John Allan pronunciou uma frase que Edgar não esqueceria:

— Que você leve uma existência descabida e tenha aparência de mendigo é uma coisa. São besteiras. Mas roubar é outra coisa.

— Eu roubei?

— Não tente bancar o inocente.

— Não estou tentando, *sir*, eu sou inocente.

— Imbecil, ladrãozinho imbecil! Pensou que eu não perceberia? Pensou que poderia roubar um anel de ouro sem ser descoberto? Ah, deixe estar, você vai ver que não tem nada a ganhar comportando-se dessa maneira.

Mas durante a viagem, Edgar não se importou com o que John Allan dizia. O sr. Allan podia muito bem chamá-lo como quisesse. Mais tarde ele refletiria sobre o que realmente significava aquela acusação.

Durante vários meses, Edgar trabalhou como assistente de contador no escritório de contabilidade Ellis & Allan para reembolsar o que devia a John Allan. Sentado à sua escrivaninha, contemplava os números com a impressão de que eles devolviam o seu olhar. A cada hora, fazia uma cruz no registro que se encontrava ao lado. Um belo dia parou de fazer a cruz, e na mesma noite deixou o escritório levando o livro de contas. No caminho de casa, lançou o livro no rio o mais longe que conseguiu. O livro boiou ao sabor da corrente como um barquinho de criança antes de afundar. Nesse preciso instante Edgar tomou uma decisão: agora acabou. Daí em diante seria em segredo aquilo de que o tachavam: vagabundo, mentiroso, ladrão e, de mais a mais, inimigo de todos em Moldávia.

Samuel era uma exceção. Lia os novos textos de Edgar com a mesma intensa concentração de sempre. Quando o escutava, via-se o êxtase em seu rosto. Ele jamais se fartava. Dizia-lhe:

— *Sar*, você é um profeta!

Certa tarde, Edgar bateu à porta da biblioteca de John Allan.

Sentado numa poltrona de couro, seu pai adotivo tinha um charuto numa das mãos e uma grande taça de conhaque na outra. Lia um jornal pousado sobre a mesa de mogno.

— *Sir?*

John Allan encarou o rapaz com ar vividamente satisfeito.

— Acomode-se, Ned.

Edgar tomou lugar na poltrona defronte à do seu tutor. Era a primeira vez que recebia permissão para se sentar naquele aposento. A biblioteca era o antro privativo de John Allan. Nem Fanny, nem Edgar tinham o direito de ficar ali. Depois da mudança para Moldávia, John Allan havia mandado reformar e mobiliar aquela biblioteca, digna do que ele era: o homem mais rico de Richmond. Colocou a mão sobre a testa de Edgar e o fez recostar-se no couro macio da poltrona.

— Charuto?

Estendeu-lhe uma caixa cheia de charutos.

— Não, obrigado, *sir*.

— Ofereceram-me esta caixa quando fui nomeado diretor do Banco da Virginia. Divinamente bons, estes charutos.

— Com certeza são, *sir*.

— Se é você quem diz, he he!

Satisfeito, John Allan derrubou a cinza do charuto com o dedo indicador e pôs-se a contemplar Edgar através da fumaça.

— Gostaria de conversar com o senhor sobre uma coisa.

John Allan meneou a cabeça.

— Antes, permita-me fazer-lhe uma pergunta, meu caro rapaz. Como vão as coisas na Ellis & Allan?

Fez-se silêncio. Edgar pigarreou e se inclinou.

— Não vão particularmente bem, *sir*.

Os contornos da boca e do nariz de John Allan ficaram brancos como giz. Edgar levantou a cabeça.

— Decidi sair de casa.

Com um movimento seco, John Allan levantou-se e foi até a estante, pegou um livro sobre a aristocracia escocesa e deu uma olhada, depois o recolocou na prateleira. Ficou um momento de costas, imóvel, e Edgar percebeu que as mãos dele tremiam. Quando ele falou, as palavras pareciam sair de sua boca como que esmagadas por um moinho.

— Meu Deus, onde você vai parar? Não consegue nem desempenhar um simples trabalho de auxiliar.

— Deve existir aqui ou acolá alguém que saiba me apreciar pela minha capacidade — Edgar murmurou.

— Você quer dizer: alguém que lhe dará a consideração que você julga merecer? — rosnou o pai adotivo.

Estava inclinado acima de Edgar e este sentia o hálito carregado de conhaque. Sob seu olhar severo, Edgar não conseguia dizer uma só palavra, tinha a impressão de estar afundado na poltrona sob o peso de um planeta enorme.

De repente, Allan soltou uma gargalhada e se deixou cair em sua poltrona.

— Edgar Allan Poe, rapaz excepcional, deixe-me dizer uma coisa antes de nos separarmos — começou, em tom alegre. — Se você trombar um dia com uma pessoa disposta a lhe dar um décimo que seja do que eu lhe dei, será uma sorte dos infernos! Infelizmente, a probabilidade de encontrar esse tipo de pessoa é ínfima. Um golpe de sorte como esse jamais chega duas vezes na vida de um homem. Contudo, acho altamente provável que se, ao contrário de toda expectativa, tal felicidade lhe couber, você vai recriminar essa pessoa generosa da maneira mais grosseira por não ter lhe dado tudo o que ela possui.

— *Sir*?

— Você é um ingrato, sabe? Pensa que a sua família de artistas esfarrapados lhe transmitiu uma espécie de talento divino. Sua maior fraqueza, meu rapaz, é de se achar talentoso. O conselho que lhe darei, com todo carinho, é de tirar da cabeça essa ideia tão estúpida. É a arrogância, meu jovem amigo, que provoca a ruína das civilizações orgulhosas. Não é a maldade, nem a inveja, é a arrogância. Preste bastante atenção nas minhas palavras! Se não se livrar dessas ideias absurdas, elas lhe farão no mínimo o mesmo mal que fizeram ao seu pai, o qual, além do mais, era um miserável aos olhos de todos, inclusive aos seus próprios olhos, um pobre aborto de artista que exalava intemperança e consciência pesada. Vamos colocar os pontos nos ii, rapaz. Jamais tive a consciência pesada em relação a você. Sabe por quê? Porque você sempre recebeu de mim muito mais do que merecia e porque sempre o tratei com bondade. Se eu tivesse cedido aos meus impulsos, teria expulsado você de casa há muitos anos. Os parasitas devem ser tratados com severidade, não com benevolência. Meta isto na sua cabeça, é um bom conselho, se você quiser ter uma vida um pouco melhor que a do seu patético pai.

Edgar pôs-se de pé.

— Agradeço, *sir* — disse, em tom firme e claro.

Finalmente se levantava daquela poltrona dos diabos! Enquanto falava, sentia-se invadido por um sentimento de alegria. Estendeu as mãos para o pai adotivo.

— Guardarei estes conselhos enquanto viajo pelo mundo. Vou me lembrar da sabedoria que o senhor me inculcou. Certamente não esquecerei jamais estas palavras amigáveis e delicadas. Eu, que não tive a possibilidade de realizar o meu desejo mais caro, o de concluir uma formação universitária, acolho com gratidão essas palavras como um prêmio de consolação. Eu, que o ouvi dizer outrora (embora o senhor ignorasse que eu escutava) que jamais teve o menor sentimento por mim, sei agora que isso não é verdade. Sei que se preocupa comigo com os mais sinceros sentimentos de um pai, e por este motivo desejo pedir-lhe uma pequena contribuição para a viagem que me apressarei a empreender...

John Allan pousou com violência a taça sobre a mesa. O vidro partiu-se em sua mão e o conhaque escorreu para o chão.

— Fora daqui, seu parasita insolente!

— Posso ao menos pegar minhas roupas? E uma mala? E também um ou dois dólares?

— Nada nesta casa lhe pertence, Ned! Você não trabalhou para ganhar o que quer que seja. Você nada merece e nada levará. Vá embora antes que eu faça o que deveria ter feito há muito tempo!

Edgar fechou a porta da biblioteca atrás de si, escutando John Allan praguejar. Ao passar em frente ao quarto de Fanny, decidiu que não iria despedir-se da sua "mãezinha querida". Os pais adotivos conspiravam juntos. Doravante ele estava definitivamente órfão.

Na mesma noite, perguntou a Samuel se queria viajar.

— Você será meu criado.

Samuel hesitou.

— Vão me prender, me julgar e me mandar para as plantações — disse, e Edgar viu o medo nos olhos do rapaz.

— Não, não. Não enquanto você estiver com um patrão branco. Ninguém lhe fará mal enquanto estiver comigo. E depois, com a sua aparência, quem vai saber que você tem sangue negro?

— Tem certeza?

Edgar inclinou-se e alisou a face de Samuel.

— É difícil determinar o que você é. Você é uma categoria à parte.

— Eu não sou nada — Samuel murmurou.

No dia seguinte, embarcaram num cargueiro de carvão no porto de Richmond. No momento em que o navio deixava o cais, uma violenta tempestade se abateu sobre o porto. A chuva martelava o convés, Edgar arrastou para fora o rapaz apavorado e, durante todas as manobras de partida, os dois permaneceram na amurada da embarcação. A chuva escorria pelo rosto de Poe e ele urrava de alegria.

Finalmente estava deixando Richmond, a maldita Moldávia de John Allan, o escritório de contabilidade com seus estúpidos livros de contas.

Livre daquela cidade, estava libertado também da sua condição de "filho adotivo". Daí em diante seria filho de ninguém. Daí em diante seria o seu próprio senhor.

O sentimento de libertação crescia-lhe dentro do peito como um vento de tempestade.

Com as costas apoiadas num rolo de cordas, Samuel protegia-se da chuva. Jamais entrara num barco e todos os ruídos o apavoravam.

Edgar passou a noite escrevendo, instalado na cama de uma cabine estreita. O rapaz estava encolhido na coberta. A ressaca golpeava o casco do navio e ele gemia. Já Edgar amava a tempestade. Sabia que, uma vez emancipado, o seu estilo se tornaria mais livre e poderoso. Na casa de John Allan, ele precisava olhar de relance por cima do ombro cada vez que escrevia uma linha. Os pais haviam fiscalizado a sua poesia como se ela fosse um verdadeiro delito.

Agora que não estava mais sob as leis deles, sua vida de escritor podia começar.

Quando o navio atracou em Boston, ele se sentiu leve.

Mas não tinha família ali e não restava muito dinheiro para os dois viajantes. Foram refugiar-se num hangar do porto para comer suas últimas provisões, algumas tortinhas de presunto e um gole de conhaque de John Allan — um último furto feito a Moldávia. Edgar, a quem a viagem havia fatigado, deitou-se sobre uns sacos de farinha vazios e adormeceu.

Quando acordou, Samuel estava mergulhado na leitura do seu caderno.

Era de manhã, uma luz cinzenta filtrava-se pelo teto do hangar. Edgar sentou-se, fechando os braços sobre os ombros frios.

— *Sar*?

— Que é?

O rapaz o encarava.

— Quando isto vai acontecer?

— Isto o quê?

— O que você escreveu.

— Acontecer?

— É, quando isto vai acontecer?

— Nunca acontecerá, imbecilzinho. É só uma coisa qualquer que eu escrevi.

— Nunca?

— É.

— Não acredito, *sar* — respondeu Samuel, obstinado.

— Ah, não?

— Vai acontecer logo.

Edgar riu.

— Pare com isso — disse.

— Você ficará famoso e o que escreveu vai se realizar.

Edgar levantou-se e avançou para ele.

— Não diga tal coisa.

— É verdade! — Samuel exclamou.

Edgar deu-lhe um tapa. Mas o golpe foi mais violento do que pretendia e o sangue começou a escorrer do nariz do rapaz, que se pôs a soluçar. Edgar sentiu uma violenta cólera crescer dentro de si, fechou o punho e bateu de novo no seu companheiro.

— Nunca mais fale assim comigo — disse, saindo do hangar.

Samuel trotou atrás dele, as mãos tapando os ouvidos.

Nessa noite, dormiram numa estrebaria fora da cidade. Edgar despertou na escuridão e percebeu que estava sozinho. Seu casaco e seu caderno haviam desaparecido. Correu para a estrada, perguntando-se o que Samuel iria fazer com as suas anotações: destruí-las ou, pior, completá-las, falsificá-las e publicá-las sob outro nome.

Enquanto corria pela trilha de um bosque escuro, escorregou numa pedra e arranhou as mãos. Dirigiu-se a uma igrejinha decrépita plantada obliquamente no topo de uma colina. Pulou o muro do cemitério e, pestanejando, foi para o meio das sepulturas.

Perto de um túmulo recém-cavado, seu olhar foi atraído por uma massa informe que se mexia. Sem fazer barulho, avançou na direção do objeto, tateando-o cautelosamente com o pé. A massa deslocou-se com extrema lentidão. Edgar arrancou da terra uma cruz de madeira, inclinou-se sobre a massa e pôs-se a golpeá-la. Então ouviu a voz de Samuel gemendo.

— Ladrão sujo! — vociferou, recolocando a cruz no lugar.

Levantou seu casaco, que cobria a cabeça de Samuel, e encontrou o caderno no bolso. À luz fraca que vinha da igreja, viu que o rapaz tinha o rosto ensanguentado e que tentava falar, apesar do sangue que borbulhava em sua boca. Gemia:

— Não me abandone.

Edgar não respondeu. Enquanto voltava pela trilha, escutava os gritos pungentes de seu "amiguinho". Mas esses gritos não lhe diziam respeito.

Depois dessa noite, nunca mais reviu Samuel. Convenceu-se de que a vida do rapaz tinha terminado naquele amanhecer nas redondezas de Baltimore: estava morto e enterrado, e jamais tornaria a aparecer.

Nesse mesmo verão, Poe alistou-se por cinco anos no exército norte-americano, sob o nome de Edgar A. Perry. Pouco tempo depois, foi transferido para o primeiro destacamento de artilharia no forte Independence, no porto de Boston.

Regressou a Richmond cinco anos mais tarde, a fim de trabalhar para Thomas Willis White no *Southern Literary Messenger*. Os pais adotivos estavam ambos mortos, e ele não conseguiu encontrar na cidade da sua infância outra coisa além de um cemitério de acontecimentos e lembranças despidos de qualquer significado. Em certo sentido, pensava, isso era vantajoso: poderia recomeçar a vida ali como se jamais tivesse posto os pés naquela cidade.

Escrever para uma publicação literária era o seu desejo mais ardente; trabalhava o dia inteiro com White, redigindo resenhas e artigos curtos no estilo mordaz do jornal. Com sua natureza impaciente e seu apetite pelo trabalho, quase não sentia necessidade de dormir. À noite, trabalhava em seus próprios poemas e contos. Acontecia-lhe de adormecer enquanto escrevia e acordar com a face suja de tinta.

Naquela primavera, o *Messenger* publicou "Berenice", a história de Egeu, o sonhador, e sua alegre prima Berenice. Edgar ficou satisfeito com seu conto: a descrição dos pensamentos e fantasias do personagem principal enchia-o de alegria. Narrou a doença de Berenice e sua exumação precipitada numa espécie de exaltação nervosa. Mas o final o preocupava. A última frase era boa, tinha um ritmo entrecortado ligando as diferentes partes: contava como o herói descobre os dentes de Berenice (trinta coisinhas de um branco-marfim espalhadas pelo chão) e como o leitor compreende que foi ele, Egeu, quem os arrancou da boca da mulher. Ao reler o conto, Edgar havia sido tomado por uma dúvida: aquele final não seria demasiado cruel? Essa foi, aparentemente, a opinião de Thomas Willis White. Quando falou de "Berenice", seu rosto contraiu-se numa expressão de polida reprovação, e durante todo o dia Edgar carregou a imagem dessa "polidez" que o perseguia como a vingança de um demônio de sorriso afetado. White não enxergava a beleza daquele conto? A imagem da boca ferida de Berenice seria por demais desarmônica?

No início da sua colaboração no jornal de White, Edgar descobriu que era um crítico talentoso. Após adquirir confiança em si mesmo, começou a escrever sem se reprimir e sem se privar de sua aptidão natural para a intolerância. Tirava o couro dos maus escritores com a mesma alegria que sentia ao elogiar um belo estilo. White aparecia com frequência diante da sua mesa com um artigo sobre o qual desejava conversar.

— Não compreendo — disse ele a Edgar depois de ler em voz alta uma resenha prolixa de um novo romance norte-americano. — Cada vez que um exemplar deste "brilhante romance" me cai nas mãos, ele mostra ser uma coisa medíocre. Mal escrito e, ainda por cima, mal concebido.

— Deveria haver uma pena de prisão para os críticos que incensam inescrupulosamente os maus livros — Edgar comentou.

As considerações geniais e desenvoltas do seu colaborador deixavam White pouco à vontade.

— Nenhum argumento válido justifica a proibição de executar essas pessoas sumariamente, decapitando-as à maneira francesa — prosseguiu Edgar, que tentava expressar-se com autoridade e ironia.

White riu um pouco, porém Edgar não podia ter certeza de que o seu editor — sempre extraordinariamente atento ao menor detalhe no comportamento ou na expressão das pessoas — não percebera o seu esforço um tanto exageradamente manifesto para disfarçar a raiva.

Ele sabia que a propensão dos críticos para exaltar uma obra medíocre combinava com a situação da literatura americana e com a pouca probabilidade de os escritores poderem publicar suas obras. Ao mesmo tempo, as editoras publicavam romances britânicos sem desembolsar um só centavo: exerciam a atividade da pirataria sem se preocupar com as consequências para os escritores norte-americanos. O jogo era ganho de antemão: sem uma lei internacional que protegesse os direitos autorais, não restava aos novos escritores outra coisa senão renunciar a ter qualquer benefício com seus escritos.

Somente os escritores muito populares — e geralmente bastante medíocres — eram publicados. E como um autor não tinha a menor chance de ser popular se não fosse publicado, era coagido à mediocridade. Daí o *status* de ídolos adquirido pelos críticos: graças às suas opiniões, um autor podia conseguir se tornar ruim o bastante para ser publicado. Em certas regiões do país, particularmente no seio da camarilha de literatos adiposos de Boston-Nova York, onde o célebre autor-professor Longfellow desempenhava o papel de árbitro, elogiar escritores (medíocres) ainda não publicados tornara-se um esporte tão comum que, no final, as editoras não ousavam mais se recusar a publicá-los.

Todo esse meio estava envenenado, veneno que Poe sentia nas suas entranhas.

Antes de terminado o primeiro ano, Edgar escreveu uma resenha do romance de Theodore S. Fray, *Norman Leslie*.

> Finalmente ele chegou até nós! O livro em si, o livro por excelência, pretensioso, inchado, incensado, "atribuído" ao sr. Espaço em Branco, "narrado" pelo sr. Asterisco: esse livro que ficou um longo tempo "em vias de publicação", "a caminho", "no prelo", "no último estágio de confecção": o livro "vibrante", "cheio de qualidades", elogiado *a priori*, e Deus sabe o que mais *in prospectu*. Assim, em nome da pretensão e de tudo que é pretensioso, vamos ver mais de perto o conteúdo da obra.

Depois dessa introdução, o artigo continuava:

> O enredo do romance é tal como o descrevi acima, uma monstruosa miscelânea de absurdos e incoerências. Com relação ao estilo, o do sr. Fay não vale o de um estudante. Ou o escritor jamais viu um único exemplar da gramática de Murray, ou, de tanto vagabundear pelo mundo, esqueceu a sua língua materna.

À noite, quando, sentado perto da janela, escrevia bebendo um dedo de uísque, reparou na impressionante obscuridade do seu rosto refletido no espelho pendurado acima da mesa. De vez em quando tinha a sensação de estar sendo observado por uma sombra. Brincando, girava na cadeira:

— Peguei você! — bradava alegremente, mas não havia ninguém.

No início divertia-se imaginando uma presença no aposento, mas como não conseguia expulsar essa fantasia, começou a se preocupar, e lhe era difícil concentrar-se.

Sentia-se sufocado na cidade. À noite, via-se cercado de aranhas e gafanhotos que zumbiam na escuridão. Mesmo com a janela fechada eles penetravam no quarto. Edgar sacudia os braços na penumbra para espantá-los e, exausto, apoiava a cabeça na vidraça. A lua afundava como um dejeto no rio James.

Certa noite, despertou bruscamente e percebeu que havia alguém no quarto. Prendeu a respiração, olhou para a mesa de trabalho, depois para a porta e de novo para a cama. Não havia escutado um barulho? Levantou-se silenciosamente e se dirigiu para a entrada. Girou a maçaneta, mas a porta estava trancada por dentro. Durante alguns segundos, ficou parado no meio do aposento com a sensação de que um estranho estivera ali. Voltou à mesa e acendeu a lamparina. Ao lado da pena, em meio aos papéis, havia um cacho de cabelos, e no bloco podia-se ver uma mensagem escrita em caligrafia infantil: "Logo vai começar".

Passou a mão pelos cabelos. Uma mecha havia sido cortada acima da sua orelha esquerda. Ele pegou o cacho e foi até a janelinha entreaberta. Abriu-a e olhou para o exterior. Não havia pessoa alguma, mas ele julgou ver uma silhueta no telhado da casa mais abaixo.

— Ladrão maldito! — gritou, jogando o cacho de cabelos na escuridão.

Na manhã seguinte, foi direto à loja na esquina da rua e comprou meia garrafa de bebida; carregou-a o dia inteiro no bolso do paletó, mas não tocou nela.

Todas as manhãs despertava com a certeza de que havia alguém inclinado sobre o leito segurando uma tesoura. Levava as mãos à cabeça, apalpava os cabelos, depois se deixava cair de novo na cama e respirava profundamente para acalmar as batidas do coração.

※

Sentado à sua escrivaninha na rua Mulberry, ele reflete sobre a reportagem que Griswold lhe mostrou no Jones Hotel. Os acontecimentos no cemitério... seriam reais? Pensa: será que essa ironia cruel é dirigida contra mim?

Irritado, levanta-se e afasta-se da mesa.

Mãos cruzadas sobre o peito, põe-se a observar a rua.

— Acalme-se — diz em voz alta. — Ninguém está tentando prejudicá-lo. Foi apenas um conjunto de circunstâncias. Nada mais.

Alguns dias depois do encontro no Jones Hotel, ele interroga o editor George Graham sobre Rufus Griswold.

Graham levanta os olhos de sua escrivaninha com o olhar oblíquo que lhe dá uma aparência de rapaz. Fala num ritmo seguro, move as mãos com elegância, os dedos finos parecem cortar o ar em lâminas.

— Ex-repórter — começa laconicamente, com um gesto brusco da mão esquerda. — Trabalhou em grande quantidade de redações por toda parte, e mudou de opinião como quem muda de camisa. Agitado. Infatigável. Ambicioso. Não, não, essa palavra é fraca demais. O maior periódico em que ele trabalhou foi o *Brother Jonathan* (um jornal de escândalos, como você bem sabe) em Nova York, por alguns anos. Não ganhava mal. Depois se cansou da imprensa, quis subir na vida. Queria escrever poemas, mas isso rendeu um monte de besteiras. Então começou a reunir material para a sua antologia. Griswold conhece todo mundo, mas ninguém o conhece. Ninguém consegue descobrir o que esse sujeito é de verdade.

— Do que ele é capaz?

— Que quer dizer?

— Não sei bem. É sobre uma reportagem que ele me mostrou, tive a sensação de que... aquilo não era... bem... que ele estava escondendo alguma coisa.

— Fique tranquilo. Acho que ele é capaz de muita coisa para vencer, mas não de fazer o mal deliberadamente.

Edgar meneia a cabeça. Mas não está tranquilo. Sabe que Griswold representa para ele tanto uma oportunidade quanto um perigo.

— A propósito — interpõe George Graham —, viu o que ele escreveu sobre você no *Boston Notion*?

Edgar não está ao corrente.

— O que foi que ele disse?

Um sorriso irônico percorre os lábios de Graham.

— Leia para mim — Edgar pede.

— Vejamos — George folheia o jornal. — Ele comenta uma resenha sua.

— Certo.

— "Temos tido, nesses últimos anos, uma grande quantidade de exemplos de infantilidade e grosseria por parte de jovens inexperientes ou estúpidos que procuram ficar populares. Porém, nunca vimos algo mais tolo e mais pedante que os versos recém-glorificados pelo redator do *Graham's Magazine*." Aí está: bem típico de Griswold.

George estende o jornal para Edgar, que dá uma olhada no título antes de recusá-lo.

— Vou ver se um dia desses escrevo um artigo anônimo sobre a nova antologia dele — diz, preparando-se para sair.

No caminho de volta, imagina Griswold inclinado sobre ele, prestes a prendê-lo em seus braços, pressionar o rosto no seu, beijar sua face, e pensa no que White lhe disse um dia, ali mesmo em Richmond, certamente para encorajá-lo e o deixar em guarda: "O meio literário está cheio de texugos. Eles devoram a pessoa sem que ela perceba, e um belo dia ela se vê sem nada. Lembre-se disto, meu caro amigo. Neste mundinho não há uma só pessoa com quem você possa contar".

GRISWOLD
Poe, Poe, Poe, Poe

Filadélfia

Com muito cuidado, ele tira a antologia da embalagem. Assim que enxerga a capa, interrompe-se para acariciá-la. Durante alguns segundos fica de olhos fechados, sentindo o contato do livro sob seus dedos. Depois o extrai do pacote, abre-o ao acaso e passa os olhos por uma página e uma frase de sua introdução ao poema de Longfellow.

Esse forte sentimento de alegria o preocupa. Será que essa felicidade vai durar? Eis que, ao estudar o livro mais de perto, ele percebe um erro de impressão. Uma anomalia pequena e repugnante que salta aos olhos e destrói a perfeição da página. O livro lhe escapa das mãos e cai no chão. Irritado, ele se abaixa para recolhê-lo e o folheia em todas as direções para reencontrar a frase e lê-la novamente.

Deus seja louvado.

Não há erro.

A incerteza: uma doença que começa nos olhos e que, em certas circunstâncias, pode destruir toda a estrutura moral do ser humano. Por vezes seus olhos não funcionam corretamente. Rufus pressiona o rosto contra as páginas, respira o cheiro de tinta de impressão, cola e celulose.

— Que maravilha!

Afunda o nariz entre as páginas.

É a sua obra. Cada palavra, uma escolha sua. Sim, ele trabalhou depressa, como se fosse vital que o livro fosse lido naquele ano. Com tanta frequência repetiu a si mesmo que sua obra era indispensável para toda a América, que essa fórmula começa a parecer um exorcismo. É a primeira antologia que reúne os poetas de seu país. Agora a América pode ficar à vontade e ler os poemas de Longfellow, Whittier, R. C. Sans, Lowell e Charles Fenno Hoffman... e as introduções de Rufus Wilmot Griswold às obras de cada um deles.

Talvez tenha trabalhado depressa demais. Agora que o livro saiu da gráfica, ele toma consciência de como a falta de sono, a nutrição insuficiente e as longas noites passadas com as mãos grudadas à sua mesa de trabalho o desgastaram. Ele já não é o mesmo, percebe isso muito bem.

Mas o livro é histórico.

E Rufus Griswold é o autor.

Essa é *sua* vitória.

Rufus Wilmot Griswold encontra-se finalmente onde sempre quis estar.

Pessoas importantes escrevem para ele. Periódicos publicam resenhas do seu livro. Poetas o visitam. Ele faz amigos e inimigos. Quando entra num salão, as pessoas da alta sociedade voltam-se para olhá-lo, já não é ele quem olha para os outros. Ele se tornou o centro de interesse. A antologia o fez respeitável.

Ele compra um sobretudo escuro e um novo par de luvas. Contempla-se no grande espelho e pensa: consegui!

O que mais o inquieta é saber o que Poe vai pensar da sua obra.

Havia decidido, por fim, incluir três poemas dele em sua antologia: "A adormecida", "Coliseu" e "O palácio assombrado".[6] Quanto ao "A cidade no mar", resolveu não incluí-lo, a despeito da boa opinião que o autor tem do poema. Trata-se de uma abominação, uma exortação à alma para se voltar ao abismo.

---

6 "*The Sleeper*", "*Coliseum*" e "*The Haunted Palace*". (N. da T.)

Isto não o impede de lê-lo sem cessar. Chega a se dar conta de que conhece as estrofes de cor. Não as aprecia, mas elas se insinuaram nele. Esses versos se escondem em seus pensamentos, ele os recita para si mesmo com entonação lenta e enfática. Quando é dominado por esse estado de espírito, seu asco se torna ainda mais profundo.

Todas as manhãs ele procura pela reação de Poe.

Assim, quando lê uma resenha elogiosa no *Boston Miscellany* escrita por ele, sente-se aliviado — e até mesmo comovido. "Esse livro deve ser considerado a contribuição mais importante à nossa literatura em muitos anos." Rufus releu o artigo várias vezes. "Griswold revelou-se um homem de bom gosto, talento e tato."

— Até que foi muito amável da parte de Poe — murmura sua esposa Caroline, acariciando-lhe a face.

— Você é um anjo — ele responde. — O que eu faria sem você?

— Não sobreviveria um único dia — ela responde, abraçando-o.

— É verdade — concorda Rufus.

Ele não tem o menor senso prático ou econômico; é Caroline quem se encarrega da família, da casa, da economia doméstica. Ambos pensam em Rufus com a indulgência carinhosa de um pai e uma mãe em relação a um filho sonhador.

— Nem um dia — Rufus repete.

Ele visualiza o rosto de Poe e pensa no que o autor escreveu sobre ele: "um homem de bom gosto". Alguns dias depois, a expressão "bom gosto" começa a perturbá-lo. Vinda da pena de Poe, essa expressão não esconderia alguma coisa? Será que Poe sabe sobre ele, Rufus, alguma coisa da qual ele próprio não tem ideia? O que o leva a pensar que, entre todos os norte-americanos, Poe é capaz de conhecê-lo por dentro? Ridículo.

Contudo, nas semanas que se seguem, ele consagra todo o seu tempo a pesquisar Poe, sua história, os poemas, os contos, as resenhas, os artigos, tudo o que consegue encontrar sobre ele e vindo dele: como se entre aquelas informações estivesse escondida alguma coisa que ele não conseguirá identificar senão ao preço de uma atenção infatigável.

❈

No instante em que pousa a cabeça no travesseiro e fecha os olhos, aparece-lhe o rosto do escritor, e Rufus compreende de imediato o que acontecerá (novamente): ele se inclina para o outro e pressiona os lábios contra a pele dele. A face fria de Poe é uma carícia, ela é doce de encontro aos lábios de Rufus. Ele então mergulha no sono e começa a sonhar: numa tórrida tarde de verão, ele está num barco dentro de um rio. Um homem vestido de negro, de costas para ele, rema com gestos lentos e medidos, as pás dos remos mergulham na água e voltam à superfície: o remador as mantém imóveis por um instante, enquanto grandes gotas pingam dentro do rio. Rufus tem os olhos fechados e a cabeça inclinada para trás. A luz do sol aquece o seu rosto. Quando abre os olhos, o homem do barco está virado para ele. Rufus sorri para Poe, sente o calor da luz sobre o corpo dele, ri, mas há qualquer coisa no olhar do escritor que aparenta ser dúvida ou excitação. Rufus diz a si mesmo que alguma coisa não vai bem, e fica de pé no barco. Ao baixar os olhos, percebe então que já não está vestido: está nu, e seu sexo... algo de anormal aconteceu com ele, está crescido, algo disforme e de aparência sedosa. Rufus sacode a cabeça e se se senta na cama. Está escuro em volta. A cabeça entre os joelhos, ele tenta recuperar o fôlego, apoiando as mãos contra a testa coberta de suor.

— Perdoai-me, Senhor! — murmura.

Ao seu lado na cama, ele distingue a silhueta da esposa, Caroline. Recupera o fôlego, inclina-se sobre ela e coloca a mão em seu ombro delicado. Ela se volta para ele na obscuridade.

— Querido — sussurra em voz pastosa.

Olhando de mais perto, percebe que é Poe quem se encontra a seu lado, usando a camisola de sua esposa.

"Como ele conseguiu convencer Caroline a entrar no jogo?", pergunta a si mesmo.

Poe sorri. Tem no rosto uma expressão despudorada, porém distante, e só quando ele toca de leve o braço de Rufus, sussurrando "Você me reconhece?", é que Rufus compreende que ainda está dormindo e que o sonho não terminou.

Finalmente desperta com um violento zumbido dentro da cabeça — um ruído que só ele escuta, mas de tal intensidade que ele é obrigado a enfiar a cabeça no travesseiro para impedir-se de chorar.

— Que inferno! — repete várias vezes.

Pouco a pouco, o zumbido cessa.

Durante muitos meses não fala de Poe a pessoa alguma. Nem mesmo a Caroline ele conta o que viveu no sonho, mas não consegue impedir-se de pensar nisso o tempo todo. Toda noite, quando se deita e esbarra no ombro da esposa, entrevê o rosto de Poe.

Naquele verão, Rufus é chamado para trabalhar no *Graham's Lady's and Gentleman's Magazine*. Esforçou-se durante vários meses para obter aquela colocação. Fez saber a todos que o emprego a que aspirava era o de redator de jornal. E acabou conseguindo. Se aquele trabalho corresponde às suas aptidões, por outro lado ele não tem a paciência indispensável à tarefa de escritor, sua instabilidade é grande demais, ele não gosta de ficar dia após dia debruçado sobre esses organismos em miniatura que são as frases. A qualidade que lhe parece essencial é outra. É a visão do conjunto, a perspectiva. Jornalista, ele quer ocupar-se de coisas grandes. Vai ver. Escolher. Designar. Mostrar o caminho.

Será o embaixador do Bem — uma enorme tarefa, feita para ele. Rufus Griswold não quer empreendê-la levianamente.

Poe deixou o jornal no mês anterior, mas no entender de Griswold isso não influenciou o seu recrutamento. No entanto, no correr do verão ele ficou sabendo que Poe ficou furioso e tem declarado que a sua antologia é um escândalo, uma grande impostura.

Quando essa notícia lhe chega, Rufus recusa-se, inicialmente, a acreditar na veracidade da informação. Pensa: deve ser boato, um dos muitos boatos maliciosos que circulam em Nova York. Depois de uma curta doença (uma tosse perniciosa), ele torna a ouvir esse boato e decide informar-se melhor. Certa tarde, decide perguntar a George Graham o motivo que levou Poe a mudar de opinião.

— Não é a primeira vez que Poe age dessa forma — Graham resmunga.

— Evidentemente — Rufus retruca.

Depois dessa conversa, tem sempre a impressão de estar sendo seguido pelo olhar de Poe — em casa, no jornal, na rua. Ao se deitar, à noite, sente-se observado. Sob a coberta, enquanto Caroline dorme, ele rola na cama, pensa e repensa: maldito Poe, afinal, o que esse escritorzinho está pensando? Que Rufus Griswold é um homem que ninguém aprecia? Que é digno de pena?

Ele diz a si mesmo que o motivo de tal hostilidade por parte de Poe é evidente: Rufus não incluiu mais que três dos seus poemas na antologia (Longfellow tem quinze), e ainda por cima são poemas que Poe não tem na conta de melhores. O escritor é bem conhecido por sua suscetibilidade. E daí? Rufus acha que não é ele quem tem motivo para se sentir humilhado; é Poe que não consegue ter orgulho de si próprio. Aquele bêbado presunçoso do Sul simplesmente acordou certa manhã com outra opinião sobre a antologia.

Com um tipo desses é preciso esperar o pior. E o pior só pode ser enfrentado com o ainda pior.

— Você vai ver! — ele resmunga, andando de um lado para outro em seu escritório. Não consegue concentrar-se, atormentado por Poe.

As coisas que o escritor poderia descobrir para contar sobre ele contaminam os seus dias como uma doença. Durante o encontro no Jones Hotel, ele tivera a impressão de que Poe se preocupava com as pessoas de quem gostava. Agora a falsidade dele está sendo descoberta. Na redação do jornal circulam muitos boatos. Segundo alguns deles, Poe teria se casado com uma prima que ainda não tem quatorze anos. Diz-se também que ele voltou a beber e que fuma ópio. Ora, isso não espanta Rufus! A consciência de Poe é habitada pelo "pecado fulgurante". Seu irmão não morreu aos vinte e dois anos numa briga de bêbados em Baltimore? Um mendigo, um destroço. E ele próprio certamente vai se matar por excesso de bebida. Suas críticas ferinas são, evidentemente, a manifestação da sua maldade. A alma de Poe é negra. Nada pode salvá-lo, pois ele jamais reconheceu a existência de Deus. Ele menospreza o bem, que não tem lugar em seu coração. Seu único desejo é o de escrever poemas sobre uma coisa deplorável a que ele dá o nome de "Beleza".

Anormal, repugnante.

Quando a voz de Deus se manifestou a Rufus — foi numa noite, em Troy, quinze anos antes — e ele prometeu trabalhar para o bem, foi salvo do pecado (ele não ousa imaginar até onde os seus pecados da juventude poderiam tê-lo levado!). Poe, por outro lado, jamais deve ter ouvido outra coisa além da sua voz de pecador. Sua poesia jamais trata do pecado em si, mas apenas das suas consequências.

A alma dele está amaldiçoada.

Griswold se sente feliz quando pensa a seguir: "Felizmente. Deus seja louvado, Poe já é um perdido."

Sem conseguir dissimular uma sensação cada vez mais forte de um pérfido triunfo, ele repete aos outros:

— Sabem que Poe casou-se com uma criança? Certamente está perdendo a cabeça, é de família. Um bêbado. Não conhecem a história do casamento dele? Ele estava à beira da loucura, por isso casou-se com ela. Para salvar o que lhe restava de razão, uniu-se à própria prima, dizem. Sei disso por uma fonte segura.

Rufus conta para quem quiser ouvir que, durante a sua juventude em Richmond, Poe teve uma ligação com uma mulher casada, uma certa sra. Stanard (ele ouviu essa história de Thomas Dunn English, médico e poeta local). Depois da morte dela, ele visitou o túmulo durante anos, venerando aquela ligação impura.

Ninguém pode confiar em tal pessoa. Na realidade, ninguém confia em tal pessoa.

Rufus diz a si mesmo que Poe não tem amigos de verdade, somente aliados. Inimigos e aliados. "Terei a história pessoal de Poe como aliada!"

Sua longa experiência de jornalista ensinou-lhe como descobrir os maus hábitos das pessoas da alta sociedade. Será fácil afogar Poe nas suas próprias imundícies. Ele não tem pressa. Gastará o tempo que for necessário para fazer com que Poe seja coberto de opróbrio.

As horas de Poe estão contadas. Ele vai causar a sua própria perdição.

Num dia de janeiro, Rufus lê no *Philadelphia Saturday Museum* uma resenha não assinada de *Os poetas e a poesia da América*:

"Esquecido, exceto por aqueles a quem ele feriu e ofendeu, o nome de Griswold desaparecerá sem deixar traços. Se falarem dele, será exclusivamente na qualidade de servidor infiel daqueles a quem enganou".

No mesmo dia, Rufus fica sabendo que o artigo é de Poe.

De que coisa ele tem conhecimento, o que sabe? Terá sido informado do que Rufus fala a seu respeito? Quem lhe contou?

Rufus fecha o periódico e o apoia no rebordo da janela. Lá fora, a neve voltou a cair. Ele abre a janela e vê a calçada recoberta pela neve. No meio da rua, uma menina levanta a cabeça e seu rosto fica escondido sob um véu de flocos.

Num exemplar antigo do *Southern Literary Messenger* ele relê "Berenice". O conto não lhe parece ter perdido o negror e o pessimismo que persistem em sua memória ("A miséria sobre a terra é multiforme"). O conto revela o tipo de bestialidade que habita Poe. A única coisa que Rufus pode fazer, em nome de Deus, é contar ao mundo o que sabe do escritor.

Na mesma noite, sentado à sua mesa de trabalho, as lágrimas começam a rolar por sua face. Em sua ingenuidade, julgara ser amado por Poe, ele, o "homem de bom gosto, talento e tato", como o outro escreveu.

Poe, Poe, Poe, Poe, Poe, Poe, Poe.

Rufus é tomado de desespero. Precisa destruí-lo. Poe o apunhalou pelas costas: ele vai reduzi-lo a nada, aquele meliante, disso não há dúvida. Ele não tem escolha.

Na semana seguinte, como que em resposta à sua raiva e às suas intermináveis reflexões, chega uma carta anônima redigida por mão nada firme.

Caro Sir:
Não há como expressar o quanto lhe sou reconhecido por ter incluído a poesia de Edgar Allan Poe na sua grandiosa antologia é uma felicidade para o patrão e para mim e todos os seus admiradores sir eu sinto que tenho uma grande dívida de reconhecimento com o senhor e quero aproveitar todas as chances que tenho para falar calorosamente do senhor sir e do que o senhor faz o senhor é um modelo nada menos. Mas sir não seria possível colocar mais poemas do patrão nesta grandiosa antologia? Não é ele sir o nosso poeta mais célebre?

O que ele escreve mudou a minha vida sir me fez compreender que o nosso mundo deve ser mudado. O medo é uma fera que mora no sangue sir não podemos continuar vivendo assim.

Prometa que vai pensar seriamente no que lhe digo sir e se pergunte se não quer incluir muitos poemas do patrão na próxima edição do seu grandioso livro. Ao mesmo tempo eu ajudarei o escritor da melhor maneira que posso e que vai acabar trazendo fama para ele. Pode ser que os nossos caminhos se cruzem um dia caro senhor e esse dia eu espero com um imenso entusiasmo.

Rufus, perturbado, pousa a carta e fica a pensar nela por um momento.

Um longo passeio matinal ao longo do Hudson clareia-lhe as ideias. Sua preocupação desaparece. Uma lufada de vento lhe desarranja os cabelos. Ele se detém na entrada da ponte para contemplar a água que bate contra o cais. A luz é mais viva, depois de muitos dias — finalmente parece que o inverno está perto de chegar ao fim. Um veleiro passa à sua frente, o piloto o cumprimenta com gestos amplos. Indiscutivelmente, o que ele havia pensado na véspera está correto: seu dever é colocar Edgar Allan Poe no caminho do bem, um desígnio que ele não concretizará posando de inimigo do escritor, pois o que Poe deseja é precisamente inimigos — cercado de inimigos, ele fica à vontade; quando atacado, ele domina. A única maneira de Rufus atingir Poe é tornar-se seu amigo. Seu confidente.

Rufus volta à sua mesa de trabalho com o coração leve.

POE

A reportagem

Filadélfia

Se ele fosse rico, eles dormiriam em belas camas com edredons caros. Todas as manhãs preparariam crepes, que ele cobriria com o melhor mel da cidade para a sua bem-amada. Se fosse rico, teria um criado manco e um cavalo. Todas as manhãs o criado traria o jornal para que lessem na cama, e eles não deixariam seu paradisíaco edredom antes das 9 horas. Se fosse rico, colocaria tapetes persas no chão — com desenhos das expedições sangrentas de Gêngis Cã — para evitar que ela sentisse frio nos pés. Possuiria uma biblioteca maior que a de John Allan na Moldávia, uma biblioteca fantástica. Se fosse rico, plantaria um pé de magnólia no jardim, como lembrança da mulher apagada e doentia que era sua mãe adotiva. Se tivesse uma vida fácil, escreveria exclusivamente musicais e comédias. Em memória de seu irmão Henry, não beberia outra coisa senão conhaque de muitos anos. Se tivesse muito dinheiro, ofereceria a Sissy uma joia que ela usaria sobre o peito frágil como um talismã. Se possuísse a oitava ou até mesmo a décima sexta parte da fortuna que John Allan tinha quando morreu, jamais moraria naquela pensão com sua esposa tuberculosa.

Se um dia tivesse filhos (o que não era concebível), jamais o deserdaria.
E se adotasse um, jamais o humilharia com o peso da sua própria fortuna. Ele o cobriria de bondade e de amor em vez de tornar o mundo o mais incômodo e inabitável possível para o pequeno sonhador. Todas as suas forças seriam para dar a esse menino as regalias que ele próprio

não tivera. Maldade, humilhação, ciúme, todas essas vilanias lhe seriam poupadas. E ele dormiria sob edredons quentinhos!

Diria ao filho: "Você é cheio de talento. Vai herdar tudo o que possuo". E lhe falaria do seu casamento com Sissy. Descreveria o vestido dela, a pele branca e as mãos finas.

"Ah, sua mãe foi a noiva mais linda que você pode imaginar", diria com entusiasmo. "Tão jovem, tão delicada, tão sensível, e ao mesmo tempo, meu filho, mesmo que não soubesse muita coisa e nunca tivesse frequentado uma escola digna deste nome, ela era o ser mais sábio que já conheci. Isso foi antes de cair doente." Assim ele falaria com seu jovem filho, e o tomaria nos braços e o levaria até o leito de Sissy para lhe dar os remédios.

Ele se detém diante da janela da pensão e contempla uma faixa de céu cinzento-claro entre os telhados. Um bando de pombos passa voando. Ele imagina uma mesa arrumada numa sala de jantar burguesa, pombos maravilhosamente assados, ovos *pochés*, um prato de cogumelos cozidos no vapor e uma simples taça de vinho branco.

Algumas semanas depois, o que eles tinham para comer era pão e sopa rala.

Ele está para receber um pagamento.

— Chegará amanhã sem falta — assegura a Sissy.

Mas seu otimismo forçado o sufoca. Que coisa poderia dizer a ela? "Querida, não há uma gota de esperança." Ele não é impiedoso. O céu está sombrio, o abismo se abre a seus pés, estão prestes a consumir o que lhes resta de dignidade e sanidade. Mas ele não tem coragem de lhe dizer a verdade.

O rosto nu da verdade: ele já não tem um salário do qual possa pedir um adiantamento, nem amigos que possam emprestar-lhe alguns dólares. Impossível ganhar o suficiente na "cidade dos jornais". A Filadélfia tem mais revistas, jornais e outras publicações do que as outras cidades americanas, mas lá eles detestam os escritores; no fundo, preocupam-se apenas com os pastores e os advogados. Ele sempre precisou pedir adiantamento por textos que não havia sequer começado. A Filadélfia é bem maior que Richmond, tem 200 mil habitantes, mas as pessoas de lá submeteram-se todas a uma cirurgia que substituiu o coração por um relógio. Qualquer pessoa dotada de boa audição perceberá a predominância dos tique-taques na cidade. Instalar-se ali foi um erro terrível. Ele jamais deveria ter se deixado emboscar pelo discurso de um ou outro editor. Eles não querem pagar-lhe o trabalho feito. Trabalho diurno ou noturno — sem previsão de salário. Bom Deus, que é preciso fazer para obter uma remuneração? E se lhes oferecesse a sua cabeça numa bandeja? Eles acabariam, mesmo que com certa hesitação, assentindo e lhe jogando cinco dólares e meio.

"Nem um centavo a mais", diriam, com um sorriso glacial. "A sua cabeça, sr. Poe, é usada. Não se encontra em bom estado. Se tivesse vindo nos procurar há alguns meses, poderíamos ter lhe dado um preço melhor..."

"Hipócritas!", brada a cabeça cortada sobre a bandeja. "Foram vocês que me usaram, vocês que me fizeram trabalhar como um louco dia e noite, e depois... e depois... me vêm com essa!"

Reina na rua um silêncio extraordinário. Na Filadélfia leva-se uma vida cristã e reclusa; nada a ver com a vida do Sul, ruidosa, elegante, um pouco imoral, como em Richmond. Os moradores da Filadélfia querem o lazer, sentar-se tranquilamente, orar e viver com tal refinamento que um imigrante é impossibilitado de se fazer respeitar — salvo, bem entendido, se ele se suicida. No domingo, as igrejas fecham as ruas para impedir a circulação e a balbúrdia. Logo não haverá coisa alguma que possa lembrar a presença de seres vivos nesta cidade. Todos os dias a cidade é varrida por homens munidos de grandes vassouras. Vamos varrer, fiéis devotos! A cólera, a alegria e as vozes ruidosas, façam tudo isso desaparecer!

Também Sissy tornou-se silenciosa no decorrer destes últimos meses. Ela está tão magra que as roupas dançam em seu corpo como tristes cortinas ao vento. Cada vez que Edgar consegue pôr a mão numa caixa de balas de melaço, leva para ela e lhe oferece assim que entra em casa (ele mesmo consegue desistir de comer a guloseima). Quando ela se debruça sobre a caixa, suas articulações estão brancas pelo frêmito do entusiasmo. No entanto, ele jamais viu uma pessoa comer com tanto refinamento e delicadeza. Sim, a Filadélfia lhe ensinou isto: custe o que custar, jamais deixe transparecer o seu profundo desespero.

A primeira coisa que o havia impressionado com relação a ela fora a palidez. Foi na época em que morava em Baltimore com sua tia Maria Clemm — que eles chamavam apenas de tia Muddy — que ele ficou conhecendo a sua priminha de pele lívida. Ela ainda tem os mesmos olhos violeta e uma pele mais azulada do que pálida, fato que nunca deixou de perturbá-lo.

Ele havia prometido a Muddy que ensinaria a menina a ler e fazer contas, e começou lendo para ela estes versos de Tennyson:

> Claramente, ao correr, o rio azul vai repicando
>   Sob a minha visão;
> Tépida e amplamente os ventos do sul vão soprando
>   Entre o céu e o chão.
> Uma após outra, brancas nuvens vão passando;
> É maio, é de manhã, alegremente vai batendo
>   Cada coração;
>   Mas todas as coisas morrerão.[7]

---

[7] *"All things will die"* (Todas as coisas morrerão), poema de lorde Alfred Tennyson. Tradução de Paulo Schmidt. (N. da T.)

Ela o encarava, espantada.

Nessa mesma noite, ele acordou e deparou com ela postada ao pé da cama, observando-o na penumbra.

— O que você está olhando, menina?

— Você.

Perplexo, ele se sentou na cama para observá-la: uma camisola fina e os pés nus.

— Não está com frio?

— Estou.

— Pode vir se deitar debaixo da coberta — ele ofereceu, deixando um lugar para ela.

Quando ela deitou a cabeça em seu peito, ele fechou os olhos e sentiu o pranto lhe subir à garganta. Com a menina adormecida aninhada ao seu corpo, ele chorava em silêncio. Por que essas lágrimas? Por tudo, mas principalmente por causa da falta de proteção. Embora tivesse vinte e seis anos e ela apenas nove, os dois faziam parte da infeliz família Poe, por esse motivo eram tão profundamente ligados um ao outro. Naquela noite, sua priminha lhe havia provado que ela e a mãe zelariam por ele e não o abandonariam.

No dia 16 de maio de 1836, Edgar se casou com sua prima Virginia Eliza Clemm, então com treze anos.

Ele ama o rosto dela, a testa alta e as bochechas; a boca o emociona e as orelhas grandes são as mais adoráveis que ele já viu. À noite, na cama, ele brinca com o pescoço de Sissy, espantosamente longo; ele adora acariciá-lo, seus dedos vão e vêm delicadamente, e quando está deitado, não se cansa de admirar a coluna que une o corpo à cabeça. De olhos fechados, Sissy lhe sorri — estará desperta ou ainda adormecida?

O quarto na rua Mulberry é frio demais para eles. A Filadélfia é uma cidade asseada e feia. Edgar sente saudades de Richmond. Da alegria das suas ruas. Da música. Do vento quente que sopra nas plantações.

O cheiro de tabaco e de flores lhe faz falta. Ele sonha em banhar-se com Sissy no rio James. Correr com ela pelos jardins. Na Filadélfia ele sente frio e nada consegue aquecê-lo. O corpo de Sissy é gelado como as pedras de um rio na montanha, e ele não ousa explorar o seu, que é de uma magreza repugnante. Seus dedos estão reduzidos a pele e osso. Suas unhas descalcificadas são brancas. Um copo de leite lhe faria muito bem. Ah, uma taça de champanhe (com todos os minerais de que um homem tem necessidade), leite quente com mel, ostras, um bife regado com molho e batatas carameladas...

Ele deve ter adormecido, pois quando acorda, naquela manhã de janeiro, Sissy não está a seu lado como de costume (ela sempre dorme melhor de manhã). Ele olha para o teto baixo do quartinho. A noite foi fria, nevou, e o alto da janela está coberto de gelo. Do quarto, ele a ouve respirar profundamente. E depois vêm os acessos de tosse, como caixas metálicas caindo num poço. É preciso que ele se levante para envolvê-la numa manta e levá-la para a cama. Ele repousa a cabeça no travesseiro. A fronha está fria em sua nuca. Ficará em paz por alguns segundos apenas, depois vai levantar-se. Um instante de repouso — uma pausa. Repentinamente a tosse cessa. O silêncio envolve o aposento. Depois, o longo suspiro da respiração que sobe dos pulmões dela, e a música da morte se faz ouvir novamente.

Depois que uma veia estourou, um ano atrás, as crises não cessam de se repetir. Durante várias semanas, antes do Natal, seu estado de saúde foi bom, mas, na ocasião do Ano Novo, novamente uma maldita veia estourou e a doença apresentou uma recidiva que a fez sofrer ainda mais. Edgar vai até ela. Mãos apertando o peito, ela está inclinada sobre uma tina cheia d'água. Quando ele abre a cortina, ela recupera o fôlego e sibila:

— É só o meu nariz um pouco congestionado.

Ele dá um risinho e a envolve na manta. Depois ergue o corpo frágil e a leva até a cama, estende sobre ela uma coberta e sai para esquentar água, onde colocará um pouco de melaço e folhas de hortelã maceradas. Depois de beber, Sissy vai recuperar o sono. Durante alguns minutos ele contemplará o rosto dela, finalmente sereno, então irá sentar-se à mesa de trabalho para começar o seu artigo sobre os criptogramas, a escrita secreta.

Ele pediu demissão do seu emprego na publicação de George Graham para poder sair da cidade, porém não conseguiu juntar dinheiro suficiente para fazer a mudança. Na primavera a situação vai se arranjar. Quando o tempo estiver mais ameno, Sissy ficará melhor e eles poderão mudar-se.

Ele andou escrevendo bastante nas últimas semanas. Tendo redigido uma série de artigos, sente-se bastante produtivo. Logo — ele espera — estará de posse de algum dinheiro. Eles teriam uma primavera maravilhosa se ao menos Sissy parasse de tossir.

※

No romance de Walter Scott *O conde Roberto de Paris*, Edgar lê esta frase a respeito da voz de um orangotango: "Uma voz roufenha, estridente, falando uma língua incompreensível". Para sua grande surpresa, essa linguagem não tinha a menor utilidade na narrativa, como se o autor, topando por acaso com essa ideia fantástica, ficasse com preguiça de fazer alguma coisa com ela. Que abuso — uma pérola para os porcos! Já Edgar sabe que vai fazer uso dessa ideia de um jeito infinitamente melhor.

Um profundo silêncio invadiu o seu trabalho. Ele se permite o tempo de uma longa reflexão a respeito do orangotango — uma ideia que o enche literalmente de luz, com uma intensidade ao mesmo tempo inteligente e primitiva. Durante várias horas ele fica sentado à mesa de trabalho sem tocar na pena; mal se mexe.

Toma-lhe tempo imaginar uma voz roufenha e estridente produzindo sons que dão a ilusão de uma linguagem que é humana, porém incompreensível. Do mesmo modo — ele divaga — que o francês ou o português podem soar como guinchos a alguém que nunca ouviu tais idiomas.

A mesma coisa com os criptogramas. À primeira vista, símbolos e números parecem impenetráveis. No entanto, depois que se acha o fio da meada — identificando, por exemplo, a quantidade dos diferentes símbolos no papel —, o enigma deixa de ser insolúvel. Ele tem consciência de que os criptogramas são fabricados por seres humanos, e um sistema concebido por um homem pode ser identificado por outro. Simples... e complicado! Quando escreveu um artigo sobre esse assunto no *Burton's Magazine*, alguns insinuaram que ele se vangloriava de possuir uma capacidade analítica sobre-humana. Não compreenderam o essencial: a maneira de ler o criptograma é o primeiro passo para a resolução do enigma.

Por exemplo, se uma noite qualquer ele elaborar um sistema de decodificação e na manhã seguinte tiver esquecido o princípio que utilizou, muitos perceberão que a solução está ao seu alcance. A mesma coisa vale para todos os criptogramas. Eles não são mais difíceis de resolver que problemas de cálculo.

Não é possível imaginar um criptograma indecifrável.

Uma única exceção lhe vem à mente: se os números e os símbolos não se apoiam em um sistema globalmente constituído e que remeta a um alfabeto, será impossível decifrá-lo. Neste caso, símbolos e números são uma forma organizada do caos. Para começar, um criptograma assim será semelhante a todos os outros, mas aparentará ter sido produzido por uma inteligência colossal. Ele imagina um sistema de símbolos distribuído em várias folhas de papel. Poderia trabalhar na solução durante dias, cada vez mais frustrado e fora de si, até se dar conta de que não há sistema ou enigma a decifrar.

Se um passante ouve a voz de um orangotango saindo de uma janela aberta, interpretará o som como um "criptograma caótico", como o idioma de uma cultura desconhecida.

Enquanto escreve um novo conto, ele se lembra dos desenhos que retratavam um orangotango, apresentados no Masonic Hall no outono de 1839: uma criatura aterrorizante. Imagina que a força do macaco seja monstruosa e que uma fera selvagem como aquela possa cometer crimes mais atrozes que os regurgitados pelos jornais.

Numa bela manhã de primavera, Poe se dá conta de que o final do conto deveria ser o seu início. A história deveria começar onde o crime termina. Todo o enredo deve então ser construído em torno da tentativa de resolver o enigma. Ele é tomado de exaltação ao concluir que, desse modo, a tensão do texto avança de um trecho para outro. Paradoxo da curiosidade, diz para si, febril, a fisionomia alterada: quanto mais constatamos que não sabemos, mais importante se torna para nós descobrir o que não sabemos se queremos saber.

Ele fica em estado de júbilo durante vários dias e nem se preocupa em escrever. Quando volta à mesa de trabalho, escreve seu relato de uma só vez.

Sobre o "crime" propriamente dito, ele não se demora em longas reflexões. Um macaco entra por uma janela aberta. Assustado ao se ver na presença de duas mulheres desconhecidas, perde o controle, mata as mulheres e destrói a mobília. Depois sai pela mesma janela, a qual se fecha com tal violência que o ferrolho a tranca por dentro.

Quando os vizinhos e a polícia penetram no apartamento, não compreendem coisa alguma. Os investigadores encontram-se num aposento trancado: portas e janelas fechadas por dentro, a chaminé gradeada. "Incompreensível!", "Misterioso", "Um enigma". Alguém na rua ouviu "uma voz falando português", outros reconheceram "uma voz falando francês". Logo se começa a reconstituir os fatos, tirar conclusões e analisar as circunstâncias. Diante desse aparente absurdo, a polícia inicia a busca de um sistema lógico.

Do que temos medo?

Edgar escreveu:

> Quando o marujo conseguiu ver o interior do aposento, o terrível animal havia agarrado a sra. l'Espanaye pelos cabelos soltos que ela estava a pentear e manejava a navalha em volta do rosto dela, imitando os gestos de um barbeiro. A filha estava caída no chão, imóvel; tinha desmaiado. Os gritos e os esforços da velha senhora, durante os quais os cabelos lhe foram arrancados da cabeça, tiveram o efeito de mudar para fúria o estado de espírito provavelmente pacífico do orangotango. Um rápido golpe de navalha com o braço musculoso quase separou a cabeça do corpo da mulher. A visão do sangue transformou sua fúria em frenesi. Ele rangia os dentes, lançava fogo pelos olhos. Jogou-se sobre a jovem, enfiou-lhe as garras na garganta e assim ficou até que ela morresse. Neste momento seu olhar desvairado recaiu sobre a cabeceira da cama, e, pela janela acima desta, entreviu o rosto de seu dono paralisado de horror.[8]

Subitamente perturbado, ele conclui: a morte acidental é o que mais tememos. O assassinato premeditado é o mais fácil de ser mantido à distância. Dizemos: isso não poderia acontecer comigo. Os acontecimentos fortuitos, que são o inimigo mortal de toda estrutura lógica, voltam-se contra nós apontando o dedo, como se sorrissem, para o universo absurdo — e violento — que se apresenta diante de nós. É por

---

[8] "*The murders in the rue Morgue*" (Os assassinatos na rua Morgue). Tradução do trecho citado: Eliana Sabino. (N. da T.)

isso que a violência do orangotango nos inquieta. O que nos escapa nos faz duvidar de nossa capacidade de compreender por nós mesmos.

E depois?

Paixões, terror, medo do túmulo.

Ele fala consigo mesmo: não há como a análise para nos fazer aceitar a barbárie. A ideia de que o assassinato daquelas mulheres não obedeceu a um plano qualquer é tão incômoda, que nós a deixamos de lado. Faríamos tudo ao nosso alcance para descobrir o plano do criminoso, o seu método. A investigação nos tranquiliza. Mas suponhamos: e se a análise propriamente dita resultar num impasse?

Ele toma o nome do seu herói de um investigador francês de uma série policial, C. Auguste Dupin. O Dupin de Poe não somente resolve o enigma do crime como também supera a sua própria capacidade de análise. Enquanto o chefe da polícia está ocupado em procurar enredos intrincados, Dupin descarta o método policial. A explicação para os crimes da rua Morgue não se limita às motivações do criminoso, não há "sistema" algum a trazer à tona no apartamento — e é *lá* que reside a solução do caso!

Ele intitula seu conto "Os assassinatos na rua Morgue". Sabe que ninguém jamais escreveu coisa semelhante. A partir de agora ele vai chamar esse gênero de contos de "relato da reflexão lógica".

O conto é publicado na edição de abril do *Graham's Magazine*. Edgar recebe onze dólares de honorários.

Uma vez encerrada a sua colaboração com George Graham, ele não tem mais um salário fixo e não está mais em condições de pagar o aluguel da pensão.

É preciso voltar para a estrada.

George Graham havia comprado o *Burton's Magazine* por 3.500 dólares, um dólar por assinante. Quando Edgar foi recrutado como jornalista, a tiragem era de 5 mil exemplares, e no momento da sua demissão, no inverno de 1842, a tiragem ultrapassava os 40 mil exemplares. Durante esse período, o *Graham's* tornou-se um dos primeiros jornais dos Estados Unidos. E Edgar, que havia feito de George Graham um homem imensamente rico, estava tão sem dinheiro no dia da sua partida como no dia da sua chegada.

"É assim", ele diz consigo mesmo, ajeitando as suas coisas para deixar a Filadélfia, "que são tratados os escritores na América. Extorquem o nosso talento, nos sugam o sangue até nos exaurir e depois nos jogam na rua."

A bela e faceira Filadélfia está acabada para ele.

A caminho de Gotham.[9]

Desde os quinze anos ele sonha em ser um escritor nova-iorquino de sucesso. Chegou o momento de realizar o sonho, custe o que custar.

---

9   Gotham era o apelido irônico de Nova York, tirado de uma aldeia na Inglaterra notória pela loucura de seus habitantes (que na realidade se fingiram de loucos para evitar que uma estrada movimentada passasse por dentro da aldeia). (N. da T.)

POE

Gotham

New York

Querida Muddy,

Acabamos de tomar o café da manhã e cá estou a lhe escrever para falar de tudo e de nada... Chegamos ao cais da rua Walnut sem problemas. O cocheiro exigiu um dólar pela corrida, mas recusei. Então fui obrigado a dar uma moeda para um rapaz transportar as malas até a condução. Provisoriamente levei Sis ao Depot Hotel. Não eram ainda 6h15 e tivemos que esperar, pois a partida estava prevista para as 7 horas. Demos uma olhada no *Ledger* e no *Times* — nada em um e outro, nada de particular também no *Chronicle*. Nossa viagem começou bem, mas eram quase 15 horas quando chegamos. Fizemos parte do percurso de carro — até Amboy, que fica a uns 60 quilômetros de Nova York — e o completamos num barco a vapor. Sissy não tossiu uma única vez. Na chegada ao porto, fomos recebidos por uma violenta tempestade. Deixei Sissy a bordo, coloquei as bagagens no camarote das damas e desci para comprar um guarda-chuva antes de partir à procura de uma pensão. Ao sair, encontrei um homem que vendia guarda-chuvas e comprei um por 62 centavos. Em seguida, dirigi-me à rua Greenwich, onde encontrei uma pensão na primeira tentativa. Depois de negociar o aluguel, voltei para pegar Sissy. Não demorei mais que meia hora, e Sissy surpreendeu-se ao me ver voltar tão cedo, pois havia pensado que eu levaria pelo menos uma hora. Duas outras senhoras esperavam com ela, portanto ela não tinha ficado inteiramente só... Ontem à noite nos serviram o chá mais delicioso que você pode imaginar, forte e quente, com pão de trigo e centeio, queijo, biscoitos (finos), um grande prato (na realidade, dois pratinhos) de um presunto delicioso e fatias de vitela fria dispostas em várias camadas, três pratos de doces — tudo servido com perfeita elegância. Não corremos o risco de morrer de fome aqui. A dona da pensão é adorável, e logo nos sentimos em casa. O marido mora aqui também, um senhor gordo e cordial. Somos ao todo oito ou dez hóspedes, entre os quais duas ou três senhoras; há dois criados. No desjejum tomamos um café delicioso, forte e quente e sem creme em excesso, fatias de vitela, presunto muito fino e ovos, um pão de gosto apurado e manteiga. Jamais me serviram um desjejum tão fino e suntuoso. Eu gostaria que você visse os ovos e a carne fatiada. Foi nosso primeiro café da manhã digno desse nome desde que partimos daí. Sis está encantada e nós dois nos sentimos em plena forma. Ela praticamente não tossiu, nem transpirou durante a noite. Eu mesmo me sinto em grande forma e, como não bebi uma gota de álcool, espero me manter na linha. Assim que juntar um pouco de dinheiro, vou enviá-lo a você. Não pode imaginar a falta que você nos faz.

Eddy

Cem anos atrás, a península de Manhattan era habitada por pássaros, índios e alguns marinheiros holandeses embriagados. Hoje, mais de 300 mil pessoas erram pelas ruas da metrópole, com o olhar cheio de esperança, e, defronte a Sandy Hook, as velhas banheiras vindas da Europa fazem fila para atracar. Uma leva de imigrantes irlandeses, alemães, escandinavos e russos desembarca pelas passarelas e parte ao longo das avenidas em direção às favelas. São agricultores, sonhadores de passado duvidoso, aventureiros com ambições ainda mais duvidosas. Em geral, o otimismo desses miseráveis obstinados se esvai na miséria e na bebedeira, Edgar tem consciência disso (eles bem que o merecem, ao menos um bom número deles). Alguns, no entanto, jamais desistem de acreditar que alguma coisa de novo pode surgir dessas ruas esburacadas.

Doravante Edgar é um deles. Finalmente chegou a Gotham.

Ele volta ao barco para buscar Sissy. Quando desembarcam, a chuva havia cessado. Um navio vindo da Europa atracava um pouco adiante.

Os imigrantes vão e vêm pelo cais, falando toda sorte de línguas. Mendigam, choram e rezam. Estão exaustos e sujos. Uma família com duas crianças o chama de longe numa língua que Edgar supõe ser escandinava; as crianças são louras e têm o olhar embaciado.

Ele pega o braço de Sissy para afastá-la. Quando se trata de crianças doentes, ela é incorrigivelmente sentimental.

Fora do porto, percorrendo as ruas barrentas, eles se dirigem para a Broadway, a rua mais longa e movimentada do mundo (se é que se pode acreditar nos nova-iorquinos).

— Como é que a chamam? — Sissy quer saber. — Cidade das Oportunidades?

— Ah, disso e um monte de coisas.

— Cidade dos Sonhos?

— Sim.

— A Terra Prometida?

— Também.

— Gotham? O moinho das ambições e da ruína?

Edgar sorri. Está com ótimo humor. Os dois vagam por entre a multidão ensandecida da Broadway. Ela se detém e aponta para uma mulher em pé sobre uma cadeira no meio da rua, com um belo colar em volta do pescoço; ao redor dela, uma família de porcos fuça as poças de lama.

— Você viu a leitoa? — Sissy pergunta rindo.

Um pregador fedendo a uísque segura-lhe a mão para lhe ensinar o caminho da salvação.

— Não vale a pena, já estou condenada — ela responde sem hesitar.

Olha para Edgar e dá uma risada. Eles se desvencilham do pregador e fogem pela rua enquanto o homem discursa:

— O Senhor tudo vê! Ele enxerga todas as coisas sob o céu!

O movimento das ruas é impressionante.

Edgar inclina-se para a orelha delicada de Sissy e diz baixinho:

— Você é a coisa mais bela que já me aconteceu.

Durante várias horas passeiam, olham, cheiram, contemplam a cidade e a multidão; os pregoeiros vendendo jornais, os ricos perfumados, os religiosos e os ilusionistas, os policiais e os escroques, os comerciantes orgulhosos e os moleques de rosto inchado pelo álcool.

Poe está chocado com a multidão. Ele a ama. Ela a odeia e a teme por aquilo que ela pode lhe fazer. Ele a condena e a inveja. Não se cansa de observá-la. A lama e o fedor dessas ruas não o afetam. Não lhe importam o corpo das prostitutas ou a higiene dos mendigos. É na multidão que ele pensa, é a sua substância que ele quer conhecer.

Ao contrário do que imaginara, sente-se mais equilibrado ali do que em qualquer outro lugar. Nova York já despertou o seu ardor e a sua energia para o trabalho.

A pensão é espartana, porém simpática. O quarto deles não é frio demais.

Sissy adora Greenwich Village, e ele se alegra ao vê-la tão feliz. A tosse diminuiu e o rosto recuperou alguma cor. O sorriso dela é o mais belo que ele conhece. Os dois se sentam num banco do parque, ele lhe segura a mão e lhe fala de um jornal que um dia possuirá. Em Nova York conhecerá escritores, críticos e jornalistas.

Sissy o admira. Isto agrada a ele, que lhe acaricia delicadamente a bochecha. Ela enrubesce.

Ele está otimista.

Novos jornais e revistas aparecem sem cessar em Nova York, e por toda parte se ouve o pregão dos jornaleiros: "Comprem o *Sun*!", "O último *Tribune*!", "*Herald! Herald! Herald!*", "Como viver um dia sem o *Times*, cavalheiro?".

Ele repara também nos cartazes de todo tipo colados nas paredes e vitrines das lojas: anúncios e informações sobre espetáculos, convites para reuniões de grupos contra o álcool ou propagandas de políticos de quem jamais se ouviu falar.

Ele dá longos passeios pela cidade, o rosto escondido por um chapéu. Mergulhado em seus pensamentos, não quer ser reconhecido. Enquanto caminha, reflete. Observa. Medita, testemunha a ebulição da multidão. Segue o curso de sua imaginação. As ideias surgem durante essas excursões, então ele é obrigado a parar num canto de rua e tomar notas num bloquinho que carrega consigo.

Ao final de algumas semanas, começa a dormir mal. A Filadélfia era tão calma, mas o tumulto de Nova York espalha-se pelas ruas noite e dia, brutal e ininterrupto desde as 5 da manhã. Da rua Greenwich lhe chega o ruído de uma charrete cujas rodas sobre o pavimento parecem querer esmagar os paralelepípedos.

Ele se levanta da cama com a impressão de que os ruídos penetram em sua cabeça, que a charrete roda sobre as pedras do seu calçamento interior. De início, Greenwich Village lhe parecera tão agradável, agora ele está novamente tomado pela dúvida: teria feito a coisa certa?

As cobertas lhe colam às pernas, ele transpira, mas não quer abrir a janela que dá para a rua: as correntes de ar não são boas para os pulmões de sua esposa. Cautelosamente ele coloca a perna nua sobre o lençol fino e se volta para Sissy, cujas pálpebras se movimentam, mas ela não desperta. Dorme de lado, a cabeça voltada para ele. Como é graciosa! Com a ponta dos dedos, ele lhe acaricia delicadamente a garganta. Ela move os lábios, como uma bela máquina humana que ele, com uma ligeira pressão, pode manipular na cama como desejar. Ele afasta a mão. Não quer ter tais pensamentos a respeito da sua pobre esposinha! Põe-se de pé subitamente e se veste às pressas.

Somente quando chega à rua é que a sensação contida em seu peito se dissipa, como uma onda que se esvai pela pedra lisa de um rochedo. Raiva, angústia, dúvida, inquietação, desespero dilacerante. Senhor, será que ele nunca ficará livre dessas sensações que o perseguem como fantasmas, que o retalham como navalhas e o fazem sofrer tanto à noite que ele tem medo de adormecer? O que é isso que se esconde dentro de si e que ele encontra com pavor toda vez que fecha os olhos?

Ele não sabe o que é. Tem vontade de dizer: é apenas o meu mundo. Mas é isso mesmo ou algo que lhe foi imposto por circunstâncias infelizes, por um pai adotivo avarento e editores que não sabem apreciar o que ele escreve? Por vezes tem a sensação de que o seu mundo, esse mundo de adoção, de plágios, de trapaças nos negócios, de escravidão, de nulidades célebres, de imbecis riquíssimos, de embusteiros, de assassinos da alma — tudo isso é falso do início ao fim, uma simples ilusão que, num instante, pode desaparecer em meio a fumaça de teatro. No entanto, por detrás de tudo isso existe um lugar aprazível. Ele sempre quis saber onde se encontra esse lugar e como chegar a ele. Bastava que se lhe mostrasse a direção, ele encontraria o caminho.

Deixe disso, falou para si mesmo, e erga os olhos para contemplar Washington Square.

Erga os olhos!

Foi muita sorte terem chegado bem. Sissy dorme no quarto lá em cima, e ele vai procurar trabalho na grande metrópole. Vai escrever. Nesses últimos anos conseguiu fazer um nome para si e começa a ser respeitado, ao menos como crítico. Chegou a hora de ganhar fama como escritor.

Belas residências cercam a praça, com suas escadarias, sacadas de mármore e janelas proeminentes, e ele se sente mais em casa nesse bairro do que no resto de Nova York; é onde ele reencontra a elegância e a tradição europeias que lhe lembram Richmond. Nesse momento, ele aspira o perfume amargo dos ailantos que crescem no parque e se detém por alguns minutos para contemplar as folhas em forma de asas e a luz que se filtra por entre os galhos.

Quando ele dobra a esquina da rua para entrar na Quinta Avenida, tem a impressão de passar de um povoado para uma autêntica e insólita metrópole. Ainda é de manhã cedo, uma bruma se espalha timidamente pelas ruas.

Um homem atravessa a rua larga e arborizada à sua frente; Edgar lhe dirige um cumprimento, mas o homem desvia o olhar e segue apressado, de cabeça baixa. Um casal elegante desce os degraus de uma residência e ele se volta para eles por um instante, mas o casal o ultrapassa a passo rápido, deixando Edgar a cumprimentar a calçada como um idiota.

Ele entrevê a imagem de um homem vestindo um fraque usado, olhos voltados para o chão. É o personagem do seu conto "O homem da multidão",[10] o velho que vaga pelas ruas de Londres, hora após hora, sem destino.

Ele afasta do pensamento essa imagem.

É apenas uma coincidência, ele assegura a si mesmo: o nova-iorquino apressado que não tem tempo para cumprimentar um passante. Relembra o corre-corre das ruas quando chegou a Nova York.

Ele é um cavalheiro. Sua mãe adotiva lhe dizia: "Vou lhe ensinar a ser um cavalheiro". Ensinaram-lhe a ter tato e modos exemplares, ele é cultivado, pode mostrar polidez e uma refinado encanto, se quiser. No Norte, dizia Fanny Allan, sabem ser polidos, mas nada sabem de boas maneiras. Tornando a subir a Quinta Avenida, ele ergue os olhos e reflete que esse termo é curioso, pueril, como que saído de uma canção

---

10 "*The man of the crowd*". (N. da T.)

infantil: "Cavalheiro, cavalheiro..." Revê o rosto de Fanny debruçada sobre ele, repetindo essa palavra em tom grave. Os gestos, a dicção... e todo o resto... sim, tudo isso lhe inculcaram. Mas as boas maneiras da alma? De súbito lhe ocorre que essa classe de boas maneiras ainda não foi delineada com exatidão e que ele tem uma missão nessa cidade: ser um cavalheiro audacioso e perturbador da consciência oculta.

Lado a lado em Astor Place, encontram-se as redações de jornais. É lá que deve conseguir trabalho. Há o *Sun*, o *Express*, o *New Mirror*, jornais diários impactantes, revistas, periódicos. Vistas da rua, as vidraças parecem inacessíveis. Mas os editores em suas salas nada são além de meros ratos de jornal, ele sabe muito bem. Já bateu bastante à porta de editores em sua vida para aprender que não há motivo para temê-los.

Edgar Allan Poe é um cavalheiro, compreendem? Ele é mais cultivado que o senhor, é mais sagaz e divertido, ao menos no papel.

Muitos ratos de jornal sabem ler. Alguns sabem escrever várias sentenças sem errar, mas não se deve exigir demais de um roedor.

"Tenham uma palavra de boas-vindas para Edgar Allan Poe, seus bostas!"

Com passo resoluto, ele empurra a porta do *Sun* e começa a galgar a escada escura. Só no momento de erguer a mão para bater à porta da sala do editor-chefe, o sr. Matthews, é que ele tem a sensação de que algo está errado. Sua mão fica suspensa no ar. Sim, alguma coisa dentro dele resiste, e ele já não sente vontade de tocar naquela droga de porta. Respire! Encha o peito! São simplesmente um bando de abutres carniceiros! Sua mão, porém, recusa-se obstinadamente a bater.

Vamos, bata, meu rapaz! Feche o punho!

Do escritório ao lado chega-lhe o ruído de uma cadeira arrastada sobre o piso de madeira, um barulho grotesco. Quando volta a cabeça para esse lado, percebe um espelho suspenso junto à porta de entrada. Há pouco sua camisa era branca; agora ela tem um matiz de urina. Ele está sem colete, a camisa desbeiçada sobre o peito é como uma chaga aberta.

Bruscamente ele se afasta da porta do sr. Matthews, desce correndo a escada, chega à rua, atravessa a praça e se embrenha por uma rua adjacente.

Somente ao alcançar a sombra dos muros de tijolos, onde tem certeza de que ninguém o reconhecerá, é que ele recupera o fôlego. Seu coração dá murros dentro do peito. Desde a infância foi sempre cuidadoso com a aparência, e mesmo se agora usa roupas velhas, preocupa-se muito com a sua toalete, um cuidado que se intensificou com a pobreza. E nesta manhã? Nesta manhã ele se levantou, enfiou-se numa calça e numa camisa e saiu sem prestar atenção ao fato de que não portava colete, nem fraque, sequer um lenço ao redor do pescoço.

Pobre imbecil! O que há com ele? Por que se esquece de coisas de que jamais se esqueceu antes: roupas, colete, lenço... e o que mais? Com as mãos diante dos olhos, fica alguns minutos ali plantado, revendo a imagem da sua camisa no espelho.

Se tivesse entrado no escritório do editor e começado a falar de si próprio e do que escrevia, que horror... Suas chances de tornar-se redator de jornal e escritor seriam arruinadas de imediato. Depois de tal apresentação, ninguém o levaria a sério. Um espetáculo repulsivo, Edgar Allan Poe de camisa suja e gasta tentando convencer um editor de seus eminentes méritos. Aliviado — pois nada disso aconteceu, afinal —, ele retorna a Greenwich Village. Sente que uma dose lhe faria bem, mas passa rapidamente pela fachada do bar, ergue a cabeça e corre na direção da pensão.

Sissy está à janela, de penhoar.

— Como se chamam essas árvores estranhas? — pergunta, quando ele entra. Ele se inclina e a beija na testa.

— Não está com calor, querida?

— Estou em plena forma. Adoro a vista daqui.

— É linda.

— Greenwich Village é tão bonita.

— Tranquila e encantadora.
— Conseguiu trabalho?
— Acabo de ter uma ideia.
— Para um artigo?
— Sim, querida. Acho que vou me tornar conhecido em Nova York.

Muitas vezes ele foi desaconselhado a ir para Nova York. Nathaniel Parker escreveu que a cidade abriga o mercado literário mais fechado de todo o país. Parece-lhe que Horace Greely declarou, certa vez, que em Nova York milhares de autores podem escrever boa prosa ou boa poesia, mas que somente poucas dezenas conseguem viver da escrita.

Nada que lhe faça medo. Seu talento é brilhante, original.

Nova York é a cidade das possibilidades. Ele está firmemente resolvido a fazer contato com os editores importantes e lhes enviar os seus contos e ensaios. Mas primeiro é preciso se fazer notar. Agora ele sabe. Quer escrever um artigo fantástico sobre um barco que ainda não foi inventado. Uma informação que não é uma informação. Um blefe sensacional sobre um balão. Quando mandar imprimir esse artigo, não haverá um só editor na cidade que não deseje saber quem é o autor.

Ele imagina a primeira página do jornal:

NOTÍCIAS ESPANTOSAS
URGENTE VIA NORFOLK
O ATLÂNTICO CRUZADO EM TRÊS DIAS

Um formidável triunfo da máquina voadora do sr. Monck Mason!

Ao lado do artigo aparecerá a ilustração de um gigantesco balão dirigível.

Um golpe de gênio, ele pensa.

Decide começar a escrever imediatamente. Antes mesmo, porém, de haver terminado o trabalho, ele recebe uma correspondência que arruína a sua concentração.

POE

O orangotango

Nova York

A reportagem chega à pensão num envelope com seu nome grafado em letras maiúsculas, numa caligrafia desajeitada. Ele abre o envelope. Tem as mãos trêmulas enquanto lê.

CRIME INEXPLICÁVEL
DUAS MULHERES ASSASSINADAS POR UM LOUCO DESCONHECIDO

por Evan Olsen

Mais uma vez a cidade de Nova York é sacudida por um crime demasiado inacreditável para ser verdadeiro. Por sua selvageria, sua concepção, ele é tão bárbaro que em nome da decência a nossa publicação deveria fazer silêncio a respeito dele e varrer a sua lembrança da superfície da terra. Infelizmente, não será assim. Em nome da informação, o repórter deve dar conhecimento ao público do crime cometido contra nós, pois a morte de duas mulheres, ocorrida ontem à noite no número 55 da rua Chrystie, não atingiu apenas as duas vítimas, mas a todos nós.

Até os policiais mais calejados ficaram perturbados na noite de ontem com as coisas que encontraram dentro e na frente do apartamento, e o tenente Tom MacNeill, de East Broadway, exclamou por várias vezes: "É inconcebível!".

Outros policiais exprimiram-se com muito mais virulência.

Na véspera do crime, o próprio autor desta reportagem foi recebido pelas duas mulheres — mãe e filha, ambas encantadoras e cultivadas —, e o assunto da conversa poderia muito bem ter alguma ligação com o caso.

Histórico

O leitor atento recordará o artigo que há algum tempo dediquei a uma descoberta num dos cemitérios da cidade. Tratava-se de uma jovem que meu amigo Joe Sullivan e eu próprio encontramos num túmulo recém-escavado. Julgo ser inútil lembrar ao leitor do *Sun* os ferimentos que lhe haviam sido infligidos. Na ocasião, o coveiro encontrou uma mensagem em código que havia sido enfiada por baixo da sua porta, mensagem esta que parece ter desaparecido na comoção provocada pela descoberta do cadáver. Semanas depois, encontrei por acaso esse pedaço de papel e pedi à minha esposa, leitora apaixonada de vários jornais e revistas da cidade, para examinar a série incompreensível de números escritos nele.

"Qual é a sua opinião, querida?", perguntei a Mary Ann, entregando-lhe o pedaço de papel.

Ela deu uma olhada.

— É um criptograma, tenho certeza.

Fiquei espantado. Ela pousou o bule de chá sobre a mesa, onde havia também um prato de biscoitos de chocolate — os meus favoritos — da confeitaria alemã da rua Catherine.

Decifrar a mensagem não demorou muito, graças a um método aparentemente simples e lógico ensinado numa das publicações que minha esposa lia regularmente.

Tratava-se de um texto de espantosa coerência, apesar de toda a monstruosidade que ele continha.

```
10-30-20-7-20-6-7-22-16-31-?-12-3--12-7-9-10-30-20-7-20-6-7-22
- - 17-9-10-3-20-10-30-20 - - 22-6-7-14-7-16-9-7-14-7-16-9-7-14-
7-16-9-16-11-15-3-16-9-7-15-11-16-23-22-22-7-20-11— -15-3-16-9-7-22-
11-15-7-20-11-15-3-16-9-7-6-3 - -
9-7-20-10-3-20-12-7-9-10-30-20-22-6-7-22-14 11-13-7-24-7-14-
22-17-20-6-7-12-7-9-11 -  -13-13-7-31-22-11-14-9-11-15-7-9-6-7-22-7-
14-7-19-11-9-7-24-20-3-13-10-7-9-7- -20-!-10- -
7-9-22-17-29-6-7-11-13-13-7-21-11-6-7-22-!-24-11-13-20-22-14-3-9-
22-13-7-16-16 -7-14-7-24-7-16-6-7-11-9-20-3-24-7-16-!-
```

"Ouve agora? Sim, ouço e *venho ouvindo*. Faz muito, muito tempo, muitos minutos, muitas horas, muitos dias que tenho ouvido isso; mas não ousava... Oh, piedade, piedade para este miserável! Eu não ousava... não ousava falar! *Nós a pusemos viva no túmulo!*"[11]

Relendo aquele texto várias vezes, comecei a achar que o crime havia sido cometido segundo uma cronologia cuidadosamente preparada. Cada elemento da série de acontecimentos se encadeava no seguinte. A descoberta no cemitério tinha ligação com o criptograma. O assassino havia encontrado o texto, criado o criptograma, passado para o papel e amordaçado a mulher, que em seguida ele torturou e enterrou viva. A pobre infeliz foi assassinada segundo um plano estabelecido em detalhes. Pelo menos era assim que eu concebia o caso.

Ora, exatamente há uma semana minhas suspeitas foram confirmadas.

Um aviso endereçado ao Sun

Eu estava trabalhando no escritório quando chegou um envelope. O conteúdo estava em letras maiúsculas, numa caligrafia que poderia ser confundida com a do criptograma:

DECIFRE O CÓDIGO
ANTES QUE EU QUEBRE
O PESCOÇO DA GAROTA
ESCUTE!
O ANDARILHO DA RUA M.
NÃO DESCANSA
BRINCA DE BANDIDO
E DE BÁRBARO
NA RUA PERTO DO CEMITÉRIO
NÚMERO CINQUENTA E CINCO
ISTO É TUDO
DECIFRE O CÓDIGO

Enquanto eu tornava a subir a Broadway a passos rápidos em direção à rua White e ao quartel-general da polícia, repetia a mensagem em voz baixa. Julgava que aquelas frases também

---

11 "*The fall of the house of Usher*" (A queda da casa de Usher), de Edgar Allan Poe. Tradução de José Paulo Paes. (N. da T.)

eram uma mensagem em código, mas achava difícil compreender por que o autor havia decidido mandar tal mensagem a um repórter da redação do *Sun*. Reli o papel na companhia do meu bom amigo Joe Sullivan, investigador da polícia, e concluímos que, se havia alguma coisa que pudéssemos fazer para impedir um possível crime, essa coisa era tentar encontrar um número 55 numa rua nas vizinhanças de um cemitério.

Como os leitores do *Sun* sabem, existe uma infinidade de cemitérios em Nova York, mas nenhum mapa completo que nos permita localizá-los. Depois da epidemia de cólera de 1832, surgiu um grande número de locais de sepultamento por toda a cidade. A tarefa do jornalista e do policial não era, assim, das mais fáceis.

Perto do cemitério da igreja batista, entre as ruas Delancey e Chrystie, acabamos encontrando um número 55 e avisamos aos habitantes do velho prédio sobre uma eventual agressão. Tivemos também ocasião de conversar com as duas damas que mais tarde conheceriam um destino tão terrível. Que poderíamos ter feito além disso? Como policial zeloso, Joe Sullivan decidiu organizar uma vigilância noturna em torno do imóvel. Mas o bilhete que recebi na redação não especificava a hora e o local do crime, e como poderia a polícia de Nova York levar a sério um simples pedaço de papel escrito por Deus sabe quem? No dia seguinte, o sr. Sullivan recebeu novas tarefas. Foi nessa noite que o assassino atacou.

Assassinato na rua Chrystie

Quando chegamos, o apartamento estava ocupado por policiais que procuravam provas e interrogavam os vizinhos.

O aposento havia sido literalmente destruído e a mobília, despedaçada. Havia dinheiro espalhado pelo chão. Tufos de cabelo e de fuligem recobriam as cadeiras. Foi o sr. Sullivan quem descobriu a jovem no duto da chaminé, presa pelos pés por uma corda. Sem dúvida fora asfixiada. Quando os policiais estenderam o cadáver no chão, vi o rosto dela. Sob a camada de fuligem, reconheci a jovem com quem eu havia conversado dois dias antes. Seus olhos estavam cobertos de poeira negra. Quando o legista ergueu delicadamente uma das suas pálpebras, a fuligem caiu sobre o assoalho. O cadáver da mãe jazia na rua. Tinha a garganta cortada e o rosto retalhado. Sua camisola havia sido retirada e ela estava totalmente despida. A parte inferior do corpo estava coberta de fuligem. Quando dois policiais a ergueram, a cabeça separou-se do corpo e rolou, parando a um metro dele.

A opinião do sr. Sullivan é enfática: "É óbvio que o monstro jogou-a lá de cima".

Examinando o cadáver da mãe, a polícia descobriu um chumaço de tecido em sua boca. A mesma coisa havia na boca da filha. Os dois pedaços de pano foram sem dúvida umedecidos com um anestésico.

Não é exagero dizer que este caso perturbou profundamente os policiais experientes, e que a atmosfera do apartamento estava no mínimo sufocante.

Tudo neste caso permanece enigmático. Ninguém sabe como o assassino entrou no apartamento, nem tampouco como saiu. A porta estava fechada por dentro. A polícia precisou arrombá-la a pontapés, suspeitando que um crime fora cometido. Todas as janelas estavam fechadas com ferrolho. A tese de que o selvagem conseguiu escapar pelo duto da chaminé foi logo refutada quando um exame mais profundo mostrou que o canal em questão era demasiado estreito para um homem adulto. Além disso, os traços de fuligem presentes em todo o aposento indicam que o assassino entupiu esse duto por baixo com o corpo da mulher mais jovem. Tudo isso é bastante desconcertante. Por um lado, é evidente a selvageria do criminoso; por outro lado, tudo dá a impressão de se tratar de um crime friamente planejado, como que concebido por um assassino terrivelmente inteligente.

Por enquanto, a polícia nova-iorquina não tem qualquer pista e nenhuma testemunha se apresentou. Naturalmente os vizinhos ouviram o quebra-quebra durante a noite, mas ninguém viu o assassino entrar ou sair do imóvel.

Como o assassino saiu? E qual foi o móvel do crime? Por que ele não levou o dinheiro ou os objetos de valor das duas mulheres?

Como o leitor deve ter entendido, numerosas perguntas ficam em suspenso nesse caso que revoltou Nova York.

Caso não resolvido

Passei toda a noite acordado pensando nas duas mulheres. Por fim concluí que a selvageria dos assassinatos na rua Chrystie não era dirigida particularmente contra as duas inocentes e que o assassino serviu-se delas para demonstrar alguma coisa. Não consegui resolver o enigma ou lançar sobre o caso uma nova luz. A única coisa em que podia pensar era um trecho da mensagem abominável: "brinca de bandido e de bárbaro".

Voltando à redação, ouvi por acaso uma conversa entre dois vizinhos das vítimas.

Aparentemente, vários moradores haviam escutado vozes no apartamento. Um deles afirmava categoricamente que se tratava de um homem falando francês. Um casal que morava abaixo das duas mulheres era da opinião de que o homem falava italiano, porém um terceiro asseverava que a língua estrangeira era o russo. Eis onde estamos neste caso, caro leitor: não resolvido e inquietante como um pesadelo em pleno dia.

Ao terminar de ler a reportagem, Edgar sente-se invadido por uma estranha lassidão, como se sua consciência não mais conseguisse manter-se intacta e estivesse derretendo inexoravelmente dentro dele. Posta-se diante da janela e contempla o parque, mas seus membros estão tão pesados que ele precisa se apoiar na moldura da janela com as duas mãos.

Estendido no canapé, ele cochila. Ressoa dentro de sua cabeça o barulho abafado de um navio que se insinua por entre os telhados das casas. Só no fim do dia ele consegue se levantar. Na cozinha, bebe um chá preto como pólvora.

Não consegue deixar de se perguntar quem lhe enviou a reportagem e por que o remetente não quis revelar sua identidade. Quem então lhe esconde o nome? Como um nome poderia prejudicar o remetente, ou por que este temeria que Edgar fizesse mau uso dele?

E o seu próprio nome, Edgar Allan Poe, será verdadeiro? Jamais conheceu de fato os seus pais, David e Eliza, no entanto se chama Poe. O sobrenome dos pais adotivos ele não quer; acha que Allan tem algo de corrompido e muitas vezes o exclui. Mas logo volta atrás e reintroduz o nome intermediário odioso, talvez no fundo se orgulhe da fortuna que por herança, negócios ou relações influentes, John Allan conseguiu amealhar, e à qual ele, Edgar, renunciou para poder manter a cabeça erguida.

Algum dos seus nomes é autêntico?

Ele examina o verso da página de jornal. Alguém lhe enviou essa reportagem, talvez para que ele identificasse a relação com a sua própria imaginação. O que significa que seus leitores também poderão reconhecer as semelhanças com o conto.

Poe imagina a reportagem comentada nos saraus, cochichos mesquinhos em meio a chá e biscoitos, e o seu nome mencionado. Será que o crime se parece tanto com o seu conto que a cidade inteira fala dele?

Poe rilha os dentes de ódio, até suas mandíbulas doerem.

Foi Griswold quem lhe enviou a reportagem? Sua antologia é o maior ultraje que Poe pode imaginar. Escolher apenas três poemas seus, só um carrasco titânico faria uma coisa dessas. Melhor seria não ter sido incluído. Com sua seleção, Griswold o qualificou de "medíocre", um fazedor de versos que não chega aos pés de Longfellow & Cia. Foram necessárias algumas semanas para Poe captar a magnitude do ultraje. Agora, cada vez que pensa nisso, tem vontade de chorar. Tanta indiferença transparece na introdução aos seus poemas feita por Griswold que ele só pode tê-la escrito com muito cuidado. A maldade de Griswold é atordoante, ele está até impressionado.

O que Griswold quer? Derrubá-lo? Jogá-lo no poço do anonimato e deixá-lo mofar ali como um cogumelo humano? Será que esse jornalistazinho audacioso está tentando sujar o seu nome para destruir para sempre as suas chances de ser escritor? Edgar presume que essa é a hipótese mais provável, embora não faça ideia dos motivos ocultos do pastor.

Ele folheia a antologia, percorre as introduções de estilo leve e trabalhado. Num instante a sua opinião está formada: enviar-lhe uma carta anônima não parece coisa de Griswold. Sua especialidade é humilhar as pessoas sem que elas percebam; esfolada, a vítima sequer franze a testa. *Esse* é o seu estilo. É um texugo carniceiro.

Poe relê mais uma vez a reportagem e descobre, para sua grande surpresa, que sua preocupação aumenta com a ideia de que talvez não tenha sido Rufus Griswold quem a enviou, afinal. Mas quem, então? E com que intenção — torturar o seu espírito? Qual a necessidade de lhe informar que duas mulheres foram assassinadas em Nova York?

Dias depois ele torna a ler a reportagem, e fica tão fora de si que a rasga em pedacinhos. Mais tarde arrepende-se do gesto que o impede de continuar analisando as suas suspeitas.

Após jogar fora os fragmentos de papel, fecha os olhos apertando bem as pálpebras, como uma criança. Jamais acreditou em coincidências e sabe que isso não é por acaso. Um indivíduo de mente perturbada leu o seu conto. Do fundo da sua cabeça ergue-se um zumbido, como o apito de um trem aproximando-se, e a cada segundo o barulho da locomotiva fica mais forte. Logo o alcançará. Pensa: sim, sim, sim, eu sei! Mas ele não quer saber. Quer esquecer. Não pensar mais nisso.

O que vem primeiro: a literatura ou a realidade? O que vem primeiro: o assassinato ou a descrição do assassinato? O que vem primeiro: o medo ou as frases?

Ele não sabe o que fazer para escapar.

GRISWOLD

Culpado?

Nova York

Certa tarde, Rufus Griswold recebe a visita de um repórter jovial e um tanto corpulento, do *Sun*. Postado diante da porta, o visitante morde o bigode louro e examina o dono da casa com ar de quem não está muito à vontade com a sua missão.

— Rufus Griswold?

— Sim.

— Meu nome é Evan Olsen. Posso importuná-lo com algumas perguntas? Não vai demorar.

— Estou muito ocupado e...

— É muito importante para mim que o senhor me conceda um instante.

— Do que se trata?

— Quero lhe perguntar sobre o escritor Edgar Allan Poe.

— Poe?

Rufus de imediato faz entrar o jornalista.

— Espere na sala, volto logo.

Quando os dois se acomodaram frente a frente, cada um com um copo de limonada, o escandinavo sorridente põe-se a remexer em algumas folhas de papel com expressão cada vez mais perplexa. "Esse repórter tem toda aparência de um jornalista dotado de escrúpulos morais", pensa Rufus, que, tendo se tornado homem bem educado, não fez qualquer comentário sobre a fisionomia bastante cômica do homem à sua frente. Mas não deixou de pigarrear para lembrar ao repórter de que tinha outros afazeres.

— Perdão, perdão — murmura o visitante.

— Em que posso lhe ser útil?

— Bom... hum... Trata-se de um caso... bastante delicado.

— Se fosse tão delicado assim, o senhor não estaria sentado nessa cadeira — Rufus retruca.

O jornalista ri a ponto de agitar a limonada dentro do seu copo.

— Não, claro que não — responde, enxugando o bigode. — Permita-me ir direto ao ponto, sr. Griswold.

Assentindo com a cabeça, Rufus diz:

— Por favor...

— Li com muito interesse a sua antologia da poesia americana, magnífico trabalho. Notável. Enfim... Acontece, sr. Griswold, que em meu trabalho como repórter no *Sun* encontrei, há algum tempo, um terrível caso de assassinato. Na ocasião, foi mencionado o nome do escritor Edgar Allan Poe. Eis o artigo.

Olsen coloca o papel sobre a mesa que os separa. O título "Terrível descoberta no cemitério" salta aos olhos.

Rufus ergue o olhar para o repórter.

— Lembro-me desse caso horrível. Mas, felizmente, o nome de Poe não foi mencionado na ocasião, certo?

— Exato. É aí que o caso fica delicado, sr. Griswold. Pois aconteceu outro assassinato bárbaro, aqui em Nova York. Dessa vez dentro de um apartamento na rua Chrystie. Naturalmente nada liga diretamente esse crime ao sr. Poe. Ele estava na Filadélfia quando o crime do cemitério foi cometido e ninguém da polícia de Nova York acha que ele tem alguma ligação com esse novo caso. Mas alguma coisa me perturbou, principalmente porque esses casos não apresentaram qualquer explicação satisfatória. O que me preocupa é a forma do crime. Perdão, não encontro palavra mais apropriada, sr. Griswold. Sendo o senhor um homem letrado, peço-lhe que perdoe a minha maneira desajeitada de me expressar. Sou bem melhor escrevendo.

— Está se saindo muito bem, sr. Olsen — murmura Rufus inclinando-se para o outro. — Continue, peço-lhe.

— Hum. Que seja. Acontece que o crime da rua Chrystie apresenta algumas características que são, se é que posso dizer assim, perfeitamente idênticas aos acontecimentos descritos num dos contos do sr. Poe.

Rufus abre a boca, mas tem a língua tão seca que é incapaz de pronunciar uma única palavra. Consegue apenas beber um gole de limonada e fazer um gesto de cabeça para que Olsen prossiga.

— Trata-se de "Os assassinatos na rua Morgue", o senhor conhece?

— Naturalmente.

— Conversei longamente sobre isso com os investigadores e não consegui persuadi-los de que essa semelhança é mais que simples coincidência. Dizem eles que eu "hipotetizo". Os policiais são uma espécie peculiar, sr. Griswold. Mas não consigo deixar de pensar que existe alguma coisa.

— É compreensível.

O jornalista suspira com alívio. Depois bebe um longo gole de limonada, coloca o copo na mesa com um grunhido de satisfação e enxuga o bigode.

— Eu tinha dúvidas de que o senhor me compreenderia.

— Claro, claro. Fale-me dessas semelhanças.

— O que é surpreendente, um ponto sobre o qual estamos de acordo, os investigadores e eu, é que a cena do crime se assemelha, quase sem tirar nem por, se é que posso me exprimir assim, à descrição do aposento no conto do sr. Poe. A jovem foi pendurada pelos pés dentro da chaminé. O corpo da mulher mais velha foi cortado e jogado pela janela. Os móveis foram revirados, as portas e janelas estavam fechadas por dentro.

— É mesmo?

— Uma cena escabrosa. Como o senhor conhece o conto, sabe a que me refiro. Mas o que me perturba, *sir*, é que acho difícil aceitar que tudo isso pode ser simples coincidência. Admito que nada prova que o escritor esteja implicado. Mas tenho certeza de que a polícia deixou passar alguma coisa. Não consigo deixar de pensar que existe em algum lugar um leitor, um homem que lê literatura como um selvagem. Um tipo que, por motivo desconhecido, imita os relatos de Poe e os toma como modelos para os seus crimes.

Os dois se entreolham durante segundos. O repórter, pensativo, com olhar sombrio, sem dúvida revê as duas mulheres assassinadas. Rufus sente uma vertigem. Ao se levantar, precisa apoiar-se na cadeira.

Mais uma vez agradece ao visitante a sua franqueza, depois finalmente fecha a porta atrás dele. Está perturbado, lágrimas assomam-lhe aos olhos.

Quem é Poe?

Do que ele é culpado?

— Somos todos culpados — diz a si mesmo em voz baixa. — Seremos todos julgados. Todos nós baixaremos a cabeça diante do Senhor. Porém, Poe é mais culpado que todos nós.

POE

Ostras

Nova York

Ostras, sanduíches de presunto e ovos delicadamente *pochés* são colocados diante de Poe à mesa do restaurante. Rufus Griswold fala com veemência dos assassinatos na rua Chrystie; mãos agitadas, olhos esbugalhados, ele tem a aparência de um pregador de terceira categoria. Já Edgar olha de esguelha para as ostras. Griswold torce os dedos, seu olhar examina o rosto de Edgar. Fala dos cadáveres das duas mulheres, do trabalho da polícia, das reportagens, das advertências de são Paulo, sua voz vibra, alteia-se e abaixa, ele murmura com grande fervor:

— Abominável! Coitadinhas! Coitadinhas!

Depois, num tom quase suplicante:

— O que você acha, caro amigo?

Edgar se contenta em olhar de relance para as ostras.

Ele se tornou um dos escritores mais publicados de Nova York; suas resenhas de peças teatrais, seus poemas, artigos e contos figuram em jornais e revistas. O que não o impede de ter fome o tempo todo e de arrastar atrás de si uma dívida jamais saldada. Uma luz suja cai do teto sobre a testa do redator. Entre as sobrancelhas vê-se uma ruga. Edgar não tinha reparado nisso antes; devia ser a marca de uma longa reflexão. Griswold cita são Paulo:

— "Pelo qual, desprezando a mentira, falai a verdade cada um com o seu próximo; porque somos membros uns dos outros. Irai-vos e não pequeis; não se ponha o sol sobre a vossa ira nem deis lugar ao diabo."[12]

---

12 Epístola aos Efésios 4, 26. (N. da T.)

Tentando concentrar a atenção no rosto de Griswold e fechar-se ao ruído da voz dele, Edgar compreende melhor o que seu interlocutor procura lhe comunicar: compaixão e impaciência, cólera e desânimo. Seu olhar mostra desespero, alternadamente ameaçador e impotente. Parece, na verdade, um tanto fora de si esta noite.

— Sabe algo sobre as mortes na rua Chrystie? — pergunta Griswold pela quarta vez.

Sim, Poe sabe algo. Sabe que os assassinatos têm uma ligação com seus contos. Sabe muito bem. Mas o que deveria fazer? Parar de escrever? Parar de publicar seus contos? Renunciar ao dinheiro recebido, que já é microscópico?

As ostras se encolhem dentro das conchas leitosas. A voz de Griswold lamentando a morte das duas mulheres é sem dúvida um teste para estudar a reação de Edgar. Ele decidiu calar-se sobre o assunto dos crimes. Tudo o que disser será certamente usado contra si. Griswold pousa sobre ele um olhar investigador e diz:

— Bem, vamos em frente. Como vai você?

— Vou bem — Edgar responde com ar tranquilo.

— Tanto melhor. Fiquei chocado quando ouvi falar dessas comparações.

— Quais comparações? — pergunta Edgar em tom calmo e inocente.

— Entre os crimes e os seus contos.

— Todo mundo fala em Nova York. Todos os dias nascem novos boatos, sempre mais fantasiosos e mesquinhos que os da véspera. A maneira mais salutar de agir diante de todo esse falatório é fazer-se de surdo.

Griswold morde o lábio inferior, depois diz em tom baixo:

— "Revesti-vos da armadura de Deus para poder resistir às emboscadas do diabo."[13]

---

13 Efésios 6, 10-24. (N. da T.)

— Já estou vestido — retruca Edgar com um sorriso breve.

A acidez lhe revolve o estômago. Será que Griswold não compreende que já deveriam estar jantando? Ele continua a falar dos boatos, mas Edgar não escuta uma só palavra; está imaginando Rufus Griswold, impelido pela curiosidade, observando através da janela o macaco que ataca as mulheres indefesas dentro do apartamento. Por fim, Griswold deixa as mãos caírem sobre a mesa e exclama:

— Sirva-se, você parece faminto.

Edgar pigarreia e se remexe na cadeira. É tarde demais.

— Infelizmente não estou com muito apetite.

— Prove as ostras, são deliciosas.

— Não tenho fome — repete Edgar, afastando o guardanapo.

— É uma pena. — Griswold engole a primeira ostra. — Você me parece magro demais, Poe, deveria tentar comer — continua, em tom de preocupação. — Não queremos que você perca a sua magnífica energia.

Poe pestaneja.

— Obrigado.

O ruído que o pastor faz ao engolir as ostras o tortura; a cada sorvo ele tem a impressão de que a boca e a língua de Griswold se enfiam por seus ouvidos.

Horas depois, está deitado ao lado de Sissy. São 8 horas da noite, jantaram um pouco de sopa. Ele está esgotado e sem disposição para escrever. Durante a refeição, ela sentiu vertigens e se retirou para o quarto. Depois do primeiro verão de ambos em Nova York, ele se convencera de que Sissy ficaria inteiramente curada, porém, com o inverno, a tosse piorou mais que nunca. Vertigens, hemorragias terríveis, ele reconhece os sintomas. Sissy, no entanto, não quer ouvir falar nisso; cada vez que alguém pronuncia a palavra "doença", ela se levanta e sai do aposento. Recusa-se a receber visitas de médicos, alegando que eles a deixam doente. Edgar pousa a face sobre o peito franzino da esposa. Tudo o que quer é repousar, dormir e acordar com novas forças e coragem renovada.

— Em que você está pensando? — ele pergunta.

Ela fica imóvel sob o peso dele. É como um pedaço de gelo preso ao lençol.

— Em nada.

— Não sente dor?

— Estou perfeitamente bem — ela responde com desafio na voz.

Ele a perscruta com atenção. O rosto de Sissy adquiriu uma gravidade que ele não reconhece, há alguma coisa estranha com ela. O que lhe aconteceu que ele desconhece?

— Que há com você? — Ele acompanha a pergunta com um beijo e sente vontade de chorar.

— Nada, nada.

— Afinal, o que está acontecendo?

— Nada, já disse.

— Sei que há alguma coisa, mas não sei o que é. — Dessa vez ele se impacienta.

Ela então lhe dá as costas, como faz toda vez que fica com raiva. Durante horas ele não poderá lhe dirigir a palavra.

Poe desperta no meio da noite com uma violenta enxaqueca. Levanta-se e vai até a cozinha beber água. Esvazia um copo grande, depois outro. Ali, junto ao fogão, relembra as ostras que Griswold comeu com tanto apetite. Reflete: quem é Griswold? Um hipocritazinho revestido da armadura de Deus ou alguém com um demônio brilhante escondido na mente? Edgar sabe muito bem que não pode confiar nele, no entanto não consegue impedir-se de sentir por ele uma simpatia equívoca.

Ele encontra meia garrafa de conhaque no armário e se põe a esvaziá-la, taça por taça. Depois da quarta, fecha os olhos, mas continua bebendo. Leva a taça aos lábios e o álcool se espalha em seu peito como uma bruma.

Então entrevê uma igrejinha decrépita nas cercanias de Baltimore e pensa numa massa informe e na mão que arranca da terra uma cruz e se põe a espancar a massa que geme, e pensa também numa estrada no campo, no vento que lhe fustigava o rosto, nas lágrimas que lhe desciam pela face enquanto ele se encolhia num abrigo de beira de estrada a maldizer sua própria cólera.

II

Nova York – Fordham,
1843-46

O fato é que compreender os outros não é a regra de nossa vida. A história de nossa vida é nos equivocarmos sobre eles, de novo, de novo, e, depois de uma cuidadosa reflexão, nos equivocarmos mais uma vez. É assim que sabemos que estamos vivos: nos equivocamos.

Philip Roth, *Pastoral americana*

POE

Boatos

Nova York

Sob a luz suave do Sandy's, o rosto de George Graham parece marcado por uma nova preocupação.

— Há rumores — diz ele, antes mesmo que Edgar se sente.

Edgar suspira.

— Ainda nem me serviram uma tacinha de vinho e os boatos já correm pelas ruas.

Graham espirra e pressiona um lenço contra o rosto.

— Está doente?

O editor balança a cabeça e torna a espirrar no lenço.

Na mesa vizinha, dois homens bebem gim; cabeças inclinadas um para o outro, falam em voz baixa de algo que parece ser de grande seriedade. Eles se assemelham perfeitamente — gêmeos, sem dúvida, pensa Edgar. Sob a aba do chapéu, o gêmeo sentado de frente para ele apresenta uma queimadura que cobre todo o lado esquerdo do rosto.

— Confesso todos os crimes — Edgar declara ao editor. — Sou culpado. Sempre fui. Seja gentil, Graham, corte-me a cabeça. Não deixe que me torturem assim.

— Muito engraçado.

— Posso beber um pouco de vinho?

George Graham enche o cálice até a borda.

— Conte-me tudo, meu amigo — Edgar prossegue.

O murmúrio na mesa vizinha cessa por um instante, depois os dois irmãos retomam os sussurros.

— Parece que Rufus Griswold recebeu a visita de um repórter.

— Que repórter?

— Um tal de Olsen, creio.

— E daí?

— O repórter em questão — diz Graham, falando rapidamente — queria porque queria falar com Griswold sobre esses casos de assassinato, entende, as duas mulheres mortas na rua Chrystie.

— Ah, é?

— Esse escandinavo, Olsen, parece ser um grande admirador de Rufus Griswold, e você sabe que o nosso pastor é muuuuito sensível à admiração. Quando terminou de passar a mão na cabeça do nosso distinto reverendo, Olsen revelou-lhe ter feito uma descoberta. Encontrou a "sinopse" dos crimes. A saber, um conto que contém algumas características idênticas às das mortes reais.

— Que tipo de "características"?

— Calma. O pior ainda está por vir.

Edgar observa o sorriso no rosto de Graham.

— Estou esperando.

— Aparentemente, Olsen tem bons contatos na polícia. Ele mostrou o conto para um amigo investigador da rua White que, segundo Griswold, ficou "muito instigado". Então, na sua opinião — Graham continua, olhando para Edgar com expressão travessa —, de que conto se trata?

— "Os assassinatos na rua Morgue" — Edgar murmura.

— Impressionante!

— E que diz o investigador?

— É aí que a coisa fica interessante. A polícia se recusa a comentar o caso. De qualquer maneira, você não é suspeito de coisa alguma. Não estava em Nova York quando tudo aconteceu. Mas os boatos dizem que você sabe a identidade do assassino.

— Que mais dizem de mim?

— Griswold está defendendo você contra esses rumores.

— Muito bem.

— Ele diz que você é inocente. Que você é, sem dúvida, vítima de um complô, ou algo assim. Que alguém deve ter interpretado mal o seu conto. O conto, diz, não é tão bárbaro assim. Ele é seu amigo.

— Como?

— É o que Griswold alega. Ele diz: sou amigo de Poe.

— É o que ele diz?

— É, sim. Não é verdade?

— Meu amigo?

— Sim.

— Ora, Graham, não me venha com gracinhas. Griswold e eu sempre fomos inimigos. Você sabe muito bem disso. Somos inimigos que fingem ser amigos, cada um para obter vantagens do outro, e nós dois temos total consciência disso. Por isso sempre falamos bem um do outro, para que não seja conhecido publicamente que um não suporta ver o outro. Assim, cultivamos ao mesmo tempo a nossa hostilidade e a nossa relação profissional. Julguei que isso fosse claro para você, Graham.

— Eu acreditava nisso também.

— Mas...?

— De repente fiquei com a sensação de que não era tão simples assim.

— Quem lhe disse que é simples? O que está pensando?

— Acho que vocês se relacionam como dois rivais que já esqueceram há muito tempo o motivo da briga.

— Isso soa como um livro ruim, Graham. Se eu fosse você, não sonharia com a carreira de escritor.

— Certamente você tem razão, Poe.

— Meu problema é que não o compreendo, não sei o que ele está tramando... ou aonde quer chegar... não sei.

— Aonde quer que vá, Griswold tem sempre um plano na cabeça.

— Exatamente. E esse repórter metido, Olsen, ou sei lá o quê...

— Muuuuito atormentado. Torturado pela ideia de que o caso não foi suficientemente esclarecido. Pertence, sem dúvida, àquela categoria de jornalistas convencidos de que devem assumir o papel de testemunha, investigador e juiz para que a justiça reine neste mundo.

— Não será tudo isso simplesmente uma coisa que Griswold inventou? Quero dizer, esse Olsen, será que existe mesmo?

— Parece que sim.

— Santo Deus, Graham! Como é que você foi trabalhar com esse homem?

— O que eu posso fazer? Meu melhor redator me abandonou porque "sente necessidade de sair da cidade". Acha que foi fácil encontrar um substituto para você?

Edgar brinca com o vinho, bebe alguns goles pequenos e contempla o fundo do cálice.

— Que mais ele diz de mim?

— Muitas coisas. Ele dá a impressão de ter ciúmes de você, Poe.

— Meu Deus, diga logo o que ele fala!

— Ele fez uma pesquisa em profundidade.

— Quero saber de tudo.

Graham suspira.

— Às pessoas em quem confia, ele diz coisas sobre você que um amigo não deveria dizer. Fala de Sissy de um jeito que faz pensar que o casamento de vocês é contra a natureza. Diz também que você voltou a beber. Que vive no mundo do "pecado fulgurante".

— Se ao menos fosse o caso...

— Falou também do seu irmão.

— De Henry?

— Diz que você também vai se matar por excesso de bebida. Parece que você já está prestes a perder a razão. A alma de Poe é negra, diz ainda. E que nada pode salvá-lo, pois você não admite a existência de Deus.

— Tudo isso é puro delírio!

— Você sabe muito bem que não consigo suportar a hipocrisia dele. Mas, no momento, não tenho outro redator à mão.

Edgar bebe. Os dois gêmeos na mesa vizinha levantam-se e se dirigem cambaleantes para a saída. Ao passar pela mesa deles, um dos dois se inclina para Edgar e o toca nas costas. Depois que eles se retiram, os olhos de Edgar demoram-se um momento na porta.

— Não sei mais em quem confiar — diz.

— Não em Rufus Griswold, isto é certo. Ele se diz cristão na alma, mas é o maior embusteiro que você possa imaginar.

— O que você faria em meu lugar? — pergunta Edgar, movendo o cálice de vinho.

— Não sei.

— Não há o que eu possa fazer, então?

— Não.

— Nada?

— Nada. A não ser, é claro...

— O quê?

— Você sabe...

Edgar observa o rosto jovem de Graham.

— Ficar ainda mais amigo dele?

— Sim.

— Você tem uma mente tortuosa, Graham.

— Tive uma boa escola.

Edgar esvazia o cálice e se põe de pé.

— Outra coisa... — diz Graham, sem se mexer.

Edgar apoia-se na cadeira.

— Diga.

— Você sabe alguma coisa que não quer me contar?

Edgar se inclina para ele, furioso:

— Parece que muita gente pensa que eu sei algo sobre esse pesadelo. Você não acha, Graham, que eu gostaria de me libertar disso? Não acredita que eu lhe contaria se soubesse como me salvar desta droga de situação?

— Sinto muito — Graham murmura —, vamos esquecer isso.

— Muito obrigado, Graham, por esta conversa. Vamos tentar nos ver na próxima vez que você vier a Nova York.

Com essas palavras, ele se dirige para a saída.

Na rua, sente um nó no estômago, uma sensação como de torpor após uma queda. A luz do dia começa a declinar, as casas se assemelham a formas escuras. Os bicos de gás emitem uma luz amarelada, porém viva. De olhos baixos, preocupado, Edgar se afasta a passos largos do restaurante. Vira uma esquina, levanta a gola do sobretudo a fim de proteger o pescoço e segue seu caminho sem saber onde está e para onde vai. Com o colete a apertar-lhe o peito, ele resmunga sem parar, como se esperasse transformar a situação em comédia, exagerando as suas reações. Em vão. Lágrimas escorrem pelo seu rosto até os lábios, misturando-se à saliva.

Ele está bem consciente do que acontecerá se descobrirem a identidade do assassino daquelas mulheres: será a sua perdição. Ele será condenado como cúmplice. E, privado de qualquer possibilidade de ter seus escritos publicados, perderá o seu ganha-pão.

Seu nome ficará imediatamente desacreditado.

Deus, como conseguirá escrever uma só frase nos próximos dias?

Num beco sem saída, atrás da universidade, ele se encolhe, com uma dor palpitante no diafragma. Dobra-se em dois e vomita durante alguns minutos. Depois se endireita. Acima dele, o céu escureceu. Os muros se elevam de cada lado, e no final da rua, a luz vermelha e sombria da lua nascente clareia o muro que fecha a passagem. Ele dá meia-volta e o ruído de seus passos ressoa entre os muros.

※

Ele tem um sonho, do qual se lembra com a precisão de um acontecimento real. No sonho, ele recebe certa manhã uma carta de um homem chamado Edgar Allan Poe: "Faz muito tempo, *sir*, que tenho vontade de encontrar o senhor", ele lê numa caligrafia espantosamente parecida com a sua. Deixa a carta sobre a escrivaninha e sai a passear sob uma chuva torrencial. Após um instante, o vento empurra as nuvens e ele se encontra sob um sol radioso. Como não suporta a luz do sol (no sonho ele sabe disso há muito tempo), empurra a porta de uma alfaiataria para se abrigar lá e se vê cara a cara com o alfaiate, homem magro, cabeludo, metido numa sobrecasaca que lhe chega aos pés.

"Venha, vou lhe mostrar", diz este, fazendo sinal a Edgar para que entrasse na alfaiataria. Passam por uma máquina de costura e por tecidos prontos para o corte, e Edgar sente o cheiro doce do algodão. O alfaiate se detém diante de uma porta. Edgar observa os pelos grossos e crespos que lhe cobrem a nuca.

"Pronto, cá estamos", diz o homem, sem se voltar.

Edgar o segue por um corredor estreito. No final da passagem há uma caixa de chapéu. O alfaiate faz sinal para Edgar se aproximar dela. De repente a dor lhe rasga o peito como uma punhalada. O alfaiate o observa com um olhar intransigente.

"Abra a caixa."

Edgar obedece de olhos fechados, como uma criança. A caixa exala um cheiro ácido e ele abre os olhos. No fundo, encontra-se uma mão que ele reconhece de imediato como sua. Quando se volta para o alfaiate, este está segurando a carta de "Edgar Allan Poe" e fala, em voz carregada de rancor e desdém:

"Sabemos muito bem o que o senhor está tramando. Não sabe que se arrisca a ser condenado à morte fingindo ser este homem?"

Edgar não sabe o que responder. Seu olhar pousa sucessivamente na mão dentro da caixa e na sua própria mão. De súbito ele sente a cólera crescer dentro de si, inclina-se sobre a caixa, pega a mão e, precipitando-se sobre o alfaiate, serve-se dela como arma para lhe golpear o rosto. O outro cai, geme, mas Edgar continua a espancá-lo até que o rosto do homem nada mais é que uma massa vermelha no chão.

Quando ele se encontra novamente na rua, a luz do sol desapareceu, mas o ar está quente e ele transpira por causa do seu esforço físico na alfaiataria. Então sente muita sede, uma necessidade urgente de frescor exigida por seu paladar.

POE

O investigador

Nova York

— Sr. Poe?

Ele não abre de imediato. Com a orelha colada à porta, pergunta:

— Quem é?

— Sr. Poe? Pode abrir a porta?

— Mas quem é o senhor?

— Meu nome é Joe Sullivan. Sou da polícia. Pode fazer a gentileza de abrir?

— Polícia?

— Sim. O senhor pode abrir a porta?

— De que se trata?

— Não direi coisa alguma, sr. Poe, até o senhor abrir a porta.

— É grave?

— Quero apenas lhe fazer umas perguntas, nada mais.

Edgar abre a porta. Ao ver o policial, arrepende-se.

— É urgente? Minha esposa está dormindo.

— Podemos descer para a rua, se o senhor preferir.

Edgar aceita.

Param nos degraus da entrada do prédio. Um pouco mais longe, crianças jogam botões de cobre contra um muro.

— De que se trata? — inquieta-se Edgar.

O policial passa a mão pelo queixo pontudo. Tem olhos pequenos, muito encovados, mas seu olhar apresenta algo de vivaz e obstinado.

Edgar baixa a cabeça. Comporta-se como se sentisse vergonha, embora não seja o caso. Não sabe por que se presta a essa comédia humilhante. Mas cuidado, diz para si de olhos fixos nos sapatos pretos com cadarços caprichosamente atados do policial; essa tentativa de disfarçar o seu nervosismo não revelaria um homem acabrunhado pela culpa?

— Trata-se do caso das mulheres da rua Chrystie, sr. Poe — Sullivan diz, frisando bem cada palavra.

— Como assim?

— O caso do assassinato. No apartamento.

— Entendo.

— Ficamos intrigados com o seu conto.

— Ah, é?

— Há uma ligação, não há? Quero dizer: o seu enredo se assemelha ao que aconteceu com as duas mulheres.

— Exato.

— Imagino que o senhor não tenha ideia de como isso aconteceu.

— Na verdade, não.

— Está bem, sr. Poe. De qualquer maneira, vim simplesmente dar-lhe conhecimento desse fato. Sem dúvida trata-se de uma coincidência. Mas é possível que o caso seja uma imitação...

— Imitação?

— Qualquer pessoa... uma mente doentia... pode ter lido o seu conto, tirado uma conclusão mórbida e decidido imitá-lo.

— O senhor acredita nisso?

— Trata-se, com certeza, de uma coincidência.

O policial corre o olhar pela rua.

— Bom. Se houver alguma coisa que o senhor queira acrescentar, então...

Ele tira do bolso um bloquinho e um lápis, escreve algo, arranca a folha e a entrega a Edgar.

— Eis as minhas coordenadas.

— Obrigado.

Edgar hesita, não sabe mais o que dizer. O policial se adianta:

— Eu queria apenas... mantê-lo informado.

— Ótimo.

— Bom dia.

— Para o senhor também.

Enquanto Sullivan desce a rua com passos rígidos, Edgar o acompanha com o olhar e, no momento em que o outro está prestes a desaparecer, desce os degraus para segui-lo.

Logo o perde de vista, mas continua a andar pelas ruas do bairro até se acalmar o suficiente para poder voltar à casa.

Quando, à tarde, entra na pequena cozinha, Sissy planta-se diante dele com um envelope na mão. Parece muito perturbada.

— Que é isso?

— Um homem veio aqui.

— Sim?

— O envelope — ela murmura, estendendo-lhe o objeto.

Ele o pega, mas não o abre. Suas mãos tremem um pouco, a visita do policial sem dúvida o deixou nervoso.

— Que tipo de homem, Sissy?

— Um pequeno monstrengo.

— Como assim?

— Todo encarquilhado e o rosto branco como cal. Tinha sotaque do Sul.

— Ele não disse o nome?

— Não — ela retruca, umedecendo os lábios.

Edgar estuda o envelope, o abre com precaução e retira a primeira página da carta.

Nela, em maiúsculas mal desenhadas, está escrito: "Contagem de Baltimore".

SAMUEL

Primeira carta ao patrão

Contagem de Baltimore

Nota: o texto que se segue não sofreu revisão ou correção. Foi transcrito aqui tal como foi entregue a Virginia Poe em maio de 1844.

Eu não sei escrever. Aprendi com você o pouco que sei você é um gênio. O que escrevo não é muito refinado mas tem segredos que vão lhe interessar. Depois que nos separamos em Baltimore viajei pela América chegou o momento de lhe contar a minha história.

A partir de agora vou lhe mandar cartas patrão para que você saiba que não esqueci você e trabalho pelo seu sucesso.

À noite durmo feito uma criança e sonho com o seu rosto. Todos os meus sonhos são felizes. Sou um homem feliz.

Primeiro quero falar da minha mãe. Ela trabalhava numa casa na cidade mas quando me teve foi mandada para a plantação. Ficava um pouco fora de Richmond eu acho que você nunca foi lá sir. A primeira coisa que lembro é estar na floresta com os homens eles cantavam enquanto trabalhavam. E depois me lembro da mulher do feitor sua pele luvas brancas. Mamãe era a mulher mais bonita da plantação era branca dentro das mãos mas negra brilhante no resto da pele. Eu dormia no chão do casebre e olhava para a pele fina dela enquanto ela dormia por tanto tempo que ela abria os olhos e perguntava o que você está olhando.

Você sabe que não pode vir aqui.

Sou branco feito algodão cabelos brancos braços brancos cara branca. Não tenho cor o feitor dizia que eu estragava as coisas para os trabalhadores e que fazia mal ao tabaco. Uma noite ele veio ver ela eu vi a pele branca dele ao lado da dela quando ele levantou e viu a minha cara e eu fechei os olhos mas era tarde demais. No dia seguinte ele voltou e quis me botar pra fora. Vou te esfolar vivo ele cochichou depois ninguém vai poder dizer que você é branco.

O feitor me levou pra floresta disse você vai morar aqui até ficar preto igual aos outros. Minha mãe suplicou mas não serviu de nada. Ele me prendeu numa árvore. Me perguntou quem é o seu pai mas eu não podia responder porque não sabia quem era. Ele me rasgou a pele com o chicote mas eu não gritei simplesmente fiquei olhando pra ele. Meu olhar fez ele parar. Ele bebeu na garrafa e sacudiu o chicote. Voltou trazendo os filhos com suas mãozinhas de ódio abriram um buraco no chão e me meteram numa caixa que tinham trazido. Fiquei ali até não saber mais quem eu era.

Quando a mulher do feitor morreu ele partiu e veio um novo feitor. Foi ele que me tirou do buraco. Uns dias depois fomos vendidos mamãe e eu para um homem na cidade.

Moramos com quatro homens e outra mulher no porão dos nossos donos. No princípio eu dormia com a mamãe e a outra mucama mas depois dormia com os homens. Sempre fui feliz a única coisa que faltava era um trabalho de verdade mas os homens não queriam que eu fizesse nada com eles. Eu era um escravo feliz. Mas não podia trabalhar com eles.

Mamãe me falava do amor do patrão pelo escravo.

O patrão diz meu ao escravo negro meu negro minha propriedade. Sempre fui sua propriedade sir.

※

Você escreveu histórias extraordinárias e mostrou para mim. Numa delas um rico dono de terra foi emparedado dentro de um quarto pelo próprio filho. Acho que você estava na janela do seu quarto olhando os escravos que estavam construindo um cômodo. Acho que foi assim que você teve a ideia da sua história. As paredes subiam devagar. Os insetos voavam em volta da cabeça dos escravos. A luz do sol esquentava as pedras como lamparinas acesas. Só faltava o piso.

Na noite depois que você partiu para a universidade eu não consegui dormir. No porão quatro homens dormiam um do lado do outro no chão Benjamin Peter Rich e Jake. Na escuridão saí na ponta dos pés para poder achar um lugar para botar os meus pés entre os braços e as caras cheguei até a porta sem acordar os outros.

A lua jogava uma luz verde nos telhados. Debaixo das magnólias parei e olhei para a janela do patrãozinho. Quarto vazio cama vazia e nenhum barulho vindo de dentro.

Da cidade lá embaixo eu ouvia os barulhos da vida noturna um violão indomável um negro cantando crianças correndo na grama. Em volta da casa que eles chamavam de Moldávia estava tudo quieto. O vento nas figueiras tinha um perfume doce e amargo. Na noite anterior uns moleques pobres estiveram na parte baixa da propriedade e roubaram legumes.

Uma raiva embriagadora crescia dentro do meu corpo. As minhas mãos. Elas se transformam.

Se fecham. Destroem. Constroem um mundo novo.

Durmo no jardim. Estou feliz.

Na manhã seguinte o sr. Allan veio dizer que o piso do cômodo precisava esperar era preciso plantar mais magnólias dessa vez em volta da construção nova.

Na entrada havia vinte e quatro mudas, e os homens passaram o dia inteiro plantando.

Mais uma ou duas noites não me lembro. Eu não conseguia dormir e passava as noites debaixo das árvores no jardim. Os escravos dormiam. O sr. e a sra. Allan também. Um gato miava entre as paredes da construção. Era uma noite quente. Eu adorava ficar ali na calma olhando o jardim.

Ouvi um barulho vindo dos fundos. Sem pensar em ir acordar os outros peguei um pedaço de pau e fui na direção da horta na ponta dos pés. Percebi um vulto debaixo de uma moita dois pés descalços aparecendo. Do outro lado da moita vi a cabeça de um menino dormindo debaixo dos galhos. Aquele moleque tinha no máximo uns dez anos a pele branca com arranhões e tinha uma camisa cheia de buracos. Um menino pobre filho dos camponeses do pé das montanhas. Por um momento fiquei parado olhando aquele rosto até que as sobrancelhas dele se mexeram ele virou a cabeça de lado abriu os olhos e me olhou diretamente. O pedaço de pau acertou bem no meio da testa dele. Ele não soltou nem um gemido. O pescoço dobrou para trás. Ele agora dormia mais profundamente.

Enquanto eu cavava um buraco no interior da construção imaginava que ele era um rico negociante que tinha estragado a minha reputação. Ele tinha me traído. E eu enterrei ele vivo. Logo o menino ia acordar e tentar se mexer. Ia botar as mãos na terra empurrar com os joelhos mas em vão. A terra era pesada demais. Ele estava preso e não ia conseguir sair dali.

Quando ele abriu a boca, a terra entrou para dentro dela e ele não conseguiu mais mexer a língua. Queria gritar mas não saía nada.

Esse menino foi o número um da minha contagem.

O seu enredo patrão tinha virado realidade.

GRISWOLD

O caixão

~

Nova York

A escuridão se estendeu sobre a cidade. Caminhando apressado, Rufus passa diante de um carro dentro do qual o cocheiro está adormecido. O ar é úmido. Quando empurra a porta do cemitério, sente as gotas de chuva sobre as mãos e ergue os olhos para as nuvens que deslizam em círculos no céu. A grama do chão absorve os seus passos. A noite está nele, impregnando tudo o que faz; as mãos, as unhas e o intervalo entre seu pé e a grama.

A janela da casa do coveiro está às escuras. Rufus para diante do jazigo. Bem no meio do seu trabalho sobre uma nova antologia, ele ficou doente. A tosse e as câimbras musculares impediam-no de escrever. À noite ele despertava coberto de suor e dizia a si mesmo, na escuridão, que *alguém* lhe havia lançado a maldição da doença. Mal conseguia enxergar. Caroline foi a sua salvação. Cuidava dele, consolava-o e lhe preparava bebidas curativas.

— Você está quente, volte para a cama — murmurava. — Não pense em nada. Vai passar.

— Por que você é tão boa para mim? — ele perguntava em voz baixa. Ela ria (um pouco irritada).

— Por que essa pergunta? Por que eu não cuidaria de você?

Ele não sabia o que responder.

Rufus viajou para o Maine a fim de se restabelecer. Passava os dias num jardim, expondo o peito ao sol da primavera. Ao cabo de algumas semanas, sentiu-se melhor. Foi então que recebeu uma carta informando que Caroline, por sua vez, caíra enferma. Ela estava em Nova York com os dois filhos quando, de repente, sofreu um colapso. Ao receber a carta, Rufus voltou para a cidade.

Quando chegou em casa, era tarde demais.

Ele não compreendia. Seu anjo estava morto.

Como ela podia ter morrido sem avisar? Sem falar com ele?

Não compreendia.

A casa estava mergulhada em lágrimas. Todos choravam. Todos estavam inconsoláveis. Seu anjo se fora. A família falava com ele aos sussurros, como se ele também estivesse morrendo. Mas ele já não estava doente. A morte o curou de um modo abominável. Nada mais fazia sentido. Ele não queria mais crer em Deus.

Rufus abre a porta do jazigo com precaução. Uma vez lá dentro, acende uma vela e se aproxima do caixão de Caroline.

Quando ergue a tampa, a escuridão se abate sobre ele.

O que vai fazer? As mãos, onde as vai pousar? Seu corpo ainda está inteiro, as articulações ligadas umas às outras, mas não sabe por que está inteiro assim, sem um plano estabelecido. Que significa aquele caixão? Uma forma. Uma linha, um vazio. Que é isso em que vai entrar? Ele se deita dentro do ataúde. Seus joelhos tocam os joelhos da morta. Seus dedos deslizam pelos ombros dela. O cheiro dela o envolve como um manto. Agora ele pode recomeçar a viver. Cedendo o seu lugar à morte, pode amar verdadeiramente.

Ele apoia delicadamente os lábios sobre a boca da morta. Sua boca procura os lábios dela. Não são os lábios dela, ela está ausente desses lábios. Ele a procura sob as axilas, entre os dedos, nos cabelos.

Põe-se a falar com ela.

Até então, jamais falou disso com ninguém. Conta a ela sobre o som que o habita. Lábios colados à orelha dela, explica como fez essa descoberta e como, no início, não compreendia o motivo do som. Quando, com a ajuda de Deus, tomou consciência do tipo de dom que havia recebido, resolveu jamais contar a ninguém. O som lhe revela o mal. É o aviso de Deus. Cada vez que ele faz algo que não está na esfera do bem, que não está conforme a vontade de Deus, surge esse ruído que somente ele consegue ouvir. Um som que não se interrompe até que ele tome a decisão de remediar a situação.

A promessa de jamais falar do som ele cumpriu. Agora, murmura ao ouvido de Caroline, ele não faz questão de manter tal promessa. Quer contar a ela o que Deus lhe disse em Troy: "Combaterás o mal". E acrescenta: "Já não escuto o som. Deus já não é importante para mim. Você importa mais para mim do que ele. Como poderia ser diferente, agora que Deus levou você de mim desse modo? É o fim de tudo que é bom. O mal triunfou".

As paredes do ataúde são frias. As tábuas lhe comprimem os ombros. Um universo pequeno demais para dois.

— O que você quer que eu faça? Caroline? Meu anjo?

A porta se abre e ele escuta os passos de alguém entrando no jazigo. Não quer abrir os olhos. Abraça-se ao cadáver, incapaz de soltá-lo. Um homem lhe fala em voz baixa. Seu cunhado Randolph está ali e tenta desfazer o seu abraço em volta do pescoço de Caroline.

— Não me leve daqui — ele geme.

— Já é hora de se resignar, Rufus.

— Não me leve daqui antes que ela me responda! Ela não me respondeu! — Rufus brada.

Finalmente Randolph e o coveiro conseguem levá-lo para fora do jazigo.

Mais tarde, lhe administram láudano e o metem na cama.

Desperta sentindo muito frio, todo o seu corpo treme. Ele balbucia que não ouve mais o som. Ingere um pouco mais de láudano e volta a adormecer, debaixo de três cobertores.

Quando reabre os olhos, vê o cunhado sentado à cabeceira.

— Rufus — encoraja Randolph gentilmente —, você precisa se levantar.

— Por quê?

— Não pode ficar deitado assim.

— O que vou fazer?

Randolph o sacode.

— Você tem a nossa família, Rufus. Tem duas filhas.

— Sim — Rufus murmura ao cunhado, debruçado sobre ele.

— Caroline quer que você volte a trabalhar — diz este com voz carregada.

— Como você sabe?

— Conheço a minha irmã. Ela compreendia você. Poucas pessoas foram capazes disso. Eu, por exemplo, não o entendo. Mas Caroline sim. Ela sabia tudo de você, até coisas que você mesmo não sabe.

Rufus fixa no cunhado os olhos arregalados, depois meneia a cabeça.

No dia seguinte, ele volta a trabalhar em sua nova antologia, *Os prosadores da América*.

Sentado à sua mesa de trabalho, ele pensa no gato que possuía quando criança, em Vermont. Tinha então grande paixão pelos animais — coelhos, pássaros, esquilos. Perambulava pela floresta durante horas para os encontrar e tentava atraí-los. As peles dependuradas no curtume o apavoravam e, para grande irritação do pai, ele se recusava a entrar lá. Ao vê-las, imaginava que voltariam a ser animais vivos, desceriam dos ganchos e arremeteriam em massa contra a casa dos seus pais. Certa manhã, descobriu na floresta um gato que não tinha uma pata e o levou para casa; depois de passar dias implorando, obteve permissão da mãe para ficar com o animal. Apegou-se a esse gato branco mais que a qualquer outro ser no mundo. Entusiasmado, batizou-o de Hildegarda, nome da santa cuja imagem encontrara certa vez num livro de gravuras religiosas da mãe. O nome ficou, mesmo depois de Rufus descobrir que o gato era macho.

Todas as noites o animal resgatado coxeava por entre as camas do quarto das crianças e deslizava sob a coberta de Rufus. Hildegarda ronronava e esfregava as costas contra o ventre do garoto. Com o olhar errando sobre os leitos na escuridão, sobre os corpos adormecidos e, através da janela, sobre os sicômoros cujas folhas balançavam-se de leve ao vento, Rufus passeava os dedos pelo peito do gato, escutando o ronronar baixo sob a coberta.

Quero ser bom, quero ser um bom cristão, pensava, acariciando o ventre do animal até cair no sono.

Desde a primeira infância tinha a sensação de que um dia cometeria um ato imperdoável. A cada dia esperava que acontecesse. Não sabia exatamente em que consistia essa coisa horrível. Sabia apenas que, quando sua mãe descobrisse, o coração dela pararia de bater. Quando ele fechava os olhos, Deus lhe aparecia, um rosto de luz colossal no céu e uma voz que lhe feria os ouvidos: "Veja o que você fez!".

Como ainda não tinha feito a coisa horrível, todas as manhãs achava que aquele seria o dia. Julgava que, talvez por esse motivo, ele mentia o tempo todo: porque sabia ser uma pessoa capaz de, a qualquer momento, fazer alguma coisa abominável.

Surrupiou um livro da mesinha de cabeceira da mãe, *O paraíso perdido*, de Milton. Deborah lhe havia dito que o autor escrevia os poemas mais lindos do mundo: essas foram as palavras que ele recordava quando se apossou do livro. No chão de um recanto da floresta, ele abriu um buraco e enterrou o livro encadernado em couro. Estava ocupado em pisotear a "sepultura" quando imaginou o rosto desesperado da mãe, e seus olhos encheram-se imediatamente de lágrimas. Correu para casa e se jogou nos braços dela, gemendo:

— Perdão, perdão.

— O que você tem, Rufus? — ela perguntou, acariciando-lhe a cabeça. — Está meio grandinho para chorar.

Ele se apertou durante alguns minutos contra o avental da mãe antes de soltá-la. As lágrimas escorriam pelo seu rosto. Ela se irritou.

— Por que está chorando?

— Fiz uma besteira — ele choramingou.

— O que foi agora?

— Eu roubei.

Ela ergueu os olhos para o céu.

— Não aguento mais os seus disparates.

— É verdade, mamãe. Roubei um livro.

— Na escola?

— Não, um livro seu. Estou muito arrependido, mãe.

— O que você roubou?

— Um livro da sua mesa de cabeceira.

— Que livro, Rufus?

— Ele tem couro em cima.

Deborah foi até o quarto e constatou que o livro não estava mais lá. No vão da porta, atrás dela, Rufus experimentava o sentimento delicioso de ser culpado.

— Não foi o que eu lhe disse, mãe? Não está mais aí — falou em tom de triunfo.

A mãe respirou profundamente.

— Não sei do que você está falando. — E, voltando-se para ele: — Aqui não falta coisa alguma.

— Mas não está vendo?

— Não estou vendo nada, Rufus. Saia daqui. Tenho coisas a fazer.

Desamparado, Rufus voltou à "sepultura". Desenterrou o livro e o abriu. As páginas estavam cheias de terra. Ele as limpou cuidadosamente e pôs-se a ler o relato da rebelião de Satã contra Deus e a sua queda para o caos.

Voltou para casa no escuro.

A mãe estava sentada nos degraus do pórtico lendo a Bíblia para as outras crianças. Rufus foi até ela e lhe estendeu o livro. Ela o pegou sem uma palavra e voltou à sua leitura do Livro de Jó, capítulo 40, aquele no qual o Senhor, no meio das nuvens, responde a Jó: "Porventura também tornarás tu vão o meu juízo, ou tu me condenarás, para te justificares?". Rufus aproximou-se dela, o rosto inflamado, e recitou aos soluços:

— "Tens então um braço como o de Deus, ou podes trovejar como ele faz?"

Ela o fez calar, apoiou a mão no peito dele e o fez sentar-se com as outras crianças.

No dia seguinte, Rufus saiu para o jardim e encontrou seu gato Hildegarda pendurado numa árvore. A corda dava três voltas em torno do pescoço do animal, cujos olhos brilhavam como pedras polidas. Sua língua rosada pendia da boca aberta. Furioso, ele quebrou um galho de árvore, correu para a mãe que estava na cozinha e se pôs a golpeá-la no rosto com todas as suas forças. Um filete de sangue escorreu sob o olho esquerdo de Deborah.

— Você é uma assassina! — ele gritava. — Vai queimar no inferno!

Trancado no curtume, passou a noite chorando, pensando no gato.

A mãe veio procurá-lo na manhã seguinte e disse que ele seria afastado de casa.

— Você não é um bom cristão, Rufus.

Ele a encarou balançando a cabeça.

— Tem razão, mamãe. Não sou, não.

— Você precisa aprender. Enquanto não se tornar um bom cristão, não quero mais vê-lo, está entendendo?

Ele novamente balançou a cabeça.

— Naturalmente, mamãe.

Na mesma noite, à mesa, seu irmão Silas confessou: foi ele quem enforcou Hildegarda; aquele gato o perturbava. O pai ergueu a cabeça resmungando que, de qualquer forma, o animal era doente. Enquanto fazia esse comentário, encarava Rufus por cima da mesa com um olhar cheio de fúria e desprezo. Rufus, contrito, baixou os olhos para o prato.

Alguns dias depois, foi mandado a Troy para morar com o irmão, Herman. Havia muitos anos que não via o seu irmão mais velho. Quando, porém, entrou no veículo que o levaria para longe de Hubbardton, sentiu-se curiosamente satisfeito. Ergueu um braço e acenou para a mãe e os irmãos e irmãs com um sorriso triunfante: longe dali, na grandiosa América, ele iria ser famoso, respeitado e feliz.

Depois da morte de Caroline, acontecia-lhe com frequência lembrar-se de episódios do passado como esse, e sempre com uma força surpreendente. Dizia a si mesmo que era como se alguma coisa dentro dele tentasse suspender o tempo para protestar, com toda a sua alma, contra a morte súbita da esposa.

Há alguns anos, fiz a travessia de Charleston, na Carolina do Sul, à cidade de Nova York, a bordo do belo navio Independence, com o comandante Hardy. Deveríamos partir no dia 15 (de junho) se o tempo permitisse, e no dia 14 subi a bordo para ajeitar algumas coisas no meu camarote.

Assim começa o conto "A caixa oblonga",[14] de Edgar Allan Poe.

Sentado em um banco do Niblo's Garden,[15] Rufus está mergulhado na leitura. Ainda é verão e o sol aquece as páginas do jornal.

> Descobri que devíamos ser muitos passageiros, dentre eles uma proporção incomum de senhoras. Na lista encontravam-se muitos conhecidos meus, e, entre esses nomes, tive a felicidade de me deparar com o do sr. Cornelius Wyatt, um jovem artista ao qual eu era ligado por sentimentos de calorosa amizade. Durante muitos anos ele fora meu colega na universidade C... Tinha o temperamento clássico de um gênio, com um misto de misantropia, sensibilidade e entusiasmo. A essas qualidades se juntava o coração mais amoroso e mais sincero que jamais bateu dentro de um peito humano.

Enquanto lê, Rufus sente uma sede repentina, mas não tem consigo coisa alguma para beber.

Sedutora, se não estranha, essa introdução logo se encaminha para um único tema: o que Cornelius Wyatt esconde dentro da caixa oblonga que se encontra em seu camarote?

Wyatt subiu a bordo com as duas irmãs e a nova esposa, que o protagonista ainda não teve o prazer de conhecer. Wyatt está com um humor particularmente sombrio quando embarca, mas isso não é incomum nele. Seu temperamento artístico pode facilmente mudar de um extremo a outro. Mas o espanto do narrador é grande quando ele tem ocasião de cumprimentar a esposa de Wyatt e entrever seu rosto sob o

---

14 *"The oblong box"*. Tradução das citações: Eliana Sabino. (N. da T.)
15 De 1820 até quase o final do século, o Niblo's Garden era um local de lazer para a elite. Além dos jardins, possuía uma taverna ao ar livre, uma galeria para exposições e um teatro para mais de 3 mil pessoas, onde foi encenado o primeiro musical da Broadway. (N. da T.)

véu. Ela nada tem do tipo de mulher que normalmente atrai Cornelius Wyatt. Está particularmente constrangida e não diz mais que uma ou duas palavras. Pode ser que essa esposa taciturna tenha uma beleza interior, diz a si mesmo o narrador ao voltar para o seu camarote. Na mesma noite, ele vai ao camarote de Wyatt, mas fica sabendo que o artista não quer ser incomodado. Do interior do camarote vem um pranto abafado que vai perturbá-lo durante toda a noite.

Agora Rufus tem a impressão de que a luz do sol penetra em sua boca; fecha o jornal e se levanta. Havia planejado não deixar o banco antes de ler o conto inteiro, mas aquela sede diabólica o domina. Ele não aguenta esperar mais um segundo, precisa beber alguma coisa.

Atravessa o jardim e entra numa taverna.

Em frente ao balcão, ele não sabe o que vai beber.

Em vez de pedir uma limonada, pede uma cerveja, e a bebe num único gole. Só depois de esvaziar o copo é que percebe como isso é estranho: ele não bebe.

Rufus é abstêmio, tem horror ao álcool e seus efeitos, e ei-lo junto ao balcão, sedento de cerveja. Com um gesto brusco, coloca o copo sobre o balcão e o empurra para longe de si. O *barman* olha para ele.

— Mais uma, *sir*?

— Sim, obrigado.

Mal o garçom coloca o segundo copo no balcão, ele o recolhe e o esvazia num longo gole. De volta à rua, está meio tonto, mas com excelente humor.

Sentado no mesmo banco em Niblo's Garden, retoma a leitura.

Mas as letras tremem sobre a página; dir-se-ia que são formiguinhas deitadas de costas agitando as patinhas ao sol. A luz atravessa a copa da árvore acima dele. Ele se muda para a sombra. Então as letras sossegam e ele continua a ler.

Cornelius Wyatt está gemendo dentro da caixa.

O barco enfrenta uma tempestade e os passageiros precisam deixar o navio. Instalado no bote salva-vidas, Wyatt pede insistentemente que façam meia-volta para que ele possa pegar a caixa no camarote.

O capitão Hardy lhe diz que isso é loucura.

Wyatt se joga ao mar e nada até o barco. Sobe a bordo e logo depois é avistado no convés com a grande caixa firmemente amarrada às costas. Ele salta do navio.

Imediatamente ele e a caixa submergiram no mar e não foram mais vistos.

— Reparou, capitão, como eles afundaram de repente?

— Voltarão à tona depois que o sal vazar.

Um mês após a tragédia, o narrador esbarra com o comandante Hardy numa rua de Nova York e fica sabendo de toda a história.

A esposa de Wyatt havia morrido subitamente na véspera da partida. Dominado pela dor, o jovem viúvo queria chegar a Nova York para lhe dar uma sepultura o mais depressa possível. Como o capitão hesitasse em transportar um cadáver, eles fizeram um acordo para que esse translado até Nova York fosse feito o mais discretamente possível, dentro de uma caixa adaptada. O corpo semiembalsamado repousava ali dentro numa grossa camada de sal.

Para não despertar suspeitas, uma criada se fazia passar pela esposa de Wyatt.

Foi dentro dessa caixa que Cornelius Wyatt havia passado a noite a se lamentar.

Rufus joga o conto sobre o banco.

— Poe — murmura, as lágrimas enchendo-lhe a garganta.

Descartes diz que a consciência do homem se manifesta no pensamento. Ler é uma forma de pensar, isso é certo, mas um pensamento que vem de outra pessoa. O pensamento de outro homem ou de outra mulher. Lendo, Rufus pensa como Edgar Allan Poe. Mas a sua consciência se manifesta nesse pensamento de Edgar Poe ou se extingue?

Será que o pensamento não se limita a consolidar a consciência humana, mas também pode desmontar e mudar o homem?

— Será *esse* o desígnio dos contos de Poe? — ele murmura, totalmente confuso. O conto não procura orientar, tampouco consolar. Seu objetivo parece ser abalar o leitor. Não curar um ferimento, mas abri-lo. Isso é a beleza para Edgar Poe. A beleza que consiste em derrubar o leitor. A alegria de envenenar o seu pensamento. A alegria de desmontá-lo.

Qual o sentido de pensar se for para pensar tais coisas? Por Deus! De que serve a literatura se o seu propósito for abrir um buraco escuro dentro do ser humano?

Atravessando o Niblo's Garden, Rufus é agredido pelo sol. Está coberto de suor. Uma sede insuportável cresce em sua boca.

Entra novamente no bar, mas desta vez pede uma limonada.

Continua sendo abstêmio.

De volta ao seu quarto, não tem vontade de se deitar. Prefere ficar imóvel diante da mesa de trabalho. Reflete: será que Edgar Poe faz parte da vontade de Deus, da mesma maneira que as formas de Satã, no fim das contas, fazem parte do plano celeste? Sem o saber, o mal é também subordinado à vontade de Deus. E quem serve a Deus deve utilizar o mal para favorecer o bem. É este o sentido do mal. Se Deus não tivesse um plano para o mal, não permitiria a sua existência. Desde a primeira infância Rufus ouvia a mãe falar dos desígnios de Deus para o mal. Agora, é novamente a voz materna que lhe fala. De agora em diante ele vê o rosto de Poe sob outra luz: como uma variante da forma do mal.

O dever de Rufus é destruir essa forma. Com a ajuda de Deus ele a destruirá!

Precisa reaproximar-se de Poe, falar-lhe cordialmente, observá-lo, demonstrar-lhe solidariedade e camaradagem, acariciar-lhe delicadamente a face... e arrancar a sua máscara!

Já passa muito da meia-noite quando ele se envolve numa coberta no quarto escuro. Fecha os olhos, coloca as mãos no peito e sente um profundo bem-estar.

É então que, virando-se de lado, percebe que há alguém deitado a seu lado na cama. Estende a mão e toca-lhe o rosto.

— Caroline?

Ele vê os olhos da esposa brilhando na penumbra e sente os dedos dela em seu corpo. Não consegue mais respirar.

A dor de cabeça lhe dá vertigens. Certa tarde, ele está num bote no rio Hudson quando, de repente, é atingido por um "relâmpago". A sensação começa na sua nuca em forma de coceira e em poucos minutos o domina inteiramente. Uma dor que lhe parte o crânio em dois. É tão forte que ele perde o controle dos membros. Já não enxerga. Fica de pé no barco, agita os braços e cai no rio.

— Desta vez vou me afogar — diz a si mesmo.

Tenta gritar, mas a água invade a sua boca. Em pânico, agita braços e pernas e percebe, então, que a dor desapareceu na água fria. Quando chega à margem, está ensopado, porém aliviado: a dor de cabeça se foi. Durante dias ele fica acamado com febre e resfriado. Aproveita para ler. Uma vez restabelecido, consulta um médico. É preciso fazer alguma coisa contra essas crises malditas.

— O senhor lê demais, Griswold — diz o médico gorducho.

— Bobagem.

— Tudo o que posso lhe dar é algo para amenizar a dor. Uma tintura de ópio.

— Pois então me dê!

Furioso, parte batendo a porta do consultório.

Toma a medicação e vai deitar-se. Um calor tranquilizante toma conta do seu peito. Os pensamentos agora são serenos. Ele se dá conta de que está a ponto de desistir. Já conversou com repórteres, editores, políticos, mas ninguém pode lhe dar uma resposta satisfatória. Ninguém teve condições de dizer se Poe sabe algo sobre os assassinatos de que falam os jornais. Rufus sabe que Poe está escondendo alguma coisa. Algo que não veio à luz. Ele precisa encontrar o caminho para o coração furioso de Poe, mas esse caminho parece levar a lugar nenhum.

Rufus adormece.

Já é noite quando abre os olhos e discerne uma presença no quarto.

Ele se apruma na cama.

— Quem está aí?

Um albino usando uma sobrecasaca esfarrapada que lhe chega aos pés está parado num canto do aposento. Ele sorri para Rufus.

Rufus senta-se e acende a lamparina da mesinha de cabeceira.

À luz fraca, o rosto do homem parece o interior de uma luva amarrotada.

— Quem... quem é? — Rufus balbucia.

— Sr. Griswold? A porta estava aberta — guincha o homenzinho. — O senhor dormia tão bem... Ah, eu adoro dormir. Não existe coisa mais agradável. Consigo dormir durante dias inteiros.

Rufus franze os olhos em direção do vulto no outro lado do quarto.

— O que...?

— Sou um conhecido do sr. Poe.

Rufus se levanta, pega o roupão ao pé da cama e procura as mangas às apalpadelas.

— Espero não ter assustado o senhor.

A voz do visitante faz Rufus estremecer.

— O que quer? — pergunta.

— Eu me preocupo com ele — responde o mostrengo.

Rufus o contempla de soslaio.

— Quer sentar-se?

Eles se sentam a cada lado da escrivaninha. O albino cruza os braços sobre o peito.

— Qual é o seu propósito? — Rufus quer saber.

— O meu propósito, *sir*, como o senhor certamente compreendeu pelas cartas que lhe enviei...

— Ah, então foi o senhor.

— ...é, sempre foi e sempre será, a reputação do sr. Poe.

Na penumbra do aposento, Rufus tenta interpretar o olhar do homem: um convite? uma confissão?

— Sinto um... entusiasmo vibrante... pelo que... por ele... é a minha missão na vida — continua o visitante.

— O senhor se preocupa com a reputação de Poe?

— Sim.

Rufus sorri.

— Só isso? — pergunta.

Por alguns segundos o albino observa Rufus em silêncio, depois responde:

— Ele fala a verdade.

Rufus sente um estremecimento. Conheço esse tom, pensa. Sei quando sou ameaçado.

Da garganta do albino sai uma tossezinha aguda.

— Na minha maneira de ver, sr. Griswold, não iremos a parte alguma sem o senhor.

— Não entendo.

— Claro que entende.

— Eu...

— O senhor o entende melhor que ninguém.

— Temo que o senhor superestime a minha influência.

— Não creio. O real valor do sr. Poe jamais será reconhecido sem a sua ajuda.

— Tolice!

— Meu caro sr. Griswold, o senhor não acredita no que diz.

— Como pode saber se acredito ou não?

— Estou vendo na sua boca.

— Como assim?

— O senhor age contra ele. Isso não é bom. Quero que o ajude... que escreva sobre ele... de outro modo... com o coração, sr. Griswold... Quero que o exalte... que o defenda... Está me entendendo, sr. Griswold?

Agora Rufus sabe do que se trata. Sente o medo como uma picada na base das costas. Não quer contrariar o albino. Não se atreve. Quer que esse homem saia dali inteiramente convencido de que Griswold é amigo de Poe.

— Naturalmente — afirma.

— O senhor não enxerga o talento dele — retruca o albino.

— Enxergo, sim.

— Não acredita no que ele escreve.

— O que tem isso a ver com acreditar?

— O senhor não tem fé nele.

Rufus encolhe-se na cadeira:

— Não faça isso.

— O quê?

— Não fale de fé.

O albino inclina-se para ele:

— Diga que acredita nele.

— Como?

— Diga que acredita no meu patrão.

— É absurdo.

O outro não afasta os olhos. Rufus suspira:

— Acredito nele.

O homem sorri, um sorriso triste e cinzento, mas exatamente o que Rufus esperava.

— Podemos colaborar, senhor Griswold?

Rufus concorda com um gesto de cabeça.

— Deseja uma xícara de chá? — oferece em seguida.

O albino fica em pé.

— Não, obrigado, preciso ir.

— Queira cumprimentar Poe por mim... se o encontrar.

À soleira da porta, o homem se volta para ele.

— Não estamos nos melhores termos no momento — confessa com um sorriso desolado.

Rufus o observa da janela. Ele desce a rua a passos apressados e desaparece.

Rufus sente uma dor brusca na nuca.

Vai até a mesinha de cabeceira e se serve de uma dose do remédio que o médico lhe prescreveu.

Entrevista com Edgar Allan Poe
(Nova York — *Sun*, 4 de dezembro de 1844)
ROUBO, SENHOR POE?
por Evan Olsen

Não se pode dizer que o autor deste artigo seja particularmente conhecido por sua cultura literária. Nesses últimos anos, este seu criado tem dedicado seu tempo à leitura de jornais e relatórios policiais, e também de confissões rabiscadas em pedaços de papel, e, naturalmente, de veredictos e sentenças de julgamentos. Somente nos últimos tempos comecei a me interessar pela literatura.

Este súbito interesse eu devo a um certo cavalheiro: o talentoso sr. Edgar Allan Poe. Os contos de Poe, caro leitor, em toda a sua beleza e em todo o seu horror, têm certa ligação com a minha experiência de repórter. Assim, mergulhei nessas histórias com uma voracidade surpreendente. Nelas encontram-se descrições de crimes abomináveis e confissões espantosas.

Ao descobrir que o autor morava em Nova York, fiquei de imediato convencido de que seria da maior importância entrevistá-lo. Este sagaz escritor poderia, talvez, lançar uma nova luz sobre os crimes apavorantes que abalaram a nossa cidade, crimes que deixam perplexa a nossa polícia. Não exagero ao dizer que precisei de vários dias para encontrar o escritor e conseguir falar com ele. Procurei-o em quatro endereços diferentes, em várias redações e nos bares da rua Bowery.

Finalmente, encontrei-o sentado num banco em Greenwich Village. Ele estava ocupado estudando criptogramas num bloquinho. O sol de outono brilhava sobre sua testa ampla. Voltou-se e fixou em mim os olhos violeta. Tive a sensação de que emanava daquele olhar uma autoridade doce, porém severa. De imediato, todas as conversas sobre a "sede de sangue do sr. Poe" pareceram-me despidas de significado.

O homem à minha frente me pareceu a própria imagem da distinção. Comedido, cortês, humano a ponto de anular a si próprio, assim me pareceu o escritor de olhar luminoso de Richmond. Mas poderia ele responder às minhas perguntas? Seria capaz de esclarecer o caso dos assassinatos que perturbou tantos leitores?

Para começar, sr. Poe, permita-me perguntar se o senhor tem tempo para acompanhar os acontecimentos da cidade.

— Como assim?

Duas mulheres foram assassinadas recentemente na rua Chrystie, e tenho curiosidade de saber se o senhor está ao corrente desse caso.

— Somente pelos jornais.

Naturalmente. Como o senhor decerto sabe, existe uma semelhança espantosa entre os acontecimentos macabros da rua Chrystie e os narrados no seu conto "Os assassinatos na rua Morgue".

— Nada sei sobre tal semelhança, mas o fato de a realidade imitar a literatura, muitas vezes de modo negligente e bárbaro, não deve surpreender a ninguém.

Deixe-me ver se entendi bem, sr. Poe: o senhor quer dizer que alguém está copiando a sua obra?

— Em se tratando de plágio, aqueles que acompanharam o debate sobre as obras do sr. Longfellow não se surpreenderão com a firmeza da minha posição: o plágio deve ser considerado, pura e simplesmente, um roubo.

O senhor quer dizer que alguém "roubou" o seu conto?

— Não sei. Mas todos nós temos alguma coisa que nos foi roubada, não é? E a própria vida não é uma espécie de roubo?

Não sei se estou entendendo.

— Não se pode entender tudo.

Mas o senhor não tem medo de que a crueldade dos seus relatos possa inspirar novos crimes, novas crueldades?

— Penso que é o oposto, meu amigo.

O oposto?

— Para mim, a literatura pode ser um meio de purificação, como um banho de lama medicinal.

Com essas palavras, o grande escritor esboçou um sorriso, pegou a sobrecasaca surrada e se levantou.

— Adeus.

Sr. Poe, por que vai embora? Não tem resposta? Não se sente culpado? Há algo de que se arrepende?

Mas ele não se voltou. Chamei-o de novo.

Nada tem a acrescentar? Não se preocupa com a realidade? Sr. Poe?

Mas o escritor, aparentemente com outras coisas na cabeça, partiu rua abaixo num passo notavelmente lépido e desapareceu.

Assim, caro leitor, o caso continua sendo um enigma.

POE

Coisas animadoras

Nova York

Ao acordar, na manhã em que ela deve chegar, ele sente tamanha dor num dente — um molar instável no fundo da boca, à esquerda — que tem a sensação de que vai desmaiar no momento em que sair da cama. Tia Muddy aparece de repente no umbral da porta e sorri hesitantemente. A luz cálida de maio entra pela janela e cai sobre ela, que veio de Baltimore para morar com eles.

Edgar ama o rosto carnudo e os olhinhos alegres de Muddy. Um lenço preto ligeiramente manchado esconde seus cabelos. Alguns cachos de cor indefinida aparecem na borda do lenço. Edgar se precipita para ela e lhe dá um beijo na testa larga.

— É mesmo você?

— Eddy! — diz ela, abraçando-o com força.

— Titia... — Ele choraminga como um bebê. — Onde estava? Você prometeu tomar conta de mim.

Tia Muddy ri e lhe acaricia os cabelos.

— Ah, meu filho, jamais o deixarei de novo.

— Mamãe, mamãe! Promete?

Ela sorri.

— Mas o que há com a sua boca, Eddy? Está toda inchada!

— Muita dor de dente — ele balbucia, levando a mão à bochecha.

— Deixe-me ver — ela pede com doçura.

Empurra Edgar para uma cadeira e cautelosamente introduz um dedo na boca aberta dele.

155

— Aí está — Muddy sussurra preocupada, como se acabasse de entregar um envelope com a notícia da sua condenação à morte ou da sua absolvição.

— Que vamos fazer? — Edgar murmura entre as lágrimas.

— Não se preocupe. — Ela lhe acaricia os lábios. — Vai dar tudo certo.

Dias depois deixam Greenwich Village e se instalam num sítio à beira do rio Hudson, um pouco a oeste da estrada Bloomingdale, longe do barulho das pedras do calçamento e do cheiro dos ailantos. Sissy e Muddy se sentem bem na casa do casal Brennan, proprietários do lugar.

Por sorte a dor de dente passou e Edgar pode voltar a escrever.

Na floresta que bordeja as terras, ele encontrou uma grande rocha, à qual deu o nome de monte Tom. Passa horas sentado ali a contemplar o rio Hudson, refletir e escrever. Um lugar de paz e de felicidade!

Ele inicia um poema que se intitula "O corvo". Mesmo se não escreve muito, fica imóvel durante horas a estudar as estrofes, ouvindo-lhes a sonoridade. Mas cada vez que as relê, fica com a impressão de que há alguma coisa que ele precisa penetrar e transpassar. E não sabe bem do que se trata...

Escreve uma carta a Nathaniel Parker Willis, em Nova York, e lhe oferece um conto novo. Willis responde que adora a obra, mas não tem meios para publicá-la. Ainda bem que tia Muddy veio para cá, pensa Edgar, ela que viveu a maior parte da vida sem dinheiro e sabe como deixar a casa perfeita com meio dólar, algumas cenouras e uma lamparina a óleo. Ah, santa desilusão! Semanas antes ele ficaria furioso com a resposta de Nathaniel, mas agora sente uma nova serenidade. Sem dúvida a salutar meditação no monte Tom tem tido uma influência benéfica no seu temperamento. A partir de agora, parece, ele será obrigado a se resignar à pobreza e às inúmeras afrontas que acabrunham os escritores dos Estados Unidos, esse país onde, mais que em qualquer outra parte do mundo, os pobres são desprezados e insultados.

Entretanto, está firmemente decidido a não se deixar abater, e busca incessantemente novas ideias que irão garantir-lhe, por fim, o sucesso. Não está condenado à pobreza; ainda pode conhecer a glória e mostrar ao mundo o que traz dentro de si, não é tarde demais. Não!

— Escutem-me!

Eis que se inflama novamente.

Do alto do monte Tom, ele maldiz toda a América literária.

Sissy tosse no dormitório. A umidade do outono não é boa para seus pulmões. Está magra como um palito sob a coberta. Felizmente sorri quando ele entra.

— Olhe para mim — diz —, pareço um esqueleto!

— Você precisa de toicinho grelhado, minha querida.

— Não diga isso. Fiquei com água na boca.

Os dois riem e ele promete comprar-lhe toicinho grelhado na próxima vez que receber algum dinheiro. Mesmo sabendo que ela comerá apenas um pedacinho, ele fala longamente sobre a iguaria — as cores da carne, a guarnição — e o vinho delicioso que a acompanhará.

No fim do ano, acontecem coisas animadoras. O jornal francês *La Quotidienne* publica uma tradução do conto "William Wilson", seu primeiro conto traduzido. Edgar fica feliz: a história do sósia é o seu primeiro sucesso internacional. Pouco tempo depois, James Russel Lowell escreve um ensaio bastante bom sobre a sua obra. Esse ensaio foi publicado no *Graham Magazine* acompanhado de uma biografia resumida e um retrato em gravura, não muito parecido com ele, porém simpático. Este não sou eu, Edgar pensa, mas bem poderia ser uma versão mais satisfeita, mais plena e mais sensível de mim mesmo.

Nat Willis propõe-lhe trabalhar no *Mirror* e ele não tem como recusar, mesmo que as longas horas de trabalho não lhe permitam dedicar mais tempo à sua obra pessoal e a Sissy.

Escreve uma inspirada resenha de *Os desamparados*,[16] a grande antologia de "poemas esquecidos" do "príncipe dos poetas" Henry Wadsworth Longfellow. É possível que os poemas de Longfellow que figuram na coletânea sejam os seus melhores, mas é difícil dizer, pois na realidade não foi ele mesmo quem enviou todos esses poemas "anônimos" ao editor para salvá-los da lata de lixo? Ao lê-los com atenção, Edgar compreende por que Longfellow hesitou em publicá-los. Os poemas, inclusive os do próprio Longfellow, são evidentemente imitações de escritores norte-americanos mais originais!

"A antologia padece de uma doença moral: aparentemente esta pequena coletânea, cuidadosamente elaborada, segue uma diretriz precisa, a saber, omitir qualquer colaboração que possa colocar em risco a posição do sr. Longfellow."

É mais uma prova do contínuo plagiato de Longfellow, mas é algo que Poe não quer denunciar, ao menos não diretamente. O que ele quer escrever, e de fato escreve, é a palavra "imitação"; o simples fato de alguém ter a coragem de acusar o figurão da Nova Inglaterra de imitador vai causar tremenda controvérsia. Edgar se enche de júbilo. Finalmente colocou aquele bostoniano balofo e mimado em seu devido lugar!

Mas ninguém o contesta, ninguém ataca a sua crítica. Estarão todos cegos e surdos? Por que Longfellow não se manifesta? É de enlouquecer. É como esgrimir no escuro, batendo-se contra fantasmas que ninguém enxerga. Então lhe vem a ideia luminosa de responder ele mesmo, de atacar-se ele mesmo e em seguida responder. E aquilo pode continuar sem parar, até ele ficar inteiramente satisfeito e tudo estar em ordem.

---

16 *The waif.* (N. da T.)

Assim, escreve um artigo arrasando as críticas a Longfellow feitas pelo sr. Poe. Ele assina como Outis, "ninguém" em grego, duvidando que algum semiliterato perceba isso. Em seguida, responde a essa crítica atribuída a Outis, não apenas uma vez, mas cinco, no *Burton's Magazine*, levando desse modo o seu "contra-ataque" a cinquenta páginas.

E eis que é deflagrada a guerra de Longfellow quando, de toda parte, chegam as reações... graças a Outis!

Foi um espetáculo extraordinário nos jornais, e nem por um momento Poe lamentará ter dado o pontapé inicial. No fundo, ele bem que gostaria de ir mais longe e conseguir de uma vez por todas derrubar Longfellow do insuportável pedestal de glória sobre o qual ele se ergueu por conta própria. Destrua tudo isso e ateie fogo, uma voz dentro dele sopra; e cada vez que um de seus golpes impiedosos consegue atingir o objetivo, seu coração se acalma um pouco.

Então, como se esse pequeno triunfo não bastasse, Rufus Griswold reata com ele através de uma carta onde deplora o mal-entendido entre os dois:

> Embora tenha tido desavenças consigo, como decerto se lembra, eu não gostaria, de forma alguma, de deixar que esses desentendimentos prejudicassem a minha opinião profissional, coisa de que o senhor várias vezes me acusou.
>
> Desde o nosso primeiro encontro na Filadélfia, tenho sempre a sua obra em alta estima, e espero poder dar-lhe uma prova inequívoca disso. É por essa razão que lhe escrevo. Carey & Hart vão publicar minha nova antologia, intitulada *Os prosadores da América*. Pretendo, naturalmente, incluir obras suas nesta coletânea.
>
> Se existir algum de seus contos que ainda não tive o prazer de ler, espero poder fazê-lo rapidamente. Ficarei extremamente grato se puder

informar-me o título das suas novas publicações e em que local me seria possível encontrá-las. Além disso, se alguma coisa lhe desagrada no esboço de biografia que publiquei a seu respeito em *Os poetas e a poesia da América*, rogo-lhe que me faça sabedor.

Respeitosamente,
Rufus Wilmot Griswold

Edgar lê a carta repetidas vezes. Griswold tornou-se um homem importante nos círculos literários elegantes, portanto não era de se esperar essa tentativa de reconciliação por parte dele. A primeira reação de Poe é ignorar a proposta do pastor. Ao cabo de algum tempo, porém, sua posição muda. Não há nessa carta uma nova sinceridade? Quando Edgar a relê depois de alguns dias, sente-se tocado, pois decididamente o tom de Griswold tem algo de sincero, talvez até mesmo uma afeição autêntica. Griswold pode ser a sua porta de entrada para os salões de Nova York, os saraus na casa da srta. Lynch, as redações dos jornais. Ele não pode se dar ao luxo de recusar, a despeito do que essa carta dissimula. Griswold decerto tem consciência de que os boatos que correm a respeito dos assassinatos são menos críveis que o sucesso que aguarda os seus poemas. Não pode, então, correr o risco de estar afastado de Poe quando este alcançar a consagração!

Dias depois, Edgar responde a Griswold dizendo que a carta deste ao mesmo tempo o magoou e o deixou muito feliz:

Compreendo que se sinta afrontado por meu ataque a *Os poetas e a poesia da América*, e por isso eu nada disse quando nos encontramos no escritório da *Tribune*. Peço-lhe que aceite as minhas desculpas.

Se quiser me perdoar e esquecer o passado, diga-me como posso entrar em contato consigo, ou melhor, venha me visitar no *Mirror*, qualquer dia às 10 horas. Podemos falar dessas questões, que, de resto, são bem menos importantes para mim do que a sua satisfação.

Do seu amigo,
Edgar Allan Poe

Poucos dias depois, Rufus Griswold apresenta-se no escritório de Edgar no *Mirror*. O pastor está de excelente humor.

— Poe, Poe, caro amigo — exclama, apertando-lhe calorosamente as mãos.

Edgar percebe que suas luvas são de fino couro de vitela.

— Fiquei particularmente feliz com a sua carta — prossegue Griswold num tom que parece sincero.

Talvez Griswold tenha uma aptidão particular para deixar de lado as coisas que não lhe permitem concentrar-se na situação do momento. Agora, parece mesmo aspirar à reconciliação. E por que não? Isso explicaria a estranha intensidade do seu olhar, bem como a sua voz calma e sincera.

Quando conta a Sissy nessa noite, ela a princípio se recusa a acreditar que Griswold realmente foi ao escritório dele.

— Pensei que ele soubesse o que você escreveu sobre o livro dele.

— Ele sabe.

— Isto me parece muito estranho.

— Também acho. Griswold é uma pessoa muito peculiar.

Ele lhe explica então os contatos de Rufus em Nova York e como é importante para ele ter boas relações com a crítica. Sissy compreende e aprova com um gesto de cabeça.

No alto do monte Tom, Edgar está tendo uma conversa consigo mesmo. Trata-se de Nova York. Ele deve ou não morar lá? Será que vai conseguir suportar aquelas pessoas? Está disposto a engolir a lógica delas, sua maneira de pensar?

Ele não sabe. O debate interior prossegue.

— As pessoas de Nova York são cegas aos detalhes. Palavra de honra, meu amigo — diz em voz alta. — Vivem na ilusão de que, quanto mais grudam os olhos nas coisas, melhor enxergam. O fato é que erram às apalpadelas dentro de um nevoeiro de detalhes.

"Queremos os argumentos!", elas bradam. Mas se recusam a aceitar uma verdade que não se adapte à sua concepção de um argumento. Se eu proferir um completo absurdo de uma maneira que satisfaça tal concepção, elas vão me aplaudir de pé. Há alguns meses, o artigo que escrevi no *Sun* sobre uma viagem em balão era, bem entendido, pura invenção; no entanto, como a minha maneira de apresentar as coisas estava inteiramente de acordo com a ideia que os outros fazem de uma argumentação correta, engoliram a história, embora qualquer criança saiba que é impossível atravessar o Atlântico de balão em três dias!

Eles são assim, esses nova-iorquinos. Não acreditam em Deus, nem na razão. Acreditam na moda! Não é extraordinário?

Meta isso na sua cabeça: Gotham é insuportável. O calçamento foi especialmente planejado para enlouquecer os habitantes, disso tenho certeza. Eu imaginava que o ruído do encontro da roda de um veículo com uma pedra desigual pudesse ser desagradável, mas que ele fosse, de um modo demoníaco, capaz de atrapalhar o sossego do trabalho, foi uma grande surpresa para mim. Nenhum ser humano normal pode morar numa cidade assim. Para qualquer pessoa cuja ocupação seja a reflexão e a criação literária, equivale a um suicídio. Não entende até que ponto isso me deixou louco? Expulsou-me da minha mesa de trabalho, forçou-me a sair de reuniões sociais? Que podia eu fazer? O barulho da cidade havia tomado posse da minha cabeça e a única coisa que aliviava o escarcéu dos calçamentos era um cálice de vinho do porto. Eu era obrigado a beber, compreende, e sabe muito bem que não suporto o álcool! Bem, agora já não bebo. Aqui só escuto o canto dos pássaros, mas, para dizer a verdade, isso não é particularmente bom para escrever. A calma daqui me dá sono. Não me vem ideia alguma, e a vontade de escrever me foge por completo. De que se pode falar num lugar como este? De pássaros?

Um dia, quando estiver realmente velho, pegarei um balão para sobrevoar a cidade e contemplarei os nova-iorquinos lá embaixo, enxameando por entre as lojas. Então aplaudirei, rindo, pois ninguém pode dizer que às pessoas dessa cidade falta imaginação.

Pensei que você amasse Nova York, meu amigo.

Mas eu amo. Amo-a como ao meu próprio rosto.

Em janeiro, a família volta para Greenwich Village.

Na manhã de 14 de janeiro, Edgar recebe uma nova carta. No envelope está escrito apenas "POE". No cabeçalho: "Segunda carta ao patrão". Edgar a lê, em pé no vestíbulo.

SAMUEL

Segunda carta ao patrão

❧

O dentista

Inútil dizer como fiquei decepcionado quando você me abandonou naquele triste cemiteriozinho de Baltimore. Eu escutava os seus passos tinha certeza de que você ia voltar. A decepção me torturava você não pode saber quanto tempo chorei quando compreendi que você não queria mais saber de mim. A vergonha.

Você dizia que ninguém me mandaria de volta para a plantação e foi verdade. Ninguém sabia se eu era negro ou branco eu era nada uma categoria à parte você tinha dito. Durante muitos anos viajei pela América e tentei esquecer você mas me lembrava das suas histórias. Me vestia como um miserável da terra de ninguém e me esgueirava pelas ruas sou tão pequeno que ninguém me via. Quando o encontrei em Richmond na Filadélfia o seguia como uma sombra encolhida não dizia nada não era nada adorava observar e seguir você.

Quando vi as suas histórias impressas nos jornais e revistas fiquei feliz. Eu lia melhor que ninguém sir sou seu único leitor verdadeiro.

A partir daí compreendi que tudo aquilo seria verdade e que era uma coisa boa.

Quando o medo for real a América poderá mudar.

Da Filadélfia vim pra Nova York e a cidade se abriu como um sonho. As pessoas tinham viajado sobre um mar imenso para vir para essa grande confusão. Os mendigos os vigaristas os camponeses com seus grandes sonhos os escandinavos e os irlandeses de olhos cheios de sal. Vinham todos procurar a felicidade desciam pelas passarelas dos navios inundavam as ruas mas terminavam na favela. O frio da noite entrava nos barracos e de manhã eles acordavam no chão com as mãos congeladas. Todo mundo aqui. Ricos de cartola. Batedores de carteira bêbados bombeiros com punhos como couro queimado. Passeei pela cidade olhando o rosto das mulheres das vendedoras no mercado dos bombeiros das crianças irlandesas lamacentas de olhos brilhando de álcool eu olhava a cidade que crescia em volta deles. Caminhar era a minha ocupação.

Minha missão ficou clara para mim quando li o seu conto Berenice. Ele foi escrito para mim não é patrão você me mandou um sinal. Vou lhes mostrar como o mundo novo deles vai terminar.

Vou lhes mostrar o medo.

Isso começou com Berenice a minha obra de iniciação assim eles iam compreender o seu mundo. Depois que descobrirem o medo vão começar a repensar a ordem mundial.

Antes de encontrar a minha Berenice eu precisava aprender e li o *Tratado sobre os dentes dos homens* de R. C. Skinner você leu esse livro patrão ele é interessante. Skinner se preocupa você sabe com o estado da profissão dentária. Nas cidadezinhas os curadores ambulantes que arrancam dentes e os barbeiros-dentistas praticam sua atividade de amadores sem ter os conhecimentos indispensáveis sobre limpeza extração pontos fabricação de dentes falsos sim sem a higiene necessária. Percorri a cidade procurando um bom dentista e infelizmente descobri que muitos desses tipos são incompetentes e ainda mais muito grosseiros. Andando por aí para oferecer a minha ajuda gratuita eu levava com a porta na cara ou via coisas que nunca tive vontade de ver. Skinner escreveu como é importante não ter muitas bactérias imundas perto da boca dos pacientes é por causa dessas bactérias dos diabos que as pessoas ficam com dor de dente depois que vão ao dentista.

O único que me acolheu foi um dentista velho com catarata. Aprendi muitas coisas com o dr. Flagger entre outras a usar diferentes alicates. Um dia ele me levou a uma demonstração que um tal de dr. Gardener tinha organizado para mostrar os bons efeitos de um anestésico o nitrogênio. Mulheres elegantes respiravam o gás de um frasquinho marrom e era engraçado ver o efeito um rapaz ficou tão feliz que se jogou contra os bancos e as árvores para mostrar que não sentia dor nenhuma. A partir desse dia o dr. Flagger começou a usar o gás nos pacientes eles ficavam estendidos na cadeira sem sentir nada parecia que estavam dormindo. Eu ficava ao lado do dr. Flagger e lhe dava os instrumentos e ouvia a voz calorosa dele.

Quando aprendi o que precisava aprender sobre esse ofício comecei a procurar um trabalho útil para a realização do seu conto maravilhoso. Visitei os cemitérios de Nova York perguntei se precisavam de ajuda mas como sempre fui recusado finalmente encontrei um coveiro que era só pele e osso se chamava Stroke e precisava de toda a ajuda que eu pudesse dar.

Sou forte falei com ele e depois de alguns dias ele sabia como eu era forte.

Conto tudo isso sir para que você compreenda que não levo as coisas na brincadeira mas trabalho duro para me elevar ao seu nível.

Encontrei Berenice diante de uma butique numa rua perto da Broadway ela estava admirando um vestido na vitrine na primeira olhada reconheci o rosto da mulher do seu conto patrão era ela.

Gosta deste vestido senhorita perguntei.

Perdão?

Sinto muito senhorita não era minha intenção importunar queria somente dizer que esse vestido vai ficar muito bem na senhorita.

Falei com muita delicadeza para ela entender que eu não era perigoso.

Mesmo assim ela me virou as costas e saiu andando depressa pelas ruelas.

No dia seguinte esperei por ela num dos trechos escuros do bairro. Quando passou por mim saltei do parapeito sobre ela. Segurei-a pelo pescoço e apertei um lenço embebido em nitrogênio líquido no nariz e na boca da garota.

Ela fechou os olhos e deixou cair o pacote do vestido ele ficou entre os pés dela como um saco de maçãs podres. Puxei-a para dentro do pórtico de uma casa. Enfiei-a num saco. Fui buscar o carrinho de mão. Coloquei umas tábuas em cima do saco. Empurrei o carrinho na direção do rio para levar a moça até o galpão onde havia juntado tudo que precisava. Durante esse tempo parecia que ela estava dormindo tranquilamente. Agora ela era minha.

Eu lhe dei o sono.

Um barulho forte a acordou e sei que ela sentiu a pressão em seu maxilar quando abriu os olhos e não viu nada estava escuro no galpão; fiquei muito tempo observando o rosto dela. A minha querida queria se levantar mas descobriu que não podia seu peito seus braços estavam bem presos no banco ela não podia nem mexer a cabeça. A cabeça estava presa com firmeza por uma máscara presa ao banco era como uma boneca numa armadilha de raposas.

Ela quis falar alguma coisa mas nenhum som normal saiu da sua boca ela parecia um bebê ou um animal que tenta se fazer entender. Como estava escuro ela não me via. Os olhos dela estavam arregalados. A língua mole e adormecida.

A minha amada nunca viu o meu rosto. Via a luz logo acima da sua cabeça e ouvia o barulho do alicate na minha mão e sentia as coxas quentes e úmidas de urina. Eu me inclinei sobre ela e ela viu o alicate na minha mão olhou para ele e esperou a dor uma pressão fria na língua e a dor a submergiu como um balde de água fervendo e todo o seu corpo magro tremia quando ela compreendeu que já não tinha língua o rosto todo começou a ter convulsões e os olhos ficaram brancos.

Durante muitas horas ela ficou assim não sei quanto tempo dormiu.

Depois a dor voltou na sua boca e a minha amada arregalou de novo os olhos a anestesia tinha acabado e o buraco da boca era como uma cratera de dor. Naquela luz ela via os dentes caindo da sua boca um por um eu trabalhava tranquilamente. O alicate subia diante dos olhos dela e depois tornava a desaparecer. Minha linda Berenice conseguia gritar mas não podia fazer nada com o sofrimento que a devorava.

Fui o seu libertador e o seu renovador sir. Saí do cemitério de coração leve. No começo o criptograma confundiria a todos. Em seguida eles compreenderiam. Eles a encontrariam logo e o medo se espalharia pelo mundo.

É chegada a hora da mudança.

Não se sente cheio de felicidade lendo isto sir?

Alguns dias mais tarde saiu publicado no Sun uma reportagem sobre a "Horrível descoberta no cemitério".

Sim eu fiquei orgulhoso como um galo sir era um bom sinal. A minha primeira obra iniciática aparecendo no jornal sim era o começo. Recortei o artigo com infinita precaução dobrei enfiei num envelope e mandei para o influente jornalista Rufus Griswold.

POE

O corvo

❦

Nova York

Anne Charlotte Lynch e sua mãe magérrima servem o chá num rico conjunto de porcelana decorada com imagens de arrozais chineses. Edgar pega uma xícara, inclina-se e respira a fraca infusão (o álcool é proibido ali, a srta. Lynch é uma abstêmia convicta, ele sabe disso). Sorri, inclina a cabeça e beberica o chá. Não sente gosto algum — diabos, estará ficando resfriado? Coloca uma colherada de açúcar na xícara de porcelana e mexe, enquanto repara em tudo à sua volta, dos lustres às perucas, das luvas das senhoras às caixas de tabaco douradas. Bigodes de pontas curvadas são delicadamente enrolados entre dedos de redatores, cavalheiros tiram a cartola quando passa um dono de jornal, um escritor engasga o seu chá, põe-se a tossir e, no espaço de um instante, parece realmente a ponto de sufocar. O apartamento da srta. Lynch fica em Waverly Place. Dois sábados por mês ela organiza tertúlias literárias em seu grande salão. As reuniões começam às 6 horas. É o sarau mais importante da cidade, frequentado por escritores como Ralph Waldo Emerson, Margaret Fuller, William Cullen Bryant. E por jornalistas: Griswold, Willis e George Graham, e ainda por muitos outros, como os Knickerbockers e os Jovens Americanos,[17] dois grupos rivais que discordavam a respeito de tudo: escravidão, política, literatura.

---

17 Knickerboxers Writers: grupo de escritores da cidade de Nova York, na época de Poe, que procurava promover uma cultura nacional genuinamente norte-americana e estabelecer Nova York como seu centro literário. Young Americans: um grupo político e cultural de tendência conservadora que criou um partido político em Nova York no ano de 1845, quando Poe residia nessa cidade. (N. da T.)

Nesse ambiente, Edgar é desconfiado, pesa as palavras, fica atento à sua aparência, com quem conversa e por quanto tempo.

— Delicioso este chá, srta. Lynch. — Ele se inclina ligeiramente para a sua anfitriã e murmura: — Que sarau extraordinário!

Anne Lynch se volta, ficam frente a frente.

— E se o senhor viesse nos fazer uma leitura no próximo sábado, sr. Poe?

— Com prazer — Edgar aceita, sem deixar transparecer o seu contentamento.

— Maravilhoso — diz Anne Lynch, que por um instante parece prestes a se jogar sobre o seu convidado.

— Acabo de escrever um novo poema: "O corvo".

— Realmente? Terei prazer em escutá-lo.

— Será uma honra lê-lo para a senhorita.

Anne Lynch serve-lhe mais chá.

— Se esse poema se parece com as suas outras obras, tenha certeza de que será bem acolhido.

— É o melhor que já escrevi.

— É mesmo?

— Gastei muito tempo com ele. Cada sílaba foi pensada com cuidado.

A srta. Lynch parece preocupada.

— O poema não ficou muito complicado, espero.

— Não, não, srta. Lynch. É o meu poema mais simples e mais carregado de sentimentos.

— Ah!

Ele assente com a cabeça.

Enquanto lê os primeiros versos do poema, percebe que os rostos adquirem uma expressão letárgica, os olhos pesam, as cabeças se inclinam para o lado. Dir-se-ia que aquelas mulheres belas e inteligentes dormem ouvindo a sua leitura. Ele nunca ergue a voz, recita o poema em murmúrios. Diz a si mesmo: elas sonham, eu as tenho presas à minha voz.

Desde a primeira estrofe, "O corvo" é um sucesso, os aplausos no salão da srta. Lynch ainda ressoam em seus ouvidos quando ele volta para Greenwich Village.

— Vejo que você adorou ser aplaudido — Sissy comenta.

É verdade, inteiramente, completamente, mas será que ela não compreende que ele espera por esses momentos desde os quatorze anos de idade? Que nunca se cansará deles e que sempre os achará demasiado breves?

— No fundo, parece-me que os aplausos não foram exagerados — diz, como se não tivesse escutado Sissy. — Fiquei com a impressão de que fui aplaudido por uma eternidade, mas na verdade não demorou tanto. Li o meu poema infernalmente bem esta noite. Não poderia ter lido melhor.

— Decerto foi merecido — ela diz baixinho.

— Mais que merecido. Deveriam ter aplaudido mais. Quando finalmente tive a oportunidade de ler o meu poema, deveriam ter aplaudido a noite inteira.

Sissy sorri.

— Até as mãos caírem — finaliza.

— Sim!

Ele abraça Sissy e sente o coração da jovem bater contra o seu peito.

Após a primeira publicação do poema no *Mirror*, no fim de janeiro, ele ouve dizer por toda parte que é "a obra que todo mundo comenta". Até mesmo na imprensa: "Todos leem 'O corvo' e discutem sobre ele", "Os leitores estão eletrizados por este refrão extraordinário: 'Nunca mais'". Pouco depois, descobre a resenha do *New World*, que considera o poema "selvagem e fremente", composto por "estrofes até então desconhecidas dos deuses, dos homens e dos livreiros". Ah!

Antes do fim do mês, o poema é publicado em dez veículos diferentes, sempre suscitando louvores. Em seguida vêm as paródias: "O corno" (escrito por "Poh!"), "A gazela", "O peru", "O sonâmbulo", "O coleóptero gigante". Ele, porém, não se irrita, acha até engraçado, recorta as paródias dos jornais e as cola em tiras de papel a fim de lê-las para Sissy e Muddy.

Riem muito juntos.

É uma prelibação da fama.

Na casa do dr. Francis, ele é apresentado como "O corvo", e nessa mesma noite narra a reunião para Sissy, a quem confessa ter talvez adotado uma expressão sinistra para satisfazer os convidados.

— Assim — diz, fazendo uma careta.

— Assim? — faz Sissy, imitando-o.

— Não, não. Assim!

Sissy cai na gargalhada.

Certa noite, no teatro, um ator pronuncia a expressão "Nunca mais!" olhando para Edgar e Sissy. Vários espectadores se voltam para Edgar, que se sente enrubescer. Felizmente a sala estava na penumbra.

A editora Wiley & Putnam decide publicar seus poemas.

Ele recebe honorários, dinheiro de verdade.

Ei-lo transformado em figura familiar nos círculos literários de Nova York, entre redatores, donos de jornal, escritores, poetas, organizadores de tertúlias. Encontra leitores que o admiram. Até então, julgava que aquele ambiente fechado, vaidoso, era podre; mas ao se ver lendo "O corvo" pela segunda vez no sarau da srta. Lynch, experimenta uma onda de pura felicidade. Ser ouvido por belas mulheres inteligentes de olhos fechados, eis pelo que vale a pena viver.

Uma mulher em particular, com a qual teve ocasião de dialogar, é a poetisa Fanny Osgood. Ela é de estatura baixa, miúda e muito bonita, e além de tudo escreve poemas bastante bons. Ele sente prazer em olhar para ela e conversar com ela, sempre cônscio de que deve evitar apaixonar-se se não quiser trair Sissy, que tosse em seu leito de convalescente em Greenwich Village. Mas se sente atraído pela admiração que lhe dedica Fanny Osgood: é fácil, para ele, ser "o corvo", pássaro humano magnético e funesto.

Ele não bebe há dezoito meses e se sente um rapaz. É fantástico! Levanta-se bem cedo de manhã, começa a escrever, trabalha o dia inteiro e à noite não está sequer cansado. Seu vigor continua intacto, a cada dia sente-se rejuvenescer, e de manhã se instala à mesa de trabalho com renovada vitalidade. Escreve com rapidez, sai apressado para a redação do jornal, lá conta histórias engraçadas e faz observações mordazes até a hora do almoço. Durante a refeição, continua a discutir a apresentação lamentável de *A tempestade* na véspera, ri um pouco, faz à tarde uma longa caminhada, durante a qual reflete sobre os seus próximos contos, depois volta para casa e prepara-se para a leitura da noite.

São tantos os serões a que precisa comparecer! É uma programação febril. E Sissy, que não anda bem e necessita de cuidados constantes. Mas é ela quem o empurra: "Saia, vá ao sarau. É o que nós sempre esperamos".

E Edgar vai às festas e se entretém com Fanny Osgood, e certa noite a beija num carro atravessando a cidade, e quando desperta de manhã, está em sua própria cama como se fosse a cama de um estranho, então se levanta, vai para a mesa de trabalho e escreve um poema de amor. Fechando os olhos, sente o rosto de Fanny perto do seu e os longos cabelos da jovem em seu pescoço... O poema é publicado no jornal e, quando Edgar o vê impresso, percebe de imediato que Fanny e ele não serão as únicas pessoas capazes de compreender o seu conteúdo.

Por Deus! ambos são casados e Fanny tem filhos. Ela diz a ele que não pode haver qualquer relacionamento entre os dois, apesar do amor que nutrem um pelo outro. Amor infeliz. Sofrimento de ambas as partes. Dores infernais no peito. Deixe estar, ele murmura, servindo-se de vinho. Logo está completamente bêbado e, envergonhado, volta para casa, para as suas miudezas conjugais, para Sissy e sua tosse, cujo eco arranha as paredes do quarto de dormir.

Bom. A história com Fanny Osgood está terminada.

Dias depois, fica sabendo que Griswold espalhou a notícia da sua ligação escandalosa com Fanny Osgood. "Como ele pôde fazer isso, com a esposa agonizando em casa?", teria exclamado. (Dizem que Griswold também suspirava por Fanny Osgood.)

Em fevereiro, dá uma palestra sobre a poesia norte-americana. Trezentas pessoas acorreram à Sociedade Literária de Nova York. Suas mãos tremem quando ele sobe ao palco e é acolhido pelos aplausos, mas seu nervosismo desaparece assim que começa a falar. Tem a impressão de estar na plateia, escuta a própria voz e, como o resto dos ouvintes, inclina-se para frente, interessado, para escutar a palavra de Poe: o sopro da ira.

Longfellow, Longfellow, sempre Longfellow e o seu grupinho, ele ataca todos: Sprague, Dana, Halleck, Bryant.

E se lança mais uma vez contra Longfellow.

— Pura imitação!

E se volta para a audiência:

— Digo a vocês com todas as letras: é plágio. Nada além de roubo.

Evoca as leis de direitos autorais. Ouve sua voz altear-se, gritar. Insurge-se contra o sistema da autogratificação e defende, em tom calmo, a originalidade da literatura norte-americana.

No momento em que menciona as antologias, seus olhos recaem sobre Griswold, sentado na sala. E resolve surpreendê-lo.

— A antologia de Griswold é, sem dúvida, a melhor de todas.

A frase soa como uma vitória.

Depois da palestra, Rufus Griswold o aborda:

— Extraordinário! — exclama, sorrindo. Parece profundamente comovido.

— Obrigado, meu amigo.

— Está realmente em plena forma — prossegue o outro com ar intimidado.

— Graças a Deus.

— É a vontade de Deus — Griswold conclui, voltando a se sentar em meio às filas de cadeiras. Parece profundamente angustiado.

Pela terceira vez, Edgar se encontra na casa da srta. Lynch para ler "O corvo", e mais uma vez fica impressionado com a admiração das mulheres e com o prazer que experimenta como o centro das atenções.

Ele baixa a cabeça. À sua esquerda tremeluz a chama de uma vela. Uma mulher enrola uma fita ao redor do dedo. Ele lê em voz baixa, sem demonstrar muita emoção, pois são as palavras, pensa ele, e não a sua voz, que devem impressionar. No meio da segunda estrofe, fecha os olhos:

— "Pela que ora no céu anjos chamam Lenora..."

Precisa esforçar-se para manter os olhos abertos, pois sente uma vontade enorme de recitar o texto de olhos fechados. O silêncio reina na sala e tudo o que ele ouve é um ruído abafado de marteladas vindo de uma casa vizinha. À sua esquerda, na segunda fila de um grupo de ouvintes em pé, encontra-se Fanny Osgood acompanhada do marido, Sam Osgood, que tem o braço ao redor dos ombros magros da esposa. Enquanto termina de ler a estrofe, Edgar tem os olhos pousados sobre o vulto de Sam. Depois seu olhar passa a percorrer os rostos enlevados e atentos, alguns dos quais de olhos fechados.

> E o corvo aí fica; ei-lo trepado
> No branco mármore lavrado
> Da antiga Palas; ei-lo imutável, ferrenho.
> Parece, ao ver-lhe o duro cenho,
> Um demônio sonhando. A luz caída
> Do lampião sobre a ave aborrecida
> No chão espraia a triste sombra; e fora
> Daquelas linhas funerais
> Que flutuam no chão, a minha alma que chora
> Não sai mais, nunca, nunca mais!

Ele murmura os últimos versos. As palavras "nunca mais!" mal são audíveis na sala, mas ele sabe que ressoam como uma explosão na cabeça dos ouvintes. Nos segundos que precedem os aplausos, ele ergue a cabeça e passeia o olhar pela assistência.

É então que ele o vê.

Sua estatura é menor que a das mulheres. Está apoiado contra a moldura da porta, na penumbra. Mesmo sem ver aquele rosto de cal desde a separação em Baltimore, quatorze anos antes, ele o reconhece imediatamente. Um cacho de cabelo cai como um galho cortado sobre um rosto que se tornou enrugado e murcho, porém tão familiar que Edgar tem repentinamente a convicção de que jamais estiveram longe um do outro, que Samuel sempre esteve poucos passos atrás dele.

Seus olhares se cruzam por alguns segundos apenas. Depois irrompem os aplausos. O público se precipita para ele. Edgar se inclina, procurando enxergar Samuel, mas este desapareceu.

Após a leitura, ele se dirige ao bar e pede uma garrafa de porto.

De todos os rostos voltados para si, apenas um ocupa os seus pensamentos.

O rosto de Samuel encobre todos os outros.

É como se não houvesse outra pessoa ali. Edgar tem a impressão de ouvir a voz dele em algum lugar do aposento:

"Isso vai acontecer."

Salta da cadeira, olha ao redor, mas não o vê.

Quanto mais bebe, mais convencido fica de que seu sucesso é uma conspiração. Há alguma coisa por trás: o desejo de humilhá-lo, de destruí-lo. Ele não tem um único amigo, e sim um exército inteiro de inimigos invisíveis. Mas vai revidar, eles vão ver; não vai deixá-los destruir o que ele conseguiu construir. Não poderia simplesmente apagar o que viu na sala, o rosto de Samuel, e continuar como antes? Não. Impossível. Cronos devora seus filhos. Ele nunca mais voltará àquela casa para ler seus poemas. Acabou-se.

À entrada do circo, sob um toldo de veludo surrado, ele vende ingressos para o espetáculo noturno. Um quarto de dólar por pessoa. No interior, sob as luzes do picadeiro, o diretor do circo começa a chorar. A inquietação que aquele espetáculo lhe provoca tornou-se insuportável, ele esconde o rosto no lenço, seu corpo é sacudido por tremores, a cartola estremece em sua cabeça. Sob o abrigo do toldo de veludo, Edgar se serve de um dedo de vinho do porto, apenas para não sentir a corrente de ar frio dessa noite gélida.

— Bom Deus, preciso de algo para me esquentar — diz baixinho.

Com a cabeça oculta pelo toldo, saboreia o vinho na esperança de que ninguém o veja. De repente se empertiga. Não há espectadores? Ouviu alguém lá fora? É apenas a velha senhora que chega. Sem erguer os olhos, ela paga o quarto de dólar, entra e ocupa o seu lugar na terceira fila. Como sempre, é a única pessoa na assistência. O diretor então sopra uma pequena corneta com animação sofrida e brada, em voz rascante:

— Senhoras e senhores!

Os cavalos árabes entram no picadeiro!

Música de órgão! Trombone. Violão. Uma orquestra inteira!

Os cavalos galopam cada vez mais rápido, giram e tornam a girar no picadeiro. Meio escondido pelo toldo, Edgar assiste.

— Tem alguma coisa errada — murmura.

Os cavalos correm depressa demais, tentam sair do percurso. De corneta na mão, o diretor entra no picadeiro, procura conter os cavalos e levá-los de volta ao estábulo.

— E agora, senhoras e senhores...

Leo, o atirador de facas. Sua esposa, Myriam. Ela está amarrada a uma roda que gira lentamente, os belos olhos cobertos por um lenço. Edgar observa Leo. Ele treme, esse inábil atirador de facas está com preguiça de trabalhar hoje.

— Silêncio, senhoras e senhores!

Com mão pouco segura, Leo enxuga o suor da testa. Tem em cada mão uma faca de uns trinta centímetros. Myriam sorri, está usando uma malha amarela. Gira lentamente sobre a roda.

A primeira faca lhe rasga o braço.

O sorriso dela se crispa e a roda continua a girar. O sangue jorra-lhe sobre a roupa. Leo ergue nervosamente outra faca, mas atira-a de mau jeito: a faca se planta no estômago da sua mulher. A cor amarela desapareceu, Myriam pende inerte sobre a roda.

O diretor sopra com mais força a corneta.

É a vez dos palhaços, os alegres anões. Edgar fecha os olhos com a esperança de que as coisas não saiam mal para aqueles sujeitos gaiatos. Eles dão cambalhotas pelo picadeiro e fazem caretas. A velha senhora da terceira fila ri ruidosamente. Os palhaços plantam bananeira, agitam as pernas, rolam os olhos, grunhem, ameaçam uns aos outros. Mas suas gracinhas vão longe demais, suas quedas se tornam brutais, eles começam a se agredir. Já não provocam risadas, esmurram-se, nariz sangrando sobre a maquiagem, lábios partidos. O maior se senta sobre o peito de outro, o pequeno de pernas arqueadas; prende-lhe os braços com os joelhos e lhe bate no rosto com um martelinho.

De mãos trêmulas, Edgar se serve de mais um pequeno cálice de porto.

Chegou a vez dos trapezistas Julian e Juliana!

São a atração principal do espetáculo, os astros da noite! A velha senhora bate palmas sem parar. Silêncio no circo. Ao alto, próximo ao cume do toldo, eles executam o seu número, sem rede de segurança.

Edgar sabe que vão cair. Tudo vai mal esta noite.

Juliana vai cair, o barulho do seu corpo estraçalhando-se no chão será insuportável. Até mesmo Julian acabará caindo, e os dois artistas ficarão estendidos lado a lado no chão, como cadeiras de madeira quebradas, esquecidas num pátio abandonado. O diretor andará em volta deles, gemendo e gritando que não entende o que saiu errado.

Tudo saiu errado.

Se Edgar for embora nesse momento, não voltará mais, ele sabe disso. O diretor não lhe dará novamente este trabalho se ele o largar. Apesar disso, Poe mete a garrafa no bolso do fraque, deixa o seu lugar e sai do circo.

No momento em que atravessa a porta, sente um grande alívio.

Faz tanto tempo que ele não sai do circo, que só se recorda de alguns fragmentos do mundo exterior. As multidões, os coches, as crianças. Os odores do mercado de peixe e o brilho vermelho dos tomates. Além disso, não se lembra de nada.

Uma vez lá fora, nada é como ele pensava.

Acima dele há estrelas e luas. Quando abaixa a cabeça, vê a mesma abóbada celeste abaixo de si.

A tenda do circo gira entre as luas.

POE

Em Fordham

Nova York — Fordham

Ei-lo novamente obrigado a deixar Nova York.

Antes, porém, Poe quer escrever sobre as coisas que vivenciou na cidade — alguns esboços rápidos sobre toda essa encantadora elite do mundo literário que conheceu em Gotham. Seu primeiro ensaio é consagrado ao "poeta amador" Thomas Dunn English. O segundo, a Rufus Griswold, a gralha mentirosa. Não poupará ninguém, é tarde demais para se preocupar com a polidez.

Não quer ser "amigo" da gralha. Não suporta a ideia dessa "amizade", não vai de modo algum encolher as garras, alisar as plumas, respirar o perfume que lhe dá um odor humano. Não quer escrever cartas humildes a essa ave traiçoeira que gostaria de lhe bicar os olhos. Quando pensa no que se disseram, a gralha e ele, tem a sensação de que alguma coisa o penetra por trás, rasga-lhe as calças e se enfia em seu reto.

Leva os dois textos ao editor do *Godey's* e, quando o vê alçar as sobrancelhas, percebe que encontrou um bom filão. O seu interlocutor vai publicá-los, pois farejou sangue.

— Interessante — diz, sem ao menos afastar os olhos dos textos. — Quantos destes... hum... você consegue escrever, Poe? Quando pode entregá-los? São realmente bons... são... brilhantes!

Edgar vai chamá-los "Os literatos nova-iorquinos". Ele retrata o ambiente dos escritores, os veste, os empoa e os depena, afaga-lhes as faces e lhes corta os dedos. Descreve o disse me disse nos salões, os cochichos, as mentiras, os boatos, as calúnias, as fanfarronices vãs. Conta como os elegantes e ricos de espírito constroem suas relações e carreiras para as demolir em seguida. Fala das crianças prodígio e dos sem talento, dos hedonistas virtuosos e dos moralistas escandalosos. Faz também o retrato físico dos literatos: descreve em detalhes o rosto gordo de Willis e o lábio superior franzido de Margaret Fuller, demora-se nas sobrancelhas matagosas, nas mãos trêmulas, nos pescoços pelancudos, nas panças, nos pomos de Adão, cotovelos, narizes, dentes. E quando menciona Griswold, é para lamentar a sua falta de educação fundamental:

> O sr. Griswold tem uma disposição muito peculiar: há circunstâncias em que ele se encontra incapacitado de dizer a verdade. O pastor Griswold deveria se debruçar sobre essa questão quando possível, e tentar resolvê-la, se pretende continuar fazendo papel de devoto. Mas Griswold é ainda muito jovem e, com a sua indiscutível capacidade de trabalho, pode rapidamente aperfeiçoar os pontos onde as suas falhas são mais nefastas. Nenhuma pessoa generosa irá censurá-lo se ele retomar os seus estudos teológicos.

Quando, em certa manhã de setembro, ele procura Louis Godey com um novo pacote de artigos, encontra o editor totalmente desatinado.

— Ah, Poe, homem terrível! Não conseguimos imprimir um número suficiente de exemplares do jornal. Que diabos posso fazer? A culpa é sua, Poe — ele acrescenta, com um risinho. — Suas sátiras estão deixando a cidade de cabeça para baixo. E as pessoas querem mais.

— Ótimo — diz Edgar, entregando os novos esboços a Godey.

Sente vontade de beber alguma coisa.

Os artigos são publicados. "Os literatos nova-iorquinos" se esgotam.

Ele sente vontade de beber muitas coisas. Tantas, que poderia construir uma casa com elas.

Impaciente, vai ao bar, e volta para casa cambaleante.

Passa três dias de cama, curando a bebedeira e esperando o contra-ataque.

E eis que estes chegam aos magotes. Um murro da parte de Thomas Dunn English. Uma punhalada da parte da sra. Fuller. Um beliscão por parte dos leitores de Longfellow.

O único a não responder é Rufus Griswold.

Edgar o atacou e ele não responde.

Por quê? O ataque foi insignificante? Griswold não ficou sabendo? Como faz para que os boatos não o alcancem?

Esse silêncio o deixa doente. A sede lhe queima a garganta. Em vão bebe litros e mais litros de água. Só existe uma bebida que pode lhe trazer alívio: vinho do porto.

O silêncio de Griswold o leva ao álcool.

Ele entorna os cálices de porto um após outro, não sabe quantos já bebeu, está fora de si. Agarra-se ao balcão sem saber onde está. Precisa sair, ir para a rua, tomar ar. O vinho zumbe dentro da sua cabeça. É hora de ir. Ele consegue chegar à porta, arrasta-se para a rua, hesita em meio às mil sombras hostis das casas que não enxerga. As ruas se estreitam, os becos sem saída o cercam, ele não sabe para onde ir. Logo ficará seriamente doente, com febre, rins infectados e terríveis remorsos na consciência.

E tudo isso por causa do silêncio daquele Griswold maldito.

Enquanto vai de bar em bar, bebendo porto após porto, fica sabendo pelos boatos que ele próprio está gravemente doente, internado num sanatório de doenças mentais. Aparentemente, algumas damas dos saraus literários fizeram uma excursão ao "hospício que teve a generosidade de acolhê-lo".

O verdadeiro Edgar Allan Poe está louco demais para continuar vivendo.

Seria melhor que o decapitassem, que enterrassem sua cabeça separada do traseiro. Bom. De qualquer forma, ele foi enterrado há muito tempo. Até onde se lembra, já está morto. O sangue jorra das mangas de sua sobrecasaca, sinal de que goza de perfeita saúde. Cada osso do seu corpo já foi fraturado, isto é uma vantagem, ele não tem mais nada para quebrar. Deita-se vagarosamente no chão, arrasta-se para baixo da cama, lambe um pouco de vinho de uma poça. Encafuado no escuro, sente-se à vontade para redigir alguns minúsculos esboços.

Esconde-se para escrever. É evidente que ninguém consegue estancar a produção de novos retratos para "Os literatos nova-iorquinos", nem mesmo ele próprio. Os textos são magistrais, são seus mestres e senhores.

Pergunta-se: terei sido sempre louco e não sabia?

Seu rosto está acinzentado e tem grandes bolsas escuras sob os olhos. Olhos infelizes, pele doente. Ronqueira no peito. Uma sede intolerável, que não o impede de se maldizer cada vez que bebe. Sissy tosse e esconde o rosto debaixo da coberta. Em breve estará morta, pobrezinha. Muddy chora. Prepara bebidas quentes para a filha querida. Chora um pouco mais. Escreve cartas, mendigando dinheiro. Sissy tosse. Mais bebidas quentes. Muddy verte mais uma lágrima. Assim passam os dias.

— Bom, ainda bem que estou em minha melhor forma, agora que vou morrer — diz Edgar ao rosto de escritor de quem o espelho pendurado acima da mesa de trabalho lhe devolve uma imagem vaga. — Ou melhor, não, já estou morto e vou continuar neste estado de morte perfeita por muito tempo ainda, muito depois que ela morrer de verdade. Eis uma coisa bastante curiosa.

Do quarto de dormir vem a voz de Muddy, que soluça baixinho.

Uma razão, ao menos, para se alegrar: de agora em diante há um novo motivo para se mudarem.

Por fim, vão precisar deixar Nova York. De verdade.

⁂

Felizmente, a sorte ainda pode estar do seu lado. Talvez encontre um pouco de felicidade, por inacreditável que pareça. Na primavera, ele aluga uma casinha em Turtle Bay, perto do rio East. Poucos meses depois, eles se distanciam um pouco mais da cidade, instalando-se na periferia de um modesto povoado chamado Fordham. Encontraram para alugar, quase de graça, uma casa diminuta. Mesmo Fordham sendo ligado à cidade pela ferrovia, é como se morassem no campo. A casa fica isolada sobre uma colina. Edgar pode passar o dia inteiro sentado no terraço contemplando os morros sem avistar um único ser humano. Muddy e Sissy também estão felizes. Elas repousam. As faces de Sissy recuperaram um pouco de cor.

De manhã, ele se senta no pequeno terraço para contemplar a suave encosta das colinas. Fica assim, quase imóvel, até a luz do sol cair sobre seus pés.

Ele adora o silêncio.

É então que recebe um envelope com o seu nome escrito em péssima caligrafia. A mensagem tem como título: "Terceira carta ao patrão".

SAMUEL

Terceira carta ao patrão

❦

O jornalista

Por várias semanas as pessoas na cidade falaram dos assassinatos na rua Chrystie. "Mais uma vez a cidade de Nova York é abalada por um crime que parece demasiado terrível para ser verdade." Eu adorava essas frases adorava escutar os tagarelas no mercado falando do selvagem o mistério com o medo aparecendo no rosto deles. Como ele entrou como ele saiu e qual será o seu próximo golpe. Ah eu poderia facilmente aliviar o medo deles mas adorava tanto ver esse medo espalhado no rosto deles como uma febre. Poderia explicar a eles que bastava um fio de linha de costura preso no ferrolho da janela para fazer nascer um mistério um homem pequeno desce sem dificuldade da janela do quarto andar. Mas eu adorava ver o mistério brilhando nos olhos deles.

A obra-prima.

O conto do patrão tornou-se uma nova obra-prima.

Nossa obra-prima.

Decepção. O jornalista que acompanhava o fabuloso crime fez uma entrevista com você uma entrevista idiota foi arriscado. Durante muitos dias fiquei com a impressão de escutar a voz do repórter chamando sr. Poe sr. Poe há alguma coisa de que o senhor se arrepende.

Meu coração sangra por você patrão.

Compartilhamos um segredo somos maiores que o medo.

Evan Olsen é o modelo dos novos tempos atrevido e estúpido. Vale tudo para tais pessoas que não têm respeito pelos grandes pensamentos são os medíocres que governam o mundo. Olsen aspira à grandeza mas ignora que a mesquinhez escavou uma cova nele.

Há muitos anos você me falou do que chamava de aperfeiçoamento você se lembra. Não acredita nos tempos novos. As cidades se espalham pelas planícies mas só produzem avidez e morte. Os mercados os barcos o dinheiro os pensamentos abstratos um mundo inabitável. A face da natureza está deformada pelas agressões de uma doença abominável você escreveu. Eu me lembro das suas frases. Nós inventamos a nossa própria destruição por causa de um gosto perverso você escreveu.

Vamos renascer. Primeiro a morte. E depois: a vida nova.

Você quis me mostrar o futuro. Você está vendo como isto vai se desdobrar. No desprezo. Nos mal-entendidos. Todos eles acabarão sozinhos. A vida nas plantações não é a última mas a primeira de uma longa série de humilhações opressão não somente para os negros mas para todos nós. Você me mostrou tudo. Os novos tempos. O medo. A escravidão. Logo virão os presidentes do medo. Todos temerão o medo ele governará não os governos não os proprietários de terras não os donos de escravos. Ninguém pode escapar do novo medo. Ninguém pode lhe cortar a cabeça. Ele está dentro da cabeça solidamente preso às veias. Ninguém consegue se concentrar em outra coisa ninguém consegue ler livros. Somente alguns raros indivíduos obstinados e trabalhadores aprenderam os livros de cor. São eles que tornam a novidade possível. Eles devem ficar juntos. Devem instaurar a morte. Ninguém poderá renascer antes do reinado da morte. Morte do velho. Chegada do novo. Mudança do mundo.

O bem nascido do mal.

O jornalista é um morto vivo.

Segui Evan Olsen durante dias. Já sei onde ele mora.

Enfim você me surpreendeu de novo.

O patrão escreveu uma nova obra-prima!

Chama-se A verdade sobre o caso do sr. Valdemar.[18]

Quando P... o adepto do hipnotismo conta que realizou uma experiência com um amigo moribundo o sr. Valdemar fiquei muito feliz esse conto me encheu de alegria. P... quer saber se é possível fixar o instante da morte. Valdemar é mantido em transe durante sete meses.

O senhor está dormindo?

Ele não respondeu, mas percebi um tremor em seus lábios e fui obrigado a repetir a minha pergunta pela segunda e pela terceira vez. Na terceira, o seu corpo inteiro foi agitado por um leve estremecimento; ele entreabriu os olhos, mostrando um pedacinho do globo ocular; os lábios fremiram de leve e deixaram escapar, num murmúrio quase ininteligível, estas palavras: "Sim, estou dormindo agora. Não me desperte! Deixe-me morrer assim!"

O corpo dele se desintegra lentamente a decomposição começa mas Valdemar está vivo ele fala pela boca morta. Pelo amor de Deus me deixe dormir ou me acorde depressa estou lhe dizendo que morri.

Quando li isto soube que você não se esqueceu de mim que pensa o tempo todo em mim que você nunca me abandonará.

A questão do sr. Evan Olsen está resolvida agora sei o que vou fazer.

Você vai ficar feliz em saber que mais uma vez me inspirou.

Quando eu trabalhava para o dentista Flagger aprendi os segredos do ofício os envenenamentos em particular são um problema para as

---

18 "The facts in the case of M. Valdemar". Tradução do trecho citado: Eliana Sabino. (N. da T.)

pessoas nessa profissão. As tinturas de morfina a cocaína o éter constituem um perigo porém mais dissimulado e mais lentamente destruidor é o efeito do mercúrio. Eu mesmo vi um colega bem mais idoso do dr. Flagger doente de um envenenamento por mercúrio embotado as mãos tremendo olhava pra mim como se tivesse esquecido quem era e onde estava no fim ele caiu num sono muito estranho esse velho estava frio como metal mas não morreu durante vários meses ficou assim com uma respiração ofegante.

Roubei receitas de bicloreto de mercúrio do consultório do dr. Flagger. O envenenamento mais eficaz seria por pequenas doses cotidianas. Descobri nos artigos do sr. Evan Olsen como iria fazer.

Ele falou muitas vezes da esposa Mary Ann escreveu que ela lhe servia o chá com os biscoitos favoritos dele que ela encontra numa confeitaria alemã. Certa manhã fui atrás dela à confeitaria e quando ela saiu da loja eu entrei e comprei dois pacotes dos biscoitos do sr. Olsen. Derramei o bicloreto de mercúrio sobre os biscoitos e na noite seguinte troquei o pacote dele pelo meu.

Por muitas noites mais vigiei a janela dele e o vi contorcer-se na cama ao lado da esposa. Uma vez ele acordou e olhou na minha direção mas foi como se não me visse como se já não soubesse onde estava.

POE

A visita

Fordham

A luneta está úmida, o que não impede que ele veja claramente a silhueta de Griswold por entre os troncos mosqueados das bétulas no sopé da colina. O rosto do redator sempre com esse ar aberto e ingênuo. Os olhos curiosos. Uma careta infantil franze seus lábios. Ele tem uma aparência estranhamente jovem. Alguns cachos de um cinzento prateado caem sobre a ponta da lapela da sobrecasaca, desfazendo a inocência da primeira impressão e dando-lhe a aparência de um homem em desacordo consigo mesmo. Enquanto Griswold caminha, Edgar tenta focalizar a luneta sobre a sua boca contraída, denunciando o seu nervosismo. Edgar pensa, impaciente: Griswold fala sozinho, mas não entendo o que ele diz.

O visitante sobe a colina em grandes passadas na direção da casa. Quando interrompe a subida para tirar o chapéu, fica iluminado pela luz que se filtra entre as nuvens. Edgar observa o rosto afogueado e de repente compreende o objetivo da visita: o outro quer ver com os próprios olhos a sua decadência. Ouviu os boatos sobre a sua loucura e a sua morte iminente e, a curiosidade sobrepujando a polidez, veio verificar pessoalmente. Mesmo sem saber a reação de Griswold ao que foi escrito sobre ele em "Os literatos nova-iorquinos", Edgar está convencido de que a necessidade de se vingar é forte no espírito do seu visitante.

Durante alguns minutos, Griswold fica imóvel, contemplando a casa. Depois recomeça a subir a passos largos, como se medisse, pensa

Edgar, a distância que o separa da salvação. Edgar continua a segui-lo com a luneta até ele chegar ao portão; em seguida pousa o instrumento e se posta diante da coluna que sustenta a patera.

Rufus Griswold chafurda na grama. Detém-se no fundo do jardim para contemplar a copa das cerejeiras. Cachos de cerejas maduras brilham literalmente entre as folhas.

— Não tenho escada, por isso elas ainda estão no pé — declara Edgar. — As cerejas.

Griswold, ainda imóvel, olha para ele apertando os olhos. Estará enxergando menos?

Edgar avança pela relva. Griswold ficará surpreso. Será acolhido com cordialidade. Edgar irradia euforia:

— Griswold, meu amigo!

Toma as mãos do visitante e as aperta entre as suas:

— Acabou me encontrando!

Griswold esboça um sorriso.

— Foi estranho — começa, meio sem fôlego. — Vindo pelas colinas, detive-me para olhar em volta e pensei na minha região, em Vermont, embora Fordham não se lhe assemelhe particularmente. Acho que se deve às *formas* desta paisagem, se é que me entende. É de fato uma paisagem harmoniosa. Provocou em mim a saudade da minha terra, por ridículo que isso pareça.

Seu olhar erra pelo rosto de Edgar.

— Nos últimos tempos estive muito doente em Nova York — diz Edgar em tom de confidência. — Vir para cá foi uma das melhores decisões que tomei.

— Todo mundo fica doente em Nova York — responde Griswold à guisa de consolo. — A única coisa razoável que um homem pode fazer sobre isso é ser médico ou pastor.

Ele afaga o cavanhaque. Sua barba está crescida.

— Não me convida para entrar?

— Sim, sim, claro. — Edgar põe-se de lado para lhe dar passagem.

Eles se acomodam na sala modesta. Enquanto Edgar expõe seus projetos para o *Stylus*, o melhor jornal da América, Griswold contempla as estantes esparsas, o retrato do velho general Poe preso por um prego acima da cômoda. Seu olhar parece buscar os sinais da decadência. Diante dele, Sissy borda numa cadeira de balanço, o gato enrodilhado como uma bola a seus pés. Griswold observa os dedos finos de pontas e unhas afiladas, o fio e a agulha, os movimentos delicados. De súbito ela interrompe o balanço, fica confusa por alguns instantes, absorta num problema do bordado. Imediatamente o gato levanta a cabeça do chão e passeia os olhos perplexos em volta de si. Alguma coisa parou: o balançar no ritmo tranquilizador do mundo. Uma única coisa impede o gato de se levantar: a esperança de que Sissy encontre logo uma solução. Um pequeno gesto de cabeça indica que o problema do bordado está resolvido, e ela recomeça a se balançar para frente e para trás. O gato torna a descansar a cabeça no piso, uma expressão iludível nos olhos, uma luz de bem-aventurança.

Griswold deixa de observar Sissy e o gato e se volta para Edgar:

— Onde estávamos?

— Nós?

— Está tudo bem, Poe? Você e a sua esposa estão... em boa saúde?

Edgar sorri ao seu visitante tão generosamente quanto pode. Bastante seguro de si, tem vontade de falar com o coração aberto para mostrar a Griswold quão bem de saúde ele se encontra. Tem vontade de lhe contar alguma coisa, *qualquer coisa*.

— Quando eu tinha dezessete anos, estava convencido de que a única coisa que poderia me fazer feliz era ir para uma cidade grande, para Nova York, e lá tornar-me um escritor conhecido — disse, cruzando as mãos sobre o ventre.

Griswold se inclina, intrigado:

— Ah, sim?

— Pensava nisso o tempo todo. Nada me parecia mais tentador. Pensei nisso quando venci a prova de salto em distância na escola, e quando recebi de Elmira Royster o meu primeiro beijo em Ellis Garden, pensei no dia em que estaria diante de uma plateia em Nova York, lendo meus poemas e recebendo os aplausos. Quando finalmente me encontrei em Nova York, o tumulto da cidade foi insuportável para mim. Não dormia à noite. Foi o barulho infernal das rodas das charretes que primeiro sufocou os meus sonhos de ser escritor. Deitado em minha cama, eu maldizia noite após noite a cidade com a qual havia sonhado todos os dias por vinte anos! Minha única preocupação era descobrir como escapar dela, não conseguia pensar, nem escrever, e ainda menos acreditar que eu fosse digno de ser lido. Era-me absolutamente impossível convencer esses editores covardes a comprar meus poemas. Mais do que sonhar em ser recebido nos saraus, eu despejava todo o meu veneno e minha bile sobre eles.

Edgar se ergue e rosna entre dentes:

— Saraus de amadores! Malditos prostíbulos de virgens comedoras de docinhos!

Torna a sentar-se bruscamente e fita o chão com expressão constrangida.

— Dizia coisas muito piores sobre os saraus a todos que quisessem me escutar.

Fica um instante passeando o olhar pelo piso, como se estivesse de fato arrependido. Depois levanta a cabeça, torna a se recostar com ar satisfeito e, mais uma vez, cruza as mãos sobre o ventre. Um pequeno sorriso brinca em seus lábios.

— E eis que um dia, um dos meus poemas é publicado num jornal e a cidade inteira quer conhecer o seu autor. Sou convidado para os saraus, bebo chá com editores e degusto docinhos com romancistas. E sabe de uma coisa? Eu adorava isso mais que tudo no mundo; nem por um momento pensei na amargura outrora despejada por mim sobre esses lugares que eu agora frequentava com a maior alegria. Jamais me veio à cabeça que tantos abraços pudessem ser uma impostura, um sufocamento que, lenta mas persistentemente, roubava a essência daquilo que eu era antes, até me deixar com a aparência de um fantasma. Eu, que antes pulava da cama e me vestia às pressas, transbordando de entusiasmo à ideia de aproveitar a minha celebridade, certa manhã acordei sem forças. Sentia-me anêmico e apático. Minhas pernas não aguentaram levar-me mais longe que o guarda-roupa. Lá, quando vestia as mangas da sobrecasaca, sofri um colapso e caí. Precisei arrastar-me pelo chão até onde estava a minha amada.

Erguendo as mãos, segura a cabeça.

— Gemi: "não sou mais eu" — acrescenta em voz teatral, lamentosa e quase irreconhecível. — Minha amada me tomou nos braços, confortou-me e cuidou de mim. Eu tinha todos os sintomas de uma séria enfermidade. No entanto, era preciso, a qualquer preço, ir aos saraus para ler e receber aplausos, engrandecer ainda mais a minha reputação. Aquilo se tornou obsessivo, uma fome diabólica. A vaidade. Ela me levava de um lado para outro. Mesmo que me custasse a vida, era necessário arrastar-me para os salões, içar-me penosamente sobre uma cadeira e ler esse maldito poema do pássaro. Um carrasco, esse poema, responsável pelo meu suplício. Cada vez que lia "O corvo", sentia-me menos ser humano e mais uma espécie de pássaro sem alma. Fui insensato, a própria imagem da vaidade. Um morto-vivo, isso é o que eu era, caro amigo.

Ele se inclina, meneando a cabeça.

— Felizmente, aquele que é possuído pela vaidade procura o escândalo. É como se uma voz interior quisesse adverti-lo das terríveis consequências dessa doença, consciente de que o remédio mais eficaz contra a vaidade é o escândalo mais aviltante. O escândalo é a provação mais salutar que um ser humano pode enfrentar. Humilhar-se da forma mais grosseira é assegurar a saúde do instinto de preservação. Felizmente caí. Miseravelmente. Violentamente. Sem glória. Encontrei-me no chão suplicando ao escândalo que me reduzisse a nada. Ora, o escândalo não mata as suas vítimas, não vai tão longe. Ele enfia a cara delas no esgoto e as envia, na manhã seguinte, para o escritório à vista de todos. E somente quando você para na soleira de uma porta e todos os olhos se voltam para você numa zombaria generalizada, é que o escândalo fez o seu trabalho e a renovação pode começar.

Fala com tanta convicção que, inclinando-se para frente, por pouco não cai da cadeira.

— Finalmente despertei dos meus sonhos de glória, Griswold. Antes, sonhava com Nova York e em me tornar um escritor famoso. Graças a Deus, isto agora acabou. O sonho morreu. Hoje, a única coisa a que aspiro é ficar aqui com a minha amada, ler os livros que me restam e tomar algumas notas unicamente para a minha satisfação pessoal. Renunciei até ao velhíssimo sonho de lançar o meu próprio jornal — concluiu, com um olhar irônico para Griswold.

Este se volta para Sissy:

— Sente-se melhor ultimamente?

— Com altos e baixos — responde ela, sem tirar os olhos do bordado e sem interromper o balanço da cadeira.

— E a tosse?

Sissy dá de ombros.

— Ela vai e vem.

— Entendo — diz ele. — Sofro da mesma... tosse.

E baixa a cabeça com expressão entristecida, ao menos aparentemente.

Edgar salta da cadeira e vai até a cômoda. Olha de soslaio para Griswold. A compaixão nos olhos do visitante parece tão sincera que, por um instante, Edgar tem dificuldade em acreditar que uma sinceridade tão convincente possa ser fingida. Um oco no seu peito: Griswold terá vindo por se preocupar com eles? Será possível?

— Vir para cá foi benéfico para nós dois — diz, depois se aproxima da cadeira de balanço e se coloca atrás de Sissy. Põe então as mãos nos ombros da jovem esposa, que para de se balançar e ergue para ele aquele olhar cheio de esperança e resignação que faz bater tão forte o coração de Poe.

— E se formos dar uma volta? — ele sugere em tom alegre.

— Sim, vão — Sissy responde.

— Podemos pegar uma fita métrica e fazer uma competição de salto em distância — Edgar propõe.

Griswold se levanta, surpreso:

— Uma competição de salto?

— Temos uma fita métrica. O terreno é inteiramente plano atrás da casa. Está com medo de perder?

— Não, não numa competição de salto — Griswold responde, olhando para Edgar com ar jovial.

Edgar pisca para Sissy.

— Vamos ver quem perderá.

Ele pega a fita métrica no vestíbulo e os dois partem para o local.

Quando voltam, Sissy está adormecida na cadeira, com o gato no colo. Sentada no lugar de Edgar, tia Muddy está absorta no bordado de Sissy. Ela se levanta quando os dois homens entram.

— Como foi?

— O sr. Poe é um saltador formidável — declara Griswold em tom sóbrio, porém visivelmente frustrado. — Não tive a menor chance.

Durante o passeio e a competição, Griswold permaneceu em silêncio, timorato, como se percebesse a desconfiança de Edgar. Foi somente no último salto, quando Edgar rasgou a calça, que o ambiente ficou menos tenso. Eles riram, Griswold o ajudou a se levantar, limpou a terra da camisa do outro e lhe disse: "Você ganhou".

Tia Muddy dá uma risada sonora e logo a reprime, pondo o dedo em riste diante da boca.

— Chhh! Sissy está dormindo. Eddy é um eminente esportista — continua. — Sabe, sr. Griswold, ele consegue fazer tudo.

— Sim, mas rasguei a calça — Edgar murmura.

— Deixe-me ver. — Muddy passa para trás de Edgar e puxa o fundilho da calça. — Ah, não, toda a parte de trás está inutilizada!

Por um instante ela parece prestes a chorar. Edgar olha de relance para Griswold, que lhe sorri cordialmente do outro lado do aposento.

Ei-lo obrigado a tirar a calça e sentar-se de ceroula para tomar chá, enquanto tia Muddy remenda a peça de roupa.

— Estou aguardando honorários polpudos do estrangeiro — comenta Edgar —, minhas obras têm obtido grande sucesso na França.

— É mesmo? — faz Griswold, sem que o sorriso desapareça de seu rosto.

— É o que há de mais verdadeiro.

— Formidável.

— Mas, por enquanto, estou aguardando.

— Aguardando? O quê?

— Os honorários — diz Edgar, fitando-o nos olhos.

— Entendo.

— Meu caro Griswold, seria possível me emprestar alguns dólares? Enquanto espero. Não será por muito tempo. Você compreende. Precisamos de remédios. Para Sissy. E um pouco de comida. Não muito. Vivemos modestamente. Nada de extraordinário. Apenas alguns dólares.

— Alguns dólares? Vamos ver. Não faço ideia de quanto tenho comigo.

Ele pega a carteira, abre-a e remexe no interior, procurando. Ergue a cabeça e estende dez dólares a Edgar. Durante esse tempo, Sissy continuou adormecida na cadeira, o gato enrodilhado sob suas mãos.

— Não me esquecerei deste gesto, Griswold.

— Por favor, não pense mais nisso. Gostaria, contudo, de lhe pedir uma coisa em troca.

— Naturalmente.

— Prometa que no futuro vai me escrever para me manter informado de tudo o que fizer, de modo que nada me escape. Pode me prometer isto?

— Se você quiser — diz Edgar, desconfiado.

— Pode parecer bizarro — diz Griswold, inclinando-se como se fosse revelar um segredo. — Tenho um projeto de escrever um artigo biográfico bastante substancial sobre você, daí a utilidade dessas cartas.

Edgar meneia a cabeça, sim, sim, sim, como se já ressoasse em seus ouvidos o elegantíssimo relato da loucura e da morte miserável de Edgar Allan Poe.

Griswold se levanta e lhes agradece o dia inesquecível, o chá e a companhia agradável.

— Espero que este seja o início de uma longa amizade.

— É o que desejo de todo coração — Edgar responde docilmente.

— Duas almas, um só pensamento — diz Griswold, dirigindo-se à porta antes de se voltar para perguntar: — A propósito, conhece um homem chamado Evan Olsen?

— Um repórter? — diz Edgar, acompanhando o visitante.

— Exatamente.

Olhar interrogativo de Edgar.

— Soube há poucos dias — conta Griswold — que ele está gravemente doente.

— Quão lamentável.

— Não sei. Sabe como são esses médicos. Quando não entendem o que está errado, enchem o infeliz de medicamentos. Talvez seja o que está acontecendo com Olsen. Encontra-se acamado, completamente apático. É realmente trágico. Ele era um leitor entusiasta dos seus contos, não era?

Edgar fica em silêncio.

— Bom...

Griswold se inclina, apertando firme e longamente a mão de Edgar.

— Você tem admiradores de toda espécie, Poe. Isto nunca deixa de me surpreender.

Sai para o terraço e contempla as colinas verdes.

— Até logo — despede-se, descendo entre as cerejeiras.

Em pé no terraço, Edgar observa a partida do seu visitante. No entanto, muito tempo depois que ele desapareceu entre as árvores, muito tempo depois que Sissy despertou e eles jantaram, muito tempo depois que ele iluminou a sala e se sentou à mesa de trabalho, parece-lhe ainda ver Griswold plantado à soleira da porta, a examiná-lo com seu olhar insondável.

GRISWOLD

Samuel

Nova York

Choveu, poças de água suja brilham na rua enlameada. Rufus Griswold desce do fiacre na Washington Square. Depois de uma longa viagem, acha agradável percorrer a pé as poucas centenas de metros que o separam de casa; normalmente chega depressa à sua porta. Nessa noite, sente os pés pesados. Detém-se e se apoia num poste. Quando saiu de casa nessa manhã, a viagem a Fordham, à casa de Poe, pareceu-lhe primordial. Agora se sente vazio e com vontade de chorar. Cai de joelhos e pressiona a testa contra o poste frio. Sem dúvida, quando Poe rasgou a calça saltando, ele não conseguiu deixar de rir. Mas quando o escritor foi obrigado a despir a calça e ficar de ceroula esperando que a tia remendasse a sua única vestimenta, Rufus submergiu na tristeza. Fez bem em emprestar alguns dólares ao coitado do Poe. Era o mínimo que podia fazer. Era evidente: estavam no fundo do poço, Poe e a esposa. Nenhum dos dois duraria muito. A alegria desesperada de Poe e suas demonstrações de amizade cortaram-lhe o coração. Aquele homem, pensou Griswold, está prestes a naufragar. Ah, ele precisa tomar coragem para não ficar excessivamente sentimental. Afinal de contas, mesmo que Poe esteja à beira da loucura e da morte, isso não justifica de modo algum a sua literatura perniciosa. Griswold compõe-se. Precisa resistir à fraqueza. É um homem de Deus. Tem uma tarefa a cumprir.

Ao subir a escada que leva à sua casa, percebe a silhueta de um homenzinho agachado, joelhos dobrados debaixo dele, em frente à porta de entrada. Quando ele para no meio da escada, o homem levanta a cabeça e o contempla com condescendência. Embora pareça um mendigo, sorri com ar triste e altaneiro. Rufus engole outra vez a sua cólera.

— O senhor de novo?

— Eu esperei. O senhor me faz esperar.

Rufus se apressa em protestar:

— Eu... — murmura. Não sabe por que tem medo, sabe apenas que é assim e que nada pode fazer. A presença desse homem o perturba.

— Veja como o senhor é — guinchou o outro. — Eu espero e espero. Acha-me tão repulsivo assim?

— Perdão?

— Deixaria qualquer outra pessoa esperando por tanto tempo? Por que me trata desta maneira, sr. Griswold?

— Sinto muito — diz Rufus —, eu nem sabia que tínhamos um encontro marcado.

O homenzinho se levanta. Como Rufus se encontra a meio caminho da escada, seus olhos estão na altura dos olhos do albino no patamar. Os olhos vermelhos deste cintilam.

— Vai se arrepender disso, Griswold.

— Sinto muito... eu realmente não sabia... fui à casa dele. Emprestei-lhe dinheiro.

A cólera desapareceu do rosto do homúnculo.

— Em Fordham?

Rufus assente com a cabeça.

— Como ele está?

— Escrevendo, eu acho. O lugar é bom para a concentração.

— É bom, sim.

— É.

— Vai incluir os contos dele na sua próxima antologia?

— Vou, sim.

— Como combinamos?

— Sim.

— Espero que compreenda como é importante para mim que ele escreva. O senhor sabe, mandei algumas das minhas próprias anotações ao patrão. Enfim, são na verdade esboços, se o senhor entende o que quero dizer... que ele pode... utilizar.

— As anotações?

— Sim... são... pensamentos...

Rufus não responde de imediato. Então indaga:

— Do que o senhor gosta mais? Quero dizer, de quais contos? Quais prefere?

O albino o encara nos olhos e diz, com ar misterioso:

— "Os assassinatos na rua Morgue".

Rufus meneia a cabeça.

Agora compreende. O homenzinho sabe alguma coisa sobre esses assassinatos. Algo que ninguém mais sabe, exceto Poe, talvez. É isso que o está levando à loucura.

— Mas quem é você? — Griswold interroga.

— Samuel. Samuel Reynolds.

— Bem — Rufus diz —, preciso entrar para voltar à antologia.

Samuel concorda com um gesto e sai da frente, curvando-se com ar quase servil.

— Eu queria apenas me certificar de que o senhor não havia esquecido o nosso pacto.

— Não, não. De qualquer maneira, acho que ele gosta de receber visitas lá — Rufus comenta, passando por ele.

O albino ergue a cabeça. Seu rosto patético está iluminado pelo êxtase.

— O senhor acha?

— Tenho certeza.

Rufus entra no vestíbulo. Fecha a porta atrás de si e fica por um instante com as costas apoiadas na madeira.

III

Fordham – Nova York – Providence – Richmond – Baltimore, 1846-49

Miseráveis! — gritei. — Não finjam mais! Arranquem estas tábuas! Aí mesmo! Aí mesmo! São as batidas do seu coração medonho!

EDGAR ALLAN POE[19]

---

19 "O coração delator" (*The tell-tale heart*). Tradução das citações: Eliana Sabino. (N. da T.)

POE

Sissy

Fordham

Ele sente dificuldade em escrever. Sissy já não deixa o leito, a tosse agrava-se a cada semana e seu rosto fica mais e mais fantasmagórico.

Essa tosse está envenenando Edgar. A maior parte do dia ele prende a respiração perto dela, mas à noite ela tosse em cima dele, e ao beijá-la nas faces ele esquece, às vezes, de prestar atenção e aspira o hálito dela.

Mesmo tendo deixado Nova York para se instalar em Fordham — o recanto mais aprazível e tranquilo da Costa Leste —, o mundo ao redor não quer deixá-lo em paz. Pessoas do meio literário o espreitam de cima das árvores como pássaros vorazes. Ao saberem que ele se mudou e parou de escrever, caem de bico e garras sobre ele. Thomas Dunn English. Margaret Fuller. Todos os amigos de Longfellow. Todos os escritores que ele atacou e humilhou. Nada mais perigoso que literatos cuja vaidade foi ferida. Os abutres se alimentam da ira deles, deleitam-se como se fosse mel, depois se precipitam sobre o ofensor.

"Arranquem os olhos desse escritor maldito. Deixem apodrecer esse crápula presunçoso."

Os jornais o chamam de louco. Bêbado. Depravado. Em plena decadência. O *Mirror* o apresenta como um escroque desprovido de moral.

Bom. Ele chegou ao fundo do poço, realmente, mas mesmo assim vai processá-los. O *New York Mirror*, seu editor Hiram Fuller e Augustus W. Claeson Jr.

Os Estados Unidos estão em guerra contra o México e ele está em guerra contra o *Mirror*. É ridículo, com certeza, mas ele vai obrigar o *Mirror* a responder em juízo. E vai ganhar.

A reunião com os advogados acontece no início do mês de setembro em City Hall. Ali fica sabendo que o calendário do tribunal está lotado e que o caso não poderá ser julgado antes do mês de fevereiro do ano seguinte.

Durante esse tempo, o *Mirror* publica um romance assinado como "anônimo", mas Edgar não precisa ler mais que algumas frases calamitosas para compreender que Thomas Dunn English é o autor. Não lhe é difícil descobrir a intenção daquela paródia: o protagonista, "Marmaduke Hammerhead", é um bêbado vaidoso e briguento que cambaleia, gaguejando:

"Vo... vo... você viu a minha crítica a Lo... Lo... Longfellow?"

É tão divertido que ele se dobra em dois e se arrasta até a cama, onde pode rir à vontade.

A loucura de Hammerhead se agrava ao longo dos capítulos e ele termina numa cela do sanatório para doentes mentais de Utica. Edgar sente vontade de escrever uma carta a Thomas Dunn English, felicitando-o por sua impressionante engenhosidade e seu bom humor. Mas quando se senta à mesa de trabalho, falta-lhe coragem para isso.[20]

Nesse inverno começa a escrever o que chama de "Crítica a um crítico" sob o pseudônimo de Walter G. Bowen. Ali exerce o seu talento às custas dele próprio, Edgar Allan Poe, que "Bowen" afirma ser "mal-intencionado, chicaneiro e excessivamente severo". Ele acha divertido, e durante semanas sente um prazer real em trabalhar nesse projeto. Mas,

---

20 Para vingar-se de Thomas Dunn English, Poe escreveu "*The cask of Amontillado*" ("O barril de Amontillado"), que contém várias referências explícitas ao romance de English. (N. da T.)

certa tarde, põe de lado as páginas escritas. Jamais chegará a terminar esse delicioso artigo.[21]

No mês de novembro, o frio impregna a casa. A lenha está molhada e eles não têm um grande estoque, devem vigiar de perto o fogo quando o acendem. Durante o dia as coisas melhoram um pouco. O pior é que não há agasalhos suficientes para que Sissy fique confortável. Felizmente, o velho dólmã militar que Edgar usava em West Point é quente. E ela adora enrolar-se nele de manhã, quando desperta sentindo frio.

No início ele acha que dormir muito é bom para ela, mas, decorridas algumas semanas, não consegue parar de caminhar dentro do quarto na esperança de que ela desperte, recobre a vivacidade e manifeste o desejo de dar um passeio.

Costuma parar diante do leito para contemplar-lhe o rosto adormecido. O nariz, as maçãs salientes, os cílios. E as orelhas. Sissy dorme. Um sono tranquilo. Quanto a ele, agita-se na cama como um leproso. Sissy não se mexe. Mesmo quando tosse, seu corpo permanece imóvel. É como se estivesse submersa em alguma coisa, um sossego que ele não sabe de onde vem. Vendo-a repousar assim, respirando levemente, pensa na época em que começaram a partilhar o mesmo leito; ela não tinha mais de quatorze anos. Doze anos mais tarde, o rosto da adormecida guarda a mesma leveza, o mesmo abandono infantil. Ela encontrou a paz.

Na época em que, pela primeira vez, Muddy e Sissy instalaram-se na casa dele em Richmond, certa noite ele saiu para passear pela margem do rio James com Sissy. De repente começou a chover e eles se refugiaram sob um grande carvalho que crescia à beira do rio. Ainda recordam o cheiro do tronco molhado da árvore. As gotas de chuva caíam na água como pedras, produzindo forte ruído. Sissy encostou a cabeça no

---

21 *"A reviewer reviewed"*. O manuscrito foi encontrado num baú depois de sua morte e entregue a Griswold com todos os seus papéis. (N. da T.)

peito de Edgar e desatou a rir, mostrando o efeito do aguaceiro sobre o rio, como se jamais tivesse visto um espetáculo semelhante. Enquanto o riso sacudia o pequeno corpo dela, Edgar sentiu-a temerosa contra o seu pescoço. Quando pousou a mão em seus cabelos, ela parou de rir e inclinou a cabeça para trás. Ele a beijou sem refletir e sentiu a pequena língua em seus lábios. Foi como se uma descarga elétrica percorresse o seu corpo; ele entreabriu os lábios, mas ela virou o rosto. Ele tornou a puxá-la para si e beijá-la, dessa vez com firmeza. Ela relaxou nos braços dele, como que exausta. Um instante depois, a chuva cessou e o sol apareceu; eles tiraram os sapatos e seguiram pela beirada, um atrás do outro, por muito tempo, sem trocar uma palavra. A água estava quente depois da chuva. Até que Sissy estacou e gritou alguma coisa. Ele se voltou. Ela estava sob a luz filtrada pela folhagem, apontando na direção da cidade.

— Olhe! — exclamou.

Ele teve a mesma visão que ela.

Ao crepúsculo, as belas casas de Richmond pareciam em chamas.

As labaredas se elevavam dos telhados.

Ficaram ali contemplando a cena até o cair da noite, rindo como duas crianças que descobrem uma miragem pela primeira vez.

❦

Ao abrir a porta do banheiro, ele repara nos finos ladrilhos azul-claros do piso, os pequenos retângulos dispostos simetricamente. Há muito tempo não se encontra num aposento tão belo. Um perfume de lavanda levemente amargo o envolve como uma capa, ele tem a impressão de senti-lo penetrar sob sua pele. Ao mesmo tempo, sente o frio que faz ali. Precipita-se rumo à crosta de gelo que se formou na superfície da banheira. Encosta o rosto no gelo, mas nada consegue ver, está cheio de falhas e bolhas de ar.

Ele escuta a voz dela vindo do interior da crosta. De imediato, tenta quebrar o gelo com os punhos. Pedaços se soltam e se estilhaçam sobre os azulejos. Ele reúne todas as suas forças para transpassar a espessura glacial. Por fim, ele a vê. Ela está encolhida, totalmente nua na banheira branca. Tem os joelhos dobrados contra o corpo e a pele está azul de frio. No entanto, sorri quando ele se junta a ela dentro da banheira.

— Finalmente! — ela sussurra, apertando-se contra ele.

Quanto mais doente ela se encontra, mais ele a ama. Ama tudo nela: a pele, os cabelos, a tosse, a garganta, os pulmões.

— Ela nunca esteve tão linda — comenta.

Inclinada sobre seu crochê, Muddy não responde.

— O que está fazendo?

— Uma roupa para Sissy — ela murmura.

Edgar sai para o patamar.

— Que tipo de roupa? — cochicha.

A noite é como uma máscara sobre Fordham.

Sissy está cada vez mais fraca. Edgar começa a considerar a morte uma premissa fundamental da experiência da beleza. Ele anota isso. Ela está maravilhosa estendida ali, silenciosamente à espera. O que ele vai lhe dizer? Ela o escuta? Deixou de escutar o que ele lhe diz? Será tarde demais para lhe dizer alguma coisa? Pensará ela unicamente no que a espera, parou completamente de pensar nele? Em todo caso, ela não lhe sai dos pensamentos. Jamais Sissy ocupou tanto o seu espírito, é como se ele não conseguisse deixá-la ir, agora que é tarde demais para mudar o que está feito. Tudo vai se acalmar, ele pensa. Uma calma assustadora. Frio e calor brigam em seu corpo, ele adoraria sentar-se perto do leito dela, tomar-lhe a mão e dizer-lhe que o seu silêncio está a ponto de deixá-lo louco. Mas é difícil dizer-lhe o que quer que seja. Ele tem medo de que ela não o escute. Ele não sabe onde se refugiar. Os cômodos são muito pequenos nessa casa. Então, mesmo fazendo um frio de rachar, ele vai fazer uma longa caminhada na floresta.

Ao atravessar a clareira, depara-se com uma árvore caída bloqueando a trilha. Ele é subitamente tomado pelas lágrimas, a ponto de não conseguir manter-se de pé; é obrigado a se deitar sobre o tronco, o rosto contra a casca da árvore. Após um instante, as lágrimas param de correr, ele consegue aprumar-se e retomar o seu caminho. O inverno chegou. A neve está espessa, com mais de meio metro de altura, e ele não tem botinas para enfrentar os rigores da estação. De volta à casa, ele tira os sapatos. Estão cheios de neve e lama. Muddy o espera na entrada com uma coberta. Ela abre a boca para dizer algo, mas ele não escuta: suas orelhas estão congeladas. Na sala, o gato dorme na cadeira de balanço. Edgar prossegue o seu caminho até o quarto.

— Sissy?

Está sentada na cama, lendo os poemas dele.

Ao vê-lo, dirige-lhe um sorriso de soslaio.

— Este poema sobre o pássaro... você pode me explicar? Enfim, em quem você estava pensando, Eddy...? E essa mulher morta... "a bela Leo"... quem é... diga-me, você já me amou um dia, como esse estudante a ama... você já me amou assim... ou era mais fácil para você me amar quando eu não estava lá... ou quando estava doente... diga-me só isto, Eddy... você não sabe quanta falta senti de você... todo o tempo... é como se o seu rosto estivesse coberto por um lenço, de manhã à noite... ah, eu odeio esse lenço... tenho vontade de arrancar esta expressão sombria dos seus olhos... olhe para mim! Não se esconda sob essa estúpida máscara mortuária... deixe-me segurar a sua mão... Eddy... ah, como você é frio também... venha... entre debaixo do cobertor...

talvez ele possa nos aquecer... deite-se um pouco ao meu lado... uma hora apenas...

O livro cai de suas mãos. Ela ergue os olhos e o encara fixamente.

— Você me amou algum dia? — pergunta, em tom grave.

Ele não responde. O olhar de Sissy torna-se insistente.

Mas ele é incapaz de emitir um som.

Onde está a verdade? Ele a ama e não a ama.

Ele jamais baixou a guarda. Declarou guerra ao amor. Há algo de que quer se proteger, com essa sensação que jamais o abandonou de que o amor poderia destruir alguma coisa nele. Mas o quê? A literatura, aquilo que ele escreve? Não, não, não. É a morte. A morte repugnante e tão amada. Ela tanto o preocupou que ele não conseguiu se apaixonar por Sissy. Tem uma paixão tão pungente pela morte que não soube amar mais ninguém.

Ele se deita ao lado dela; cobrem-se com o dólmã militar. Respiram calmamente, cada um escutando a respiração do outro, e fecham os olhos. Ao cabo de um momento ela adormece. Ali deitado, Edgar sente-se ligado a ela. Ela está prestes a morrer, pensa ele; por isso é que você se sente assim, tão próximo dela. Ei-los unidos, a morte e o seu amor, suas duas paixões, no corpo imóvel de Sissy. Então a preocupação o invade, ele se levanta e vai ao encontro de Muddy na cozinha, mesmo sabendo que Sissy ficará decepcionada ao despertar e ver que ele não está ali.

Mas ele não consegue ficar tranquilo ao lado dela.

Lá fora, no terraço, ele contempla o vale sob a neve.

Sissy morreu no dia 30 de janeiro.

No início de fevereiro, a queixa contra o *Mirror* é julgada no City Hall. Edgar ganha o processo e recebe uma indenização de 125 dólares.

SAMUEL

Quarta carta ao patrão

❧

A liberdade

Mando-lhe mais uma carta você começa a ter o hábito de recebê-las agora talvez você se alegre talvez você espere cada nova carta do seu mais querido amigo. Não sei. Em que você pensa? Por que não sai para me ver por que não me convida para entrar você sabe que estou lá fora olhando para você dentro de casa sabe há muitos dias. O rosto na janela a olhadela para a porta. Você olha para mim. Não se aproxima do quartinho de despejo no jardim onde me escondo. Não diz nada. Me deixa aqui no silêncio. Todo o meu corpo dói.

Ela morreu durante a noite e na manhã seguinte eu vi do meu esconderijo você na escada na frente da casa o seu rosto parecia talhado na pedra você não se mexia ficou desse jeito durante muitas horas e eu tinha certeza de que você ia ficar assim até cair. Quando o sol estava no meio do céu a mulher loura chegou através das árvores e levou você para dentro. O choro de Muddy chegava até mim. Depois tudo ficou silencioso durante muitas horas. Eu lia o texto do patrão à luz da minha lamparina.

"Os matemáticos descobriram que as consequências de cada movimento são infinitas. Mas por que choras Agathos e por que tuas asas inclinam-se para baixo?"[22]

---

22 "*The power of words*" (O poder das palavras), publicado no Broadway Journal. Tradução do trecho citado: Eliana Sabino. (N. da T.)

Cheguei aqui há três semanas por trem atravessei colinas e terras e desfrutei dessa paisagem ampla. Fazia anos que eu não ousava chegar perto de você mas chegou o momento. Eu tinha que ver o seu rosto e sabia que você queria enfim que nós nos encontrássemos. Mas por que você não vem a mim?

É uma alegria ver você na sua hora mais sombria você estava como eu gosto um cavalheiro mesmo na manhã da morte dela você estava tão belo quando um homem pode ser.

No instante em que revi você amei-o ainda mais do que qualquer pessoa ama outra.

Três dias depois ela foi enterrada na velha igreja holandesa reformada fazia frio mas muita gente seguiu o caixão até o cemitério na frente do caixão você fez um gesto com a mão e ninguém além de mim sabia o que isso queria dizer.

Agora você está no futuro. Agora você está renovado.

Dia após dia fiquei no quartinho no meio das cerejeiras e sentia frio e lia o patrão e esperava que você viesse.

Eu lia à luz da minha lamparina. Pelas fendas do quartinho eu olhava para a casa a luz calma atrás da janela a sua tristeza tranquila era de cortar o coração.

Mas por Deus patrão Poe por que você não vem a mim?

Por que me corta em pedaços?

Por que me corrói?

Uma noite acordei você estava sentado no banquinho ao meu lado não se mexia estava simplesmente me observando eu quis me levantar para abraçá-lo mas não ousei. Durante muitos minutos você me olhou inteiramente imóvel. O vapor que saía da sua boca se dispersava em cima de mim. Depois você cochichou:

Você quer me destruir?

Não patrão. Só quero ajudá-lo.

Então você ocultou o rosto nas mãos e eu não sabia em que você estava pensando.

Você perguntou:

Por que está sorrindo?

Estou sorrindo?

Uma preocupação passou pelos seus olhos violeta.

Estou tão feliz em ver você eu falei. Tenho a impressão de que somos irmãos.

Não quero que você me ajude.

Você se levantou saiu do quartinho e fechou a porta.

Eu escondi o rosto debaixo da coberta.

Somente ao ir embora na manhã seguinte foi que compreendi o sentido do que você me disse naquela noite. Você não me virou as costas.

Você me deu a minha liberdade.

Você confia em mim.

Agora sou livre para seguir o meu próprio cérebro.

Eu me viro sozinho e não tenho necessidade de esperar as suas ordens.

O patrão me deu a sua aprovação.

Estou livre para cumprir novas tarefas.

POE

Cada vez melhor

Fordham

Parado no terraço, ele vê o mundo que enverdece. A grama, as frutas, as flores. A primeira vez que veio a Fordham, com Sissy, todo o vale estava em flor. Ele tenta lembrar-se de quando isso aconteceu. Em abril, talvez, não tem certeza. Fazia calor. As árvores frutíferas haviam florescido. Não havia vento e os pássaros voejavam por toda parte. Eles subiram até a casinha no alto da colina, antes de avistar o homem que os esperava sentado na escada. Era John Valentine, o proprietário. Ele havia sido muito gentil com eles — por várias vezes olhou para Sissy com solicitude. Entraram em acordo sobre o aluguel de cem dólares por ano.

Era exatamente o que ele havia imaginado. Nem Sissy nem ele tinham ouvido falar de Fordham antes disso. Sissy apaixonou-se pelo lugar quase imediatamente. Parada na sombra espessa das cerejeiras do jardim, ela contemplava a casa modesta.

— É mesmo encantadora!

Estava feliz. Edgar pensou: aqui posso escrever sem ser perturbado por eles. Ninguém me encontrará.

À noite ele estende o braço procurando o joelho de Sissy. Encontra uma escova no lugar. Os longos cabelos dela estão presos nas cerdas. Ele os retira com cuidado e faz uma bola com eles, a qual levanta à altura da lamparina. Os cabelos são castanhos de um tom escuro, selvagem. Desde a infância manteve sempre uma longa cabeleira, como para se esconder.

Sobre a cadeira perto da janela se encontra um retrato recente de Sissy. Está ligeiramente inclinado contra o encosto. Edgar acende a lamparina e fica sentado na cama, contemplando os traços finos do rosto dela.

O que teria acontecido sem os benfeitores?

Como teria ele sobrevivido um ano sequer sem a ajuda dessas pessoas dispostas a mostrar generosidade? Custos de viagem, alimentos, cobertores, remédios, láudano, analgésicos e, ainda por cima, convites para festas, palavras de incentivo, promessas — mesmo que de pouca duração para a maioria —, aluguel, despesas da casa, um calicezinho de porto, livros, mais livros, obras de referência, roupas, um par de sapatos estalando de novos... Tudo isso ele deve a seus inúmeros benfeitores, que considera os melhores espécimes da humanidade.

Quando Sissy ficou acamada e não conseguia mais se manter em pé, eles receberam a visita de Marie Louise Shew várias vezes por semana.

— Sou — dizia ela com uma sinceridade que fazia Edgar enrubescer — uma filha de médico que adora pintar e cujo coração é grande o suficiente para nele caber o mundo inteiro.

Todo o seu tempo livre essa filantropa de alma doce e íntegra consagrava a visitar os pobres e os miseráveis de Nova York e redondezas. Ao se despedir dos Poe, após sua primeira visita, disse-lhes:

— Vou ajudá-los a passar por isto.

O que ela quis dizer pareceu incompreensível a Edgar. Depois de "passar por isto", aonde se chega? Ao cabo dessa longa e infeliz viagem, não havia coisa alguma. Mas ficou calado. Só quando Shew continuou a visitá-los semana após semana foi que ele compreendeu o que ela quis dizer. Sua solicitude o ajudou a suportar aquelas semanas. A visitante chegava de Greenwich Village com medicamentos, agasalhos e vinho para Sissy.

Chegou a ajudar Edgar a preparar o enterro. Espalhou perfume no quarto de Sissy, comprou um caixão e um vestido de linho para a finada.

No dia seguinte à morte da esposa, ele estava sentado perto da cama ao lado dela, segurando com força uma de suas mãos, quando Louise Shew entrou com material de pintura. Ela inclinou-se para ele e perguntou:

— Quer que eu faça o retrato dela?

— Não sei se ela gostaria — Edgar respondeu.

— Mas você gostaria, não é?

A srta. Shew formulou esta pergunta encarando-o com um olhar inocente.

— Sim — ele respondeu, largando a mão fria de Sissy. Louise Shew foi buscar seu cavalete. Edgar olhou para a esposa e, como estava debruçado sobre o rosto dela, julgou ouvi-la dizer: "Não tenha medo".

E Louise Shew pôs-se a trabalhar em sua aquarela.

Edgar fica sentado na cama por horas contemplando o retrato; os traços finos movem-se de leve.

Durante a noite uma onda de frio cai sobre Fordham, um céu compacto e arroxeado se estende sobre eles. Sissy será em breve transportada para um mundo de gelo permanente.

Edgar fecha os olhos e imagina uma paisagem: um riacho, algumas árvores frutíferas, pássaros de todas as cores e, um pouco à parte, um buraco na parede de uma montanha de onde vem uma música. Ele olha pela abertura e percebe um caminho que desce para a escuridão. Com passos prudentes, ele se introduz no interior da montanha. Após um instante, a brecha se alarga e uma paisagem exuberante surge diante dele. Um barco se encontra na margem de um rio. Ele entra no barco, que zarpa como se pudesse dirigir-se sozinho. Uma península com macieiras oferece um espetáculo que o encanta; sobre um estrado há um caixão enfeitado com flores. O que o deixa feliz não é a visão do caixão e das flores, e sim a representação da inocência paradisíaca que, de repente, lhe parece evidente. Enquanto sobe no estrado, ele recorda Sissy exatamente como ela estava quando Louise Shew pintou o seu retrato. Então tudo escurece, ele cai e, enquanto rodopia no ar, diz a si mesmo: "Desta vez não conseguirei me reerguer".

No dia seguinte, Louise Shew o leva para Nova York num fiacre fechado. Ela quer que um médico o examine.

Edgar tropeça ao entrar no consultório médico. Um homem pálido, de cabelos curtos, monóculo plantado num olho, inclina-se sobre a sua cadeira, tira a sua camisa e encosta a orelha no seu peito horrendo.

Prestes a bater as botas, Edgar observa o médico magérrimo.

— Então, doutor?

— Sr. Poe, o senhor está em péssimas condições.

— Obrigado pelo elogio.

— Como?

— Nada — Edgar murmura.

— Não. O senhor não aguenta quase nada. A menor emoção, a menor contrariedade podem fazer-lhe muito mal. É preciso que, de agora em diante, o senhor adote um modo de vida regrado, senão o seu estado vai se agravar. O senhor é capaz de se manter totalmente abstêmio? O seu corpo não suportaria um único cálice de porto. Nem sequer tranquilizantes, ao menos não em excesso. Está entendendo?

— Estou, sim.

Ele é obrigado a seguir um regime especial. Para suprir o seu corpo com o fosfato do qual a sua exaustão mental o priva, o médico prescreveu-lhe peixe, crustáceos, ostras. Muddy assa o pão com fermento Hosford.

Contra todas as expectativas, ele recobra as forças depois de alguns meses, graças à solicitude infatigável de Muddy. Em fevereiro, ele se considerava pura e simplesmente perdido, mas na primavera sente-se em tão boa forma que a ideia da morte próxima lhe parece ridícula.

Faz uma palestra sobre filosofia, a primeira depois de muito tempo.

Com o dinheiro que ganhou na Justiça, ele compra um belo traje em Nova York. No mesmo dia passa na redação do *Mirror* com o único objetivo de mostrar que não está doente, nem internado num hospício. Encontra Rufus Griswold na escada.

— Como vai? Parece estar um pouco melhor — comenta Griswold, que se encontra pálido e com um lenço em volta do pescoço.

— Maravilhosamente melhor — responde Edgar com bom humor. — Fiz um tratamento. Recuperei a forma. Só bebo café e água, pratico salto em distância e faço longas caminhadas na floresta. É uma vida nova. Comecei a pensar numa grande obra. Jamais me senti com a saúde tão boa. Estou cada vez melhor.

Griswold olha para ele com curiosidade.

— Precisamos nos encontrar — declara. — E se jantássemos hoje à noite? Eu convido. Ostras? Assado de vitela? É bem merecido, depois de tantas provações.

— Combinado — aceita Edgar, embora de repente não se sinta mais em tão boa forma.

Enquanto espera diante da porta do escritório do editor do *Mirror*, seus olhos recaem sobre um texugo empalhado em cima de uma cômoda de carvalho.

— Só pode ser uma brincadeira — murmura.

Aproxima-se do animal, inclina-se e o estuda de perto, mas não sente odor algum, nem mesmo vindo da boca do repugnante animalzinho.

Nesse instante, a porta do editor se abre atrás dele e Edgar ouve uma voz estentórica:

— Sr. Poe, nós o aguardávamos com impaciência!

POE

O mundo elegante

Nova York

Griswold já está sentado a uma mesa quando Edgar entra no restaurante requintado. Os olhos do redator brilham à luz das velas. Quando Edgar se aproxima, Griswold se levanta e aperta-lhe a mão, cochichando algo que o seu convidado não entende. O tilintar dos copos e talheres, e o murmúrio das vozes, criam no ambiente uma música confusa.

— Ouvi dizer... coisas — declara Griswold.

— Como assim?

— Ouvi dizer que você deu uma palestra.

Seu olhar, que Edgar jamais soube interpretar, perscruta o rosto deste em busca de uma resposta, com a expressão ao mesmo tempo afável e impiedosa tão característica de Rufus Griswold.

— A propósito da sua palestra... ouvi dizer coisas excelentes, Poe. Ovações. Elogios.

O Delmonico's encontra-se cheio, o terceiro andar está lotado. As joias cintilam, os cristais reluzem. Os garçons servem pratos franceses. O estilo é impecavelmente europeu. Tudo de primeira, as toalhas de linho são de uma brancura perfeita. É um dos restaurantes mais caros de Nova York.

— Estou em boa forma — diz Edgar em voz alta.

Uma senhora da mesa vizinha olha de soslaio para ele enquanto Griswold grunhe, retirando o lenço do pescoço:

— Sim, você já me disse isto, Poe. Dá para ver.

— O curioso é a rapidez com que o ser humano passa de um extremo ao outro. Eis-me aqui. No Delmonico's. O cheiro que vem da cozinha me dá vertigem. Sou como uma criança. O meu apetite voltou e não consigo satisfazê-lo. Codorna. Carne assada. Peixe. Adoro tudo e quero tudo.

Griswold ri.

— Nada me dá maior prazer, você sabe.

— De repente posso fazer palestras de novo. Há alguns meses, a simples ideia de estar diante de um grupo de desconhecidos me aterrorizava.

— Ouvi dizer coisas excelentes — declara Griswold pela terceira vez.

— O surpreendente é que raramente me senti tão bem assim.

Logo ele toma consciência da força com que segura o seu copo d'água, as extremidades dos dedos esbranquiçadas contra a superfície fria. Ele afrouxa os dedos e no mesmo instante recorda um episódio ocorrido numa raia de tiro durante o seu serviço militar em West Point: um jovem soldado havia deixado cair seu fuzil, este disparou e o projétil passou entre as pernas deles, uma grande sorte ninguém ter sido atingido.

— Não é habitual para mim — diz.

— O quê?

— Estar aqui.

— Você mereceu.

— Nat Willis disse que esta cidade jamais será verdadeiramente civilizada enquanto não tivermos uma classe social com pontos de vista de "peso inquestionável".

— Pontos de vista que nos distingam "dos ignorantes e dos maus" — completa Griswold.

— Exatamente.

Os dois se entreolham.

Passam-se vários minutos sem que eles troquem uma palavra.

Edgar bebe a sua água, Griswold tosse secamente para clarear a voz.

— A oitava edição do *Os poetas e a poesia americana* acaba de sair. Eu incluí "O corvo".

— Eu sei.

— Para mim, é o seu melhor poema.

O garçom coloca os medalhões sobre a mesa. Edgar inclina-se para frente a aspira a fumaça da carne.

— Foi G. B. Putnam quem publicou meu novo livro — conta, sem disfarçar o orgulho.

— Qual o título?

— *Eureka*.

— Voltarão a falar em você.

— Todo mundo admira o livro, mas não há nesta cidade uma única cabeça capaz de entendê-lo.

— Ponha-me à prova — sugere Griswold, pousando os cotovelos sobre a mesa. — Vejamos se entendo o que você escreve.

Ao começar a falar de sua obra, Edgar sente até que ponto o seu incorrigível otimismo cresce como uma poderosa fortaleza dentro dele.

— A Criação — diz.

— A Criação?

— O início. A evolução. O fim.

Um lampejo de inquietação atravessa o rosto de Griswold enquanto ele faz um gesto ao garçom indicando que estão prontos para pedir o prato principal.

Edgar explica:

— As partículas do universo se contraem, morrem e depois renascem. Assim é. Os átomos se atraem o tempo todo. Não lhe parece evidente que a afinidade entre os átomos remete a uma origem comum?

— Que seja — faz Griswold, que não cessa de pestanejar.

O garçom se aproxima da mesa.

— Desejam um pouco de vinho?

Antes que Edgar tenha tempo de recusar, Griswold pede vinho para ele e uma limonada para si mesmo, além de ganso assado servido frio com batatas carameladas.

— Sabe — diz Edgar —, não existe laço mais sólido que o que liga dois irmãos.

Griswold pestanejou.

— Irmãos?

— Não tanto o amor fraterno, mas sim o amor que compartilham por uma mãe ou por um pai. A ligação entre eles vai na mesma direção. O universo é feito de fragmentos de uma cabeça divina que explodiu. Entende? Individualizações infinitas de Deus que se aglomeram constantemente. O coração de Deus, que tudo criou, é o nosso, e cada ser humano é o deus da sua partícula, o seu próprio criador.

— O quê? Como assim? — Griswold está muito impressionado, a julgar pelo modo como seus olhos vagam pelo restaurante.

No mesmo instante, o garçom reaparece para servir o vinho e a limonada.

— Saúde! — Griswold quase grita, e Edgar é obrigado a erguer o seu cálice e provar o vinho. O crítico se inclina sobre a mesa e pergunta em tom brincalhão:

— E como é que termina?

— No final, tornamo-nos Deus.

Griswold engasga e pousa o copo.

— Blasfêmia! — exclama com voz pigarrenta. — Poe, Poe, o que está procurando? Por que se empenha em despertar a cólera de Deus... Por que quer tanto ofendê-lo... O que você quer tanto destruir, Poe... Por que não aceita o amor de Deus... Não vê que ele o ama... Jamais sentiu o amor dele... Acha que ele não vai acolhê-lo... Poe... Ele acolhe todo mundo... Todos aqueles que reconhecem a sua existência...

Edgar ri:

— Eu sempre digo! *Eureka* será incompreendido. Incompreendido. E incompreendido.

— O Senhor — prossegue Griswold como se não mais o escutasse — está acima de tudo. Ele é único. Não pode ser dividido. Não pode ser destruído. Acima de tudo e em todas as coisas. Ele é muito mais do que nós somos.

O vinho está particularmente saboroso.

— Felizmente há pessoas como você — replica Edgar, conciliador. — Que me compreendem. Você me conhece, embora não partilhe necessariamente das minhas opiniões sobre tudo. Sabe que me oponho categoricamente à ideia de que exista no universo algum ser superior ao homem. Não podemos deixar a definição da verdade a outrem.

Griswold parece à beira das lágrimas. Responde:

— Não sei... o que... dizer...

Passa a mão pelo rosto repetidamente.

— Está tudo bem, Griswold?

— Na verdade, não sei. Estou esgotado.

O homem parece de fato no fim de suas forças. Edgar não havia reparado antes, mas os cabelos de Griswold estão grisalhos e rugas sulcam-lhe ao redor dos olhos.

Edgar põe a mão no braço do redator e sussurra:

— Aconteceu alguma coisa?

O ganso fatiado chega à mesa, com as ervilhas e as batatas carameladas. Enquanto comem, Griswold conta o que lhe aconteceu com a sua segunda esposa, uma judia quadragenária da Carolina do Sul. Na noite de núpcias, ele constatou que se tratava de um homem — ou pelo menos, pigarreou Griswold, de "uma pessoa de sexo indeterminado".

Edgar não sabe o que responder. Tenta imaginar essa "mulher": corpo de mulher, genitália de homem, mas o que imagina não se parece nem a um homem, nem a uma mulher, e sim a um fantasma.

— Às vezes o amor é iníquo — conclui Griswold com azedume. — A pessoa que você quer, não poderá jamais ter, e da que faz tudo para conquistá-lo, você não quer nem ouvir falar. O amor pode ser tão violento que destrói tudo ao redor. É, então, uma força vil e cruel.

Depois dessas confidências, ficam em silêncio por alguns minutos. Edgar bebe vinho e se serve novamente. Griswold não se mexe. Após um instante, ergue os olhos e seu rosto recobra a expressão ao mesmo tempo jovial e indecifrável.

— Você se lembra, já lhe falei do albino, o homenzinho estranho que me visitou uma noite para discutir sobre os seus textos?

— Albino?

— Você não vai acreditar, outro dia ele reaparece na minha porta com biscoitos deliciosos e um poema da sua juventude, "Tamerlão". Convidei-o a entrar e ele me leu outros poemas seus. É um autêntico amante da literatura.

— Poemas da minha juventude?

— Sujeitinho esquisito. Mas letrado. Um tipinho esperto.

— Não me interesso mais por esse tipo de gente.

— Tolice. Você conhece Reynolds muito bem.

— Reynolds?

— Por que tanto segredo, Poe?

Edgar não responde. Pega um naco do ganso. A carne tem um sabor indefinível de metal ou amoníaco.

— Reynolds deu a você os cadernos de anotações dele para você escrever um romance.

— Do que você está falando?

— Dos textos que ele lhe deu.

Edgar se levanta, derrubando seu cálice, e o vinho se alastra sobre a toalha.

— Não estou escrevendo um romance! — brada.

— Prometo que não conto a ninguém — responde Griswold, de olhos fixos na mancha de vinho na toalha branca.

O tinir dos talheres e louças ao redor de Edgar vai ficando cada vez mais barulhento. Sua cadeira cai para trás. Ele recua entre as mesas.

— Não estou ouvindo. Não escuto coisa alguma. Cale-se! Como? Perdão! Onde fica a saída... sabe onde é a saída?

Edgar se esgueira por entre as mesas e sai do Delmonico's.

SAMUEL

Quinta carta ao patrão

❦

A máscara

Evan Olsen não consegue concentrar-se ou conversar as palavras desaparecem em sua boca e ele geme em vez de se fazer compreender. Sentada à beira da cama a esposa passa um lenço na testa dele. À noite ele fica olhando para o teto não consegue dormir pânico em seu olhar. A luz do inverno esparrama-se pelo quarto ele está deitado na cama e olha para o teto o pânico diminui seus olhos estão mais pálidos suas mãos não se mexem mas seus lábios se abrem como se ele quisesse dizer alguma coisa sem saber o quê. Ele ainda come um pouco. Eu o observo pela janela baixa estou sentado na trave externa silencioso não podem me ver. O repórter não é mais o mesmo. A esposa lhe prepara o chá e lhe leva um prato com os biscoitos que ele tanto ama. Em seguida ele se afunda nos travesseiros e fecha os olhos a noite cobre o leito.

Ele está cada vez mais fraco há nele um buraco por onde os seus pensamentos escorrem.

O silêncio impregnou a cama o jornalista olha para a janela mas vê somente o vulto de um homenzinho instalado do lado de fora. Quer se mexer mas não consegue está totalmente acordado mas não consegue mexer um só músculo. O seu corpo está como que grudado ao colchão. Depois ele vê o vulto perto da cama.

Sou eu quem está do lado dele.

Inclino-me sobre o leito. Ele quer gritar acordar a esposa mas não consegue. Acaricio a sua testa com a ponta dos dedos.

Sussurro: não acha que a própria vida é uma espécie de roubo?

Em seguida pego o pequeno frasco marrom que contém o nitrogênio abro e coloco sob o nariz dele. Ele respira o nitrogênio e suas pupilas se dilatam ele cheirou o suficiente agora está com sono e não sente sofrimento algum fica deitado calmamente na cama enquanto faço o meu trabalho.

Chego o bisturi perto dos olhos dele vejo o medo em seu olhar. A esposa se agita um pouco ao lado dele mas não chega a despertar. O jornalista não consegue se mexer não consegue gritar é obrigado a ficar deitado e me ver trabalhar.

Agora vem o mais difícil patrão.

Tenho que retirar o rosto dele para que ninguém jamais reconheça o homem que existiu com o nome de Evan Olsen.

Com o bisturi faço uma incisão da raiz dos cabelos até a ponta do queixo. Depois solto a pele da carne dos dois lados do rosto. Ele não sente dor mas rapidamente desmaia e eu continuo.

Retiro a pele do rosto com cuidado.

Eis-me com Evan Olsen nas mãos.

Quando a esposa acordar ele terá morrido de hemorragia.

Agora tenho que deixar este lugar preciso me concentrar no grande objetivo preciso pensar em você.

POE

O Jazigo

Fordham

Ao voltar para casa, Edgar encontra uma carta enfiada por baixo da porta. Ele a lê e vai se deitar. Impossível dormir. Não sabe o que se passou, onde está a verdade. Demasiadas imagens se acumulam no seu espírito.

O vulto atrás da janela. O homem acordado na cama. O chá e os biscoitos. O bisturi. A mulher que dorme. A pele separada do rosto.

Ele se joga de um lado para outro sob as cobertas, geme e pragueja. Cochila, depois desperta sem saber onde está. Senhor! Essas noites agitadas são as mais longas, nunca se sabe quando vão terminar.

Na manhã seguinte está em pé, no terraço, com uma xícara de café na mão. Faz frio, a neve cobre o jardim e reveste até o chão os galhos das cerejeiras. Ele está de chinelos e toma de um só gole o café preto como carvão, açucarado e forte. O frio não o perturba — ele não o sente. Não se importa com a neve, o gelo, as tempestades de granizo. Dentro dele há um calor intenso que o protege do inverno (e de todas as outras tentativas de destruí-lo). Está decidido a ficar em bons termos com Griswold. Aquele homem é tão imprevisível, mais vale preservar as relações amigáveis com ele. Mas Samuel? Edgar volta para dentro de casa, prepara uma nova xícara de café forte e açucarado e retorna ao terraço com passos pequenos; entrou um pouco de neve num de seus chinelos, mas ele não se preocupa, isso pouco lhe importa. Suas ideias por fim ficaram claras, ele sabe que só lhe resta uma coisa a fazer.

Ele está completamente extenuado após seu reencontro com Griswold — todo aquele vinho açucarado, todas aquelas palavras sobre Deus. E depois aquelas cartas que recebe sem tê-las pedido — longe de serem encorajadoras, elas o esgotam também, aquelas cartas abomináveis que lê sem ler de verdade, sem refletir. Ele as joga rapidamente na gaveta da sua mesa de trabalho e não as toca. Que apodreçam lá dentro, ele não quer mais pensar nelas...

Apesar de tudo, de todo o seu esgotamento, vai à cidade certa manhã de inverno, claudicando como um velho até a redação do *Sun*. Conhece um dos redatores do jornal, Ned Foster. Alguns anos antes, Foster havia escrito a famosa "reportagem" sobre "A travessia do Atlântico em balão". O *Sun* fizera grande alarde do assunto, como se se tratasse de um acontecimento real, e toda Nova York havia engolido a história. Uma brincadeira muito divertida, perfeitamente executada — a bem da verdade, um dos melhores artigos já publicados por aquele jornal. Agora, porém, o que Edgar vem pedir a Ned Foster está longe de ser uma brincadeira.

— Como vai você, Poe? — Ned pergunta com inquietação, ajudando o visitante a se acomodar numa cadeira. — Quer beber algo?

— Não, obrigado, não posso beber.

— Certo. Eu compreendo. Você está com uma cara horrível.

— Sei disso. A boa notícia é que já estive pior. Aliás, estou em pleno restabelecimento.

Foster o olha de esguelha.

— Deveras? Fantástico. O que posso fazer por você?

— Como sabe, minha querida Sissy morreu.

— Eu soube. Meus pêsames. Ela era encantadora.

— Sem dúvida sou sensível demais...

— Um homem que não chora a morte de sua mulher não é um ser humano — diz Ned Foster, um pouco constrangido.

— É verdade. Por essa razão fiquei tão tocado pelo que vivi em Fordham nesses últimos dias, sim, a tal ponto que não consegui ficar calmo por muito tempo mais e tomei a decisão de vir a Nova York com o objetivo de partilhar o meu entusiasmo com seus leitores.

— Um momento. Do que está falando?

Edgar então conta a Foster a história de um estranho incidente no cemitério.

Só depois que Foster, com certa hesitação, aceita publicar a história — sob a forma de uma simples nota no interior do jornal e não na primeira página — é que Edgar pode começar a preparar a etapa seguinte.

A nota é publicada no dia 1º de fevereiro.

A AVENTURA DO SR. POE NO CEMITÉRIO

O sr. Edgar Poe, famoso escritor, narrou ao *Sun* uma experiência singular vivida por ele no cemitério onde sua jovem esposa foi recentemente sepultada. Durante uma das suas visitas cotidianas à sepultura da sua amada, sua atenção foi atraída pelo rosto de alguém que o observava escondido atrás de uma sepultura. Aproximando-se, percebeu que se tratava de uma criança, fato que despertou nele um vivo interesse. O menino, um órfão, parecia dotado de uma inteligência excepcional e, embora não tivesse mais que nove anos, era capaz de raciocínios analíticos complicados e sentia prazer em debater temas de filosofia e ciências naturais. Ele não recebeu qualquer tipo de educação e adquiriu seu conhecimento sozinho, graças a livros que seus pais tinham em casa. Entusiasmado, o sr. Poe explicou ao *Sun* que pretende escrever uma série de artigos sobre esse brilhante menino. Voltaremos ao assunto.

Após refletir longamente sobre as cartas de Samuel, Edgar havia chegado à conclusão de que a única forma de obrigá-lo a retornar a Fordham seria publicar uma descrição desse "novo menino". Como suas cartas revelavam um interesse doentio pelo "patrão", Samuel sem dúvida ficará profundamente ferido ao saber que Edgar tem outro interesse que não os seus futuros crimes. O ciúme será a cura para este inverno — deverá livrá-lo do seu pior problema de uma vez por todas.

Em alguns dias, Samuel irá ao cemitério.

No domingo de manhã cedo, escondido junto ao jazigo da família Bryant, Poe vigia a alameda que desce em direção ao portão do cemitério. O tempo está chuvoso. Ele se encontra agachado em seu posto de observação há muitas horas. Suas costas doem, mas ele não se acomoda melhor: não quer se arriscar a não ver Samuel quando este entrar. É o seu terceiro dia de tocaia, mas ele não perde a paciência, de modo algum. Samuel pode demorar quanto quiser.

"Ele virá, não se preocupe, dentro de uma ou duas horas estará aqui", diz a si mesmo.

Uma grande serenidade o domina. Recosta-se contra a parede de pedra, seu olhar demora-se no céu baixo de inverno. Tudo está perfeitamente bem. Só lhe resta esperar.

Não há motivo para temer Samuel, aquele menino pálido e raquítico do jardim em Richmond. Edgar deveria até mesmo dar-se ao trabalho de espancá-lo — sim, por que não, mas não, não, melhor terminar rapidamente: uma bala direto no peito, bang, o coração explodido — e pronto, ei-lo mortinho, aniquilado, nada com que se preocupar.

E então — no crepúsculo do terceiro dia — a silhueta encolhida de Samuel finalmente desponta no caminho em sua direção.

Edgar desce para o interior do jazigo.

Tenta não tremer ao empunhar a pistola, procura manter-se imóvel, mas a sua maldita perna esquerda começa a ter espasmos. Pare de se mexer!

Do lugar onde se encontra agachado, consegue ver o caderno de anotações que colocou sobre a grama (uma armadilha perfeita para aquele sujeitinho pretensioso). Quando Samuel chegar diante do jazigo, vai avistá-lo e olhará para o interior. E ali receberá o que merece: uma morte dolorosa e súbita, o dedo do patrão no gatilho. Chamar-me de patrão, esse crápula! Quem lhe deu o direito de me chamar de patrão, vou explodir o seu coração maldito, olhe bem, seu vermezinho!

O ruído dos passos dele.

Os sapatos de Samuel são lustrosos, um pouco grandes demais para os seus pés.

Ele desce os degraus do jazigo.

O rosto de cor cadavérica surge diante de Edgar. Parece mais velho — ainda mais enrugado e emaciado —, dir-se-ia um ancião, tem cara de ancião.

Samuel guincha:

— Patrão?

Edgar ergue a pistola. Sua mão treme. Seu pé treme. Quer falar, mas sua língua está paralisada dentro da boca.

— Patrão? É você? O que está fazendo aí embaixo?

Edgar não responde. A pistola treme na escuridão.

— O que tem na sua mão? O quê? Quer atirar no seu menino?

A mão de Edgar é percorrida por um espasmo. O indicador aperta o gatilho. Olhe aqui, seu verme!

Um estrondo.

Edgar acertou bem no peito.

O corpo minúsculo cai para frente. Samuel jaz com a cara no chão.

Edgar guarda a pistola no cinto.

"Pronto. Conseguiu livrar-se dele. Exatamente conforme previsto. Direto no peito. Ah, mortinho. Maldito crápula. Chamar-me de *patrão*..."

Ele arrasta Samuel até o fundo do jazigo, empurra a tampa do caixão para um lado com as duas mãos, depois se inclina para erguer o pequeno cadáver. Quando o vira de costas, vê o rosto sem vida. Como a pele dele é lívida! As pálpebras brancas como giz. Está quase belo estendido ali, esse menino raquítico... o coração explodido, um buraco sangrento no peito. Ah! mortinho da silva. Enfim livre daquele lixo humano. É então que vê. Um sorriso imperceptível surgiu no rosto do rapaz no momento em que o tiro ressoou no jazigo — ele caiu para frente com o eco do disparo nos ouvidos e um pequeno sorriso nos lábios. O que significa isto? O que... *por que está sorrindo?*

Ele ergue Samuel e o deixa cair dentro do caixão. No momento de fechar a tampa, à luz que entra pela porta do jazigo, ele torna a reparar no sorriso.

Fechado o caixão, sai a toda velocidade do jazigo, bate a porta atrás de si e toma o caminho que desce para o portão do cemitério.

POE
O salvador

❦

Fordham

Ele já não pensa no que aconteceu naquela manhã no cemitério: o rosto de Samuel com as pálpebras pálidas e o estranho sorrisinho no canto dos lábios. O que significava aquilo? Não tem coragem de se livrar das cartas que guarda na gaveta da sua mesa de trabalho, nem sequer a abre para ver o que tem dentro. Sente-se em excelente forma, está muito melhor e tudo lhe parece mais claro.

O rapaz não existe mais.

Edgar escreve a Ned Foster que "o menino gênio" infelizmente adoeceu e morreu pouco depois. Portanto, Foster não mais ouvirá falar do caso.

Finalmente ele se sente livre.

Deixou muitas coisas para trás. Griswold e o escândalo no Delmonico's, os selvagens assassinatos de Nova York, sim, até mesmo a morte de Sissy, parecem-lhe distantes, muito distantes. Sem qualquer preocupação a ocupar-lhe o espírito, ele se concentra exclusivamente na saúde, no seu futuro e no sentimento cada vez mais forte de que falta alguma coisa em sua vida: uma mulher, um apoio, alguém que o veja, o ame e o admire.

Cada vez que se deita para repousar, tenta imaginar aquela que será a sua metade ideal: muito pálida, longa cabeleira negra, olhos inteligentes, uma boca reservada, sensível, mutável; de repente fria e cruel, depois indulgente e delicada.

Durante todo o ano seguinte ele busca uma nova esposa.

Eis o que faz para acalmar a angústia lancinante de seu coração:

1. Em julho vai a Lowell dar uma palestra no Salão Wenthworth. Durante sua estada, encontra Jane Locke, com quem já se corresponde há vários meses. Um dos poemas dela, "Invocação de um gênio sofredor", é uma espécie de pedido de casamento, ele está convencido disto há semanas.

Mas descobre em Lowell que ela é casada com um advogado e tem cinco filhos.

2. Semanas depois, conhece outra mulher, Nancy "Annie" Richmond, e se encanta com a sua graça e elegância "sobrenaturais". Apaixona-se por ela no momento em que a vê à porta de sua casa, nas redondezas de Lowell.

Mas tampouco pode casar-se com Annie Richmond, que é casada e, mesmo que esteja provavelmente apaixonada por Edgar, para ela é impensável separar-se do marido para se jogar nos braços de um escritor desesperado e marcado pela morte.

3. Ao pedir em casamento a escritora Sara Helen Whitman no cemitério de Swan Point, em Providence, tem certeza de que ela dirá sim. Ela é viúva. Algumas horas antes ele leu para ela o poema "Ulalume" e viu o seu rosto, belo de cortar o coração, tomar-se de emoção; enquanto manchas vermelhas despontavam-lhe no pescoço, ela segurou as mãos dele e as apertou com força.

> Era o céu de um cinzento funerário
> e a folhagem, fanada, morria,
> a folhagem, crispada, morria;
> era noite, no outubro solitário
> de ano que já me não lembraria;[23]

---

23 "Ulalume", tradução de Osmar Mendes. (N. da T.)

Helen Whitman é perfeita: pálida, muito pálida, rescende levemente ao éter que usa por causa de uma doença do coração, e tem sempre um ar desamparado. Edgar já nutre sentimentos por ela, muito fortes, o que nada tem de surpreendente, ela é bem o tipo de mulher que o seduz: lívida, levemente "sobrenatural", com uma espécie de brilho residual no olhar. Além disso, Helen Whitman, mulher sábia, embora de natureza caprichosa, olha para ele com ternura. Ele já a ama profundamente.

— Sra. Whitman... — ele começa.

— Querido Poe, pode me chamar de Helen.

Ele tem certeza de que Helen responderá sim quando ele perguntar se ela quer desposá-lo, sabe que ela quer.

— Minha querida Helen, você quer?

— O quê?

— Casar-se comigo?

— Sr. Poe...

— É a coisa mais natural do mundo, minha querida, minha sábia Helen.

— Só nos conhecemos há poucas semanas.

— Será possível... só algumas semanas? Que seja. Mas... você não vê? Fomos feitos um para o outro.

— É possível.

— Você tem uma influência tão boa sobre mim, Helen, e acredito, modéstia à parte, que eu também... sou importante para você.

— Talvez.

Helen diz que vai pensar, mas ele sabe: ela o ama e tudo acabará bem. Ele finalmente encontrou uma nova esposa.

GRISWOLD

O método do vampiro

❧

Nova York

> *Espere, aí vem Títiro[24] Griswold a conduzir altaneiro*
> *As pobres aves que depena e então come por inteiro,*
> *Bando ruidoso cujas penas mui aquecido o mantêm,*
> *Disfarçado, passa por níveo cisne bastante bem.*
> JAMES RUSSELL LOWELL,
> "Uma fábula para críticos"[25]

À noite, Rufus trabalha, sentado à sua escrivaninha: lê, toma notas, descansa a cabeça nas mãos, reflete. Bebe chá preto. Depois, imobiliza a pena sobre a folha, ergue a cabeça. Ouve novamente o ruído de passos subindo a rua, levanta-se, dirige-se à janela e olha para baixo. A rua está calma e deserta. Ele escuta o eco de passos, fraco, indiscutível, mas não há ninguém. Nem um único ser humano, nada que possa explicar esse eco. Fecha os olhos e imagina um par de sapatos brilhosos sem dono que avançam pela noite. Não há outro ruído perceptível em seu pequeno apartamento perto da Universidade de Nova York. Suas filhas moram com parentes. Ele tem tempo para trabalhar, daí sua irritação ao ser perturbado por um barulho de origem desconhecida. Puxa bruscamente a cadeira, senta-se de novo e retoma a frase inacabada.

---

24 Títiro é um pastor afortunado, personagem da "I Bucólica" de Virgílio. (N. da T.)
25 "*A fable for critics*". Tradução do trecho citado: Paulo Schmidt. (N. da T.)

Escreve a noite inteira até o raiar do dia. Completamente exausto, põe-se diante da janela e contempla a rua que se enche a cada minuto de advogados, vendedores de jornal, feirantes, tocadores de realejo. Já não gosta de sair. Vertigem na escada, tremor das mãos sobre o corrimão. Prefere a cadeira perto da janela.

Sua saúde não anda boa. Os pulmões funcionam mal, tem roncos e chiados no peito. Ele pinga gotas de láudano num copo d'água; a substância se espalha e tinge a água de marrom. Há tantas coisas que ele adoraria escrever, mas após algumas horas, sua respiração se torna laboriosa e as mãos parecem-lhe inchadas e fracas. As gotas melhoram a sua respiração e ele pode trabalhar por mais tempo.

Dorme o dia inteiro.

Levanta-se, come algo leve e bebe um pouco de vinho. Pôs fim a seus longos anos de abstinência, adora esse sumo das uvas, a calma que o envolve, e, como dorme bem melhor após umas taças, volta em seguida para a cama.

Passa a noite acordado, refletindo longamente de olhos fechados. Escreve intensamente, curvado sobre as folhas. Depois para. Ouve os passos (esses passos terríveis), tapa os ouvidos com as mãos. Escreve cartas, mantendo assim contato com todas as pessoas que conhece e com as que deseja conhecer. Muitos continuam a lhe escrever. Mesmo doente, não perdeu a influência. Tampouco perdeu o poder. Anne Lynch, Fanny Osgood, Sarah Helen Whitman. A História continua a girar ao redor dele.

Um dia, fica sabendo dos amores de Poe. Abre febrilmente as cartas e as lê prendendo a respiração.

"Conte-me o que sabe dele", escreve-lhe Helen Whitman.

"Edgar Poe é um grande escritor", ele responde, "um dos mais brilhantes que temos. Os boatos a seu respeito são na maioria exagerados e mal-intencionados".

Rufus toma conhecimento da correspondência entre os dois e do poema que Poe recortou de um exemplar de *O corvo e outros poemas*, colou numa folha de papel e enviou para Helen. (Tratava-se de "Para Helen", que Edgar havia escrito originalmente para Jane Stanard em 1831, muito antes de conhecer Helen Whitman.)[26] Poe então o remeteu a Helen a fim de dar a entender que poderia tê-lo escrito para ela. Ou não?

Não é o melhor poema dele, Griswold pensa (não, não, é sempre "O corvo" o melhor de todos, ou o menos "complicado"), embora tenha versos muito bons: "Teu cabelo de jacinto, teu rosto clássico,/ Teu ar de náiade trouxeram-me para casa,/ Para a glória que foi a Grécia /E a grandeza que foi Roma".[27]

Rufus não consegue deixar de se alegrar; o "amor" entre eles vai crescer, depois se esfacelar. Se apenas tiver paciência, testemunhará a queda. Pretende incentivar Helen, observar a "ligação" deles a uma distância conveniente, e quando as esperanças estiverem no auge, dará um jeito de estragar tudo.

Há uma grande "espiritualidade" nos poemas de Helen Whitman. Contudo, na última vez que Rufus esteve com ela, em Providence, ela lhe pareceu nervosa. Apoiando a cabeça nas mãos, imagina o rosto da sra. Whitman e desliza o olhar sobre ele.

Enquanto Helen e Edgar continuam a trocar cartas, a perturbação de Helen aumenta, isso se sente até em Nova York, imagina Griswold. Revelações surpreendentes serão doravante levadas aos ouvidos de Helen, cujos amigos repetem antigos boatos. Os literatos da Nova Inglaterra o detestam, com certeza. Em Boston é chamado de impostor. A situação não pode perdurar.

---

26 Na realidade, conforme descrito na nota 5, o primeiro poema teve duas versões (publicadas respectivamente em 1831 e 1836) e foi dedicado a Jane Stanard, ao passo que o segundo, publicado em 1848 e dedicado a Sarah Whitman, tinha em comum com o primeiro apenas o título. (N. da T.)

27 "*To Helen*" (para Jane Stanard), tradução de Wilson A. Ribeiro Jr. (N. da T.)

Se ela ouvir o suficiente, jamais o aceitará. É preciso que o "amor" entre eles cresça. Griswold acha que deve tranquilizá-la.

Helen conta que Fanny Osgood lhe escreveu o seguinte: "Que a clarividência a proteja dele. Ele é mais eloquente do que você pode imaginar. É um demônio magnífico, com um grande coração e um grande cérebro".

Junto à sua janela, Rufus sente que a sra. Whitman está submersa em dúvidas.

Quando ela o convida para ir a Providence, ele não consegue recusar. Sente-se doente, mas tem necessidade de saber o que ela pensa de Poe. Quer ver o amor de Edgar Poe nos olhos dela, a tentação é irresistível.

Sentado diante dela em sua bela sala, toma conhecimento das cartas e não consegue disfarçar a sua preocupação.

Edgar escreveu um novo poema, uma descrição da primeira vez que a viu, poema ao mesmo tempo desesperado e cheio de esperança, cuja simples leitura lhe faz mal.

Nenhum rumor. O mundo silenciava.
Só tu e eu (meu Deus! Como palpita
O coração, juntando estas palavras!)[28]

A mãe da sra. Whitman serve chá de ervas.

— Não está bem, senhor Griswold?

Ele pigarreia, tenta sorrir.

— Longe disso, infelizmente. Espero que isto me alivie.

Três gotas de láudano no chá; sua respiração melhora.

— Cara sra. Whitman, escute o seu coração e não os boatos. Todos os críticos são malvistos — diz, segurando as mãos dela.

---

[28] *To Helen* (para Sarah Helen Whitman), tradução de Osmar Mendes e Milton Amado. (N. da T.)

Desde que Rufus incluiu dezessete de seus poemas em *As poetisas da América*, Helen Whitman leva em consideração o que ele diz. Ei-la tranquilizada.

No dia seguinte, Rufus volta a Nova York com a impressão de que Helen está menos dominada pela dúvida e que logo convidará Poe para ir a Providence. A perspectiva do casamento não está distante.

Semanas mais tarde, é informado em detalhes do pedido de casamento no cemitério Swan Point. Imagina Helen no pavilhão, segurando a mão de Poe, enquanto o ouve declamar "Ulalume" (com a voz grave e o tom insistente característicos, que outrora faziam desfalecer homens e mulheres).

O passeio ao cemitério. O sol de setembro é forte. Eles atravessam um campo, interrompem o passo para uma pausa silenciosa — casal pálido com os rostos virados para o sol.

Assim Rufus os vê:

Na campina. De mãos dadas.

O sr. Poe e a sra. Whitman.

(Repugnante, este "e".)

À frente deles, uma sepultura sem inscrição.

Param ali.

Todos iguais, esses malditos apaixonados. É inapelavelmente necessário que parem diante de uma sepultura sem inscrição para proclamar o seu amor. Poe passa o braço em volta da cintura dela. Beija-a (mas sem desejo, Rufus bem o sabe, pois Poe só se interessa por mulheres passíveis de serem suas amas) e eles ficam assim por alguns segundos, lábios colados, sob o sol de setembro.

Poe e a sra. Whitman.

E.

Repugnante, este "e".

Depois Poe lhe fala de Virginia, de Sissy: eram como irmãos, só isso, nada além de uma triste relação familiar. E da velha história de Jane Stanard, que o fez compreender que "disposição para o amor" existe na mulher. Em seguida, jura à sra. Whitman um "amor espiritual", jura ajudá-la, jura parar de beber e lhe pede que não dê ouvidos ao que dizem dele, pois é um homem bom.

— Quer se casar comigo? — Ele a beija na orelha. — Quer, minha querida Helen Whitman?

O simples fato de imaginar o beijo deles deixa Rufus doente. Ele rasteja pelo chão, desmorona diante de uma bacia e vomita. O gosto que lhe volta lembra-lhe o sabor corrompido das ostras. Torna a vomitar, fecha os olhos e esvazia as tripas.

Ele visualiza tudo, todas as "cenas" em Providence, ele as vê nitidamente — e quanto mais as visualiza, mais deseja jamais ter conhecido Helen Whitman. Jamais ter conhecido Poe, jamais ter ido ao encontro de Poe no Jones Hotel para ouvi-lo falar sobre a beleza, jamais ter escutado a sua conversa imoral sobre o "coração de Deus", sua raiva de Deus, seu desprezo por tudo que ele, Rufus, tinha por base da sua vida. Se jamais tivesse começado a conversar com Poe, jamais teria sido sugado para o seu campo magnético, jamais teria corrido o risco de ler os seus poemas abomináveis. Ele não quer mais saber sobre o amor de Poe e Helen Whitman. Porém, é tarde demais: ele vê tudo o que se passa entre eles. Tarde demais para mudar o que quer que seja. Já estão *dentro dele*. Ele os vê claramente. Os lábios de ambos se movem. De que falam, por que sorriem, será que falam dele?

Rufus está diante da janela e olha para a rua. Escuta os passos na noite, que se aproximam, que o pisoteiam.

Ao receber a carta anunciando o pedido de casamento de Poe a Helen Whitman, sua resposta já está pronta. Ele a envia logo e faz as malas para uma estada em Providence.

Chegando à estação, já sabe que o que dirá a Helen vai levá-la a refletir e a dizer não.

É exatamente assim que ele imaginou a cena: enquanto bebe o chá de ervas da mãe de Helen, vai inclinar-se sobre a mesa para repetir exatamente o que disse em sua última visita. E acrescentará:

"Sra. Whitman, ele tem uma formidável capacidade intelectual. Mas nenhum senso moral, nenhuma noção de princípios. Não haverá um final feliz se a senhora for até o fim."

Nada mais.

Isso mudará tudo.

Depois disso, Helen não mais desejará casar-se com ele.

Quando Rufus entra no trem, é tomado por uma vertigem; enquanto procura a sua cabine, tem a sensação de que Poe também está nesse vagão e que o segue com os olhos. Seu olhar vai e vem sobre os rostos dos viajantes.

— Poe?

Um homem de certa idade está sentado na poltrona defronte à sua. Sobressaltado, seu olhos cegos vagueiam em torno dele. Ele sussurra:

— Perdão? Está falando comigo? Há alguém aqui? O senhor está aí?

Rufus não responde. Fica sentado em silêncio, sem mover um músculo, seguindo com o olhar uma velha charrete que roda paralelamente ao trem num caminho de terra esburacado.

POE

Elmira

Providence — Richmond

Para convencer Helen Whitman a desposá-lo, Poe submeteu-se a inúmeras humilhações da parte de amigos cultos da jovem mulher e do seu ambiente extraordinariamente erudito, e assinou uma pilha de documentos nos quais, após uma vida de extrema pobreza, renuncia a qualquer pretensão aos bens da família dela. Além disso, jurou à mãe de Helen e ao sr. Peabodie, amigo da família, levar uma existência ascética no futuro. Ao assumir tais compromissos, contraía o rosto numa expressão tão puritana e meditabunda que, esgotado, precisou recuperar as forças com o bem escondido vinho do porto da adega da casa.

Os olhares são insuportáveis. Observando-o, leem na sua testa a lista de suas torpezas. Aos olhos deles, não passa de um impostor.

Tem vontade de se jogar aos pés deles e implorar por perdão.

— Por favor, nobres amigos... não pensem mal do seu humilde Poe. Sou um homem fraco, sei disso, mas não sou mau. Tenho pensamentos depravados, sim, sou o primeiro a reconhecer, impulsos condenáveis rodopiam em minha cabeça atrapalhada. Bebo demais, penso demais e sinto demais. No entanto, caros e honrados amigos, não sou destituído de senso moral, longe disso, não sou um sapo frio, meu coração é talvez enegrecido, não sei, nunca o vi, mas sei, meus amigos, que vocês têm razão. Reconheço que sou um canalha nojento; vocês disseram que só me aprovarão se eu o admitir. Então, e somente então, aceitarão o meu pedido de casamento. Se eu disser que sou um bandido, sim, sim, um escroque, um mentiroso, serei suficientemente bom para os seus padrões? Serei digno de pertencer ao seu grupo? De ser um de vocês? Achar-me-ão mais parecido com vocês?

Malditos.

Ele não é um balão de gás.

Não é um criptograma.

É um apaixonado.

Não estão vendo?

Ele precisa da aprovação deles. Mas antes, deve renunciar a si próprio e jurar que nunca mais pensará como Edgar Allan Poe.

Ele nada pode fazer.

É obrigado a aturar "o olhar inquisidor" do sr. Peabodie e as suas perguntas revoltantes sobre a quantidade de alimento que ele consome, o funcionamento do seu intestino, se suas fezes são moles ou duras. Ele come frutas? Quanto bebe de verdade, três dedos de vinho? A propósito, bebe infusão de cinzas? Dorme muito à noite — cinco, seis ou nove horas? E até que ponto ama Helen Whitman (favor dar uma indicação precisa em milímetros).

No fim, Edgar não sabe quem ele deve fingir ser. Cada pergunta tira-lhe um pouco da sua sede de amor. Ele quer beber cada vez mais, parar de se alimentar, parar de respirar e nunca mais amar. Como amar sob o olhar dessa gente? As perguntas deles o transformam num pequeno monstro nervoso.

Seu coração gelou.

Consegue ainda murmurar algumas palavras ternas ao ouvido de Helen Whitman.

Mas sua voz está cada vez mais fraca.

Se ela não tomar uma decisão logo, ele vai acabar afônico.

Sem amor e sem língua.

Por fim, ela aceita.

— Sim — diz.

— Verdade?

— Sim.

— Sem condições? Sem adiamentos, sem cláusulas de anulação dos analfabetos que a sua mãe designou como advogados?

— Meu querido, não sei. Eu disse, simplesmente, sim.

— Simplesmente?

— Sim.

— Estou feliz demais, é por isso, você compreende. Não escute as minhas tagarelices: é a felicidade que está falando.

Ela aperta a sua mão.

Vão se casar no Ano Novo.

Enfim ele vai ser feliz. Sussurra a Helen Whitman:

— Finalmente, meu amor...

Em seguida escreve a Muddy, anunciando que logo voltará para Fordham com a nova esposa.

Um comunicado aparece na imprensa em Nova Londres, Lowell e Nova York.

> O sr. Edgar Allan Poe, famoso poeta e crítico, vai levar ao altar a srta. Sarah Helen Whitman, de Providence, uma escritora conhecida e estimada.

Parabéns!

O *Richmond Examiner* deseja "um lar cheio de crianças gorduchas" ao respeitável casal.

— Sim.

— Sim!
Helen Whitman promete amar Edgar. Edgar promete amar Helen.
— Diga apenas esta frase — ele pede.
— O quê? O que devo dizer?
— Diga que me ama.
— Eu o amo, sr. Poe.
— Repita. É tão bom ouvi-la dizer isso.
— Sr. Poe, eu o amo.

Mas quando vai buscá-la em Providence, encontra as cortinas fechadas. No jardim diante da casa da rua Benefit, ele observa as cortinas que encobrem todas as janelas. Ninguém vem abrir quando ele bate à porta. O silêncio se insinua em seu coração maltratado. Estará ela escondida dentro de casa? Foi embora? Em vão ele a chama.

— Sra. Whitman?

Nenhuma resposta.

Ao tentar subir para a sacada, sente que as cortinas zombam dele.

Pretende raptá-la?

Ele desiste. Estão tentando fazer dele um canalha, essa gente de Providence, mas ele não tem forças para desempenhar esse papel; infelizmente é um homem honesto — desculpem, desculpem. Senta-se nos degraus da entrada e resmunga palavras de consolo.

— Tenha calma, a sua bem-amada virá, como vocês combinaram.

Um garotinho se aproxima do portão e o chama:

— Sr. Poe?

Edgar põe-se em pé e vai pegar a carta que o menino lhe estende.

— É da parte da sra. Whitman. — A voz jovem é alta e clara.

Depois de ler a carta, ele resolve dar uma volta. O tempo está ideal para um passeio. Perto da igreja, detém-se para admirar o céu de inverno, as cores inquietantes: ouro no horizonte com entretons de vermelho e violeta. Sente frio nos dedos e esfrega as mãos enquanto contempla o céu. Um dia agradável, mesmo fazendo um frio do cão.

Quando volta à casa, as cortinas permanecem fechadas.

Não gostam dele, essas cortinas, olham-no com desdém, zombam dele.

O casamento foi cancelado.

Helen Whitman não quer mais se casar. Todos os laços estão rompidos. Ela não deseja mais vê-lo nem falar com ele.

Ninguém está disposto a lhe contar o que levou Helen a mudar de ideia. Segredo bem guardado. Todos os canalhas pretensiosos que a cercam guardam silêncio, ninguém fala com ele. Sem dúvida, ele não é patife o suficiente para esses parasitas do inferno. Fica sabendo apenas que a sra. Whitman foi aconselhada por uma pessoa "cuja autoridade não se pode questionar". É mesmo? Quão tranquilizador.

No trem que o leva a Nova York, está tão cansado que adormece na poltrona. Sonha que é criança, escondido debaixo de uma mesa para fugir de John Allan, seu pai adotivo. Puxa a toalha até o chão para não ser descoberto. Ao ouvir os passos do pai no piso, escapa do esconderijo e corre para o jardim. Num cesto sobre o chão encontra doze pequenas mães, do tamanho de bonecas. Ele se debruça sobre elas e percebe que estão vivas. Elas dizem coisas que ele não compreende, agitam-se, mexem os pés e giram os braços. Uma por uma ele as tira do cesto e lhes aperta o pescoço até que parem de se agitar. "Pronto", murmura a cada uma, "você está morta", jogando-a sobre uma pilha de mães mortas antes de pegar outra para estrangular. Depois cava um buraco, coloca-as dentro e o cobre de terra. Então ouve a voz de John Allan:

— Aí está você, seu grande canalha!

Ele ergue para o pai adotivo um olhar cheio de vergonha.

E, nesse instante, acorda.

O trem já chegou à estação e ele está no vagão, sozinho. Na poltrona à sua frente há um jornal, que ele pega ao sair. A cidade está escura entre os lampiões a gás. Caminha lentamente pelas ruas, mas ao cabo de algumas centenas de passos já está sem fôlego. Senta-se sob um lampião para descansar. Deus... como está exausto... suas pernas pesam como chumbo. Aproveitando a luz do poste, folheia o jornal. Encontraram uma mulher decapitada no Brooklyn. Continua a leitura. Uma mulher — uma prostituta — foi descoberta emparedada dentro de uma chaminé. A polícia teria achado um gato junto com a mulher. Ele amassa o periódico e o joga longe. Ah! precisa parar de ler os jornais, diz a si mesmo, seguindo o seu caminho. O mundo está à beira da loucura e ele não tem estômago para isso.

Ele jaz no leito, exausto. Tia Muddy procura consolá-lo.

À noite, levanta-se e vai ao terraço escutar o murmúrio do espaço, como se fosse de novo um menino. Ao fechar os olhos, ouve-o; seu corpo se transforma numa orelha gigantesca, e de um lugar longínquo lhe chega o lamento infernal das pequenas mães no cesto.

— Diga as coisas como são, Edgar — sussurra uma voz ao seu lado.

Ele se volta e entrevê uma silhueta feminina no canto escuro do lado da janela.

— Tia Muddy?

A mulher avança na direção da lamparina e a luz ilumina o rosto de Eliza Poe.

— O que quer de mim? — pergunta ele em tom áspero.

Tal como ela se mostra à luz, sua mãe é um tanto mais baixa que ele. Usa uma capa marrom com gola de visom brilhante que lhe dá a aparência de uma mulher rica. Ele nunca viu essa capa, seria uma fantasia do teatro de Richmond? A mãe não tem mais que vinte e quatro anos, poderia ser sua irmã caçula. Os olhos são particularmente grandes e o sorriso, tão... resplandecente, magnífico... inocente.

— Vim lhe dar isto — diz ela, estendendo-lhe um objeto cintilante.

Edgar baixa os olhos para a mão de Eliza.

— Pertenceu ao seu pai — continua ela. — Veja, o nome dele está gravado na frente.

Ele segura a garrafa de bolso e percebe que está cheia. Ela indica o objeto com um gesto de cabeça.

— O seu pai, David, adorava uísque. Bebia de tudo, mas uísque era a sua bebida preferida.

— David?

Lágrimas correm pelo seu rosto.

— Não está contente?

— Sim, sim — diz ele —, estou contente em vê-la.

— Não está, não — retruca ela com certa amargura.

Há um autoridade peculiar no seu rosto, embora ela pareça... uma criança. Fala como se soubesse o que ele responderia, como se o observasse do futuro.

— Não precisa representar — continua ela. — Você não me deve nada. Pode dizer as coisas como são. Você me odiou porque não consegui lhe dar um pai de verdade. E olhe para você agora...

Ela dá um passo à frente e lhe acaricia o rosto.

Ele fecha os olhos. O aroma da mão materna é doce.

— Eu não saberia distingui-los — ela comenta.

— Hein?

— Você e o seu pai.

Furioso, ele se afasta dela.

— Ele era o tipo mais divertido que você possa imaginar. Infelizmente, era um péssimo ator. Não tinha talento algum. Seu desempenho em cena era atroz.

Edgar se volta; Eliza ri e todo o seu rosto se ilumina.

— Era tão teimoso! Não queria admitir que o ofício de ator não era para ele. Pelo contrário, entrava em cena e se humilhava todas as noites da maneira mais cruel, em meio a mil zombarias e insultos da plateia. Claro que isso não poderia continuar. Ele representava um pouquinho melhor quando estava bêbado, ficava menos artificial. Mas no final, era só isso que ele queria.

— O quê? Beber?

— Sim.

Edgar destampa a garrafa e respira o conteúdo: é uísque. Então se volta e o derrama todo na grama, por cima da balaustrada.

— Não preciso disso — declara, virando-se para a mãe.

Mas não há ninguém ali.

Permanece de cama vários dias, sob o seu dólmã militar. Por quanto tempo conseguirá manter os olhos pregados no retrato de Sissy... nos traços delicados da aquarela de Louise Shew? Ficará ali — essa é a ideia — sem desviar o olhar, sem fechar os olhos, sem se deixar ofuscar pela luz. Sem dormir, sem pensar.

Algum tempo depois, sente-se melhor. Repousando, imagina-se num retrato, seu rosto fixado sobre uma tela. Adormece com os olhos abertos e tem um sonho maravilhoso em que está morto, também. Passeia com Sissy por uma encantadora campina de verão no inferno. Vira-se para ela e murmura: "Por que ninguém me disse que este lugar era tão belo e tão tranquilo?" Ela sorri, um pouco tímida. "Você não queria ouvir", replica. Quando ele acorda, a experiência está terminada, o sol brilha alto no céu. A luz que vem da janela agride os seus olhos com formidável vigor.

Ele precisa voltar ao cemitério e verificar o caixão; tem algum fio solto nessa história. É impossível planejar o que quer que seja antes de verificar se realmente se livrou daquela aberração.

De manhã cedo, calça suas melhores botas e sai. Caminha com passo decidido e não encontra pessoa alguma no caminho para o cemitério.

Aberração!

A manhã de outono é fria e clara. As árvores têm nuances amarelas como urina e vermelhas como sangue, a exuberância de uma natureza primitiva. De sua boca sai vapor devido ao frio. O chão crepita sob suas botas pesadas.

Edgar imagina a aberração no ataúde.

Uma expectativa negra insinua-se nele enquanto percorre a alameda da cripta a passos largos.

Com um gesto brusco abre a porta do jazigo.

Desce com calma.

Nada foi movido, tudo está como ele deixou.

No momento de abrir o caixão de pedra, não consegue reprimir um sorriso.

Acende uma vela e se debruça.

O caixão está vazio.

O ruído do tiro de pistola que disparou meses antes ressoa no jazigo como um estouro dentro da sua cabeça, como uma breve dor no peito. Cai para trás como se a bala o tivesse atingido.

Quando recobra a consciência, está sentado no chão, de costas contra a parede. Sente frio e a escuridão o cerca. Tateando em volta, encontra a vela e a acende.

Torna a se debruçar sobre o ataúde vazio.

Samuel desapareceu.

A um canto, vê um buraco no chão e a terra jogada ao longo da parede. É como se um cão houvesse escavado ali com as garras, pensa ele, introduzindo um pé no buraco.

Viajar de novo. Voltar a Richmond. Decisão tomada. Mas está inquieto. Muddy também. Ela diz:

— Não fique doente outra vez, Eddy.

— Não. Vou tentar encontrar ajuda lá. Tenho amigos.

— Lembra do que aconteceu na última vez que viajou sozinho?

Sim. Três semanas antes, na Filadélfia, adoeceu. O cólera assolava a cidade, à volta dele os rostos eram azulados, pessoas adoeciam e morriam no mesmo dia. Enquanto bebia em seu quarto de hotel, sentiu que alguém na cidade tentava contaminá-lo, por isso não saía à rua. Ficou enclausurado por duas semanas, saindo apenas para comprar bebida.

— Pode demorar alguns meses, titia. Não sei quanto tempo ficarei em Richmond desta vez. Mas se algo me acontecer, Deus não permita, se algo me acontecer, quero que Rufus Griswold fique com toda a minha obra e seja o meu testamenteiro literário.

— Como assim?

— Quero que ele receba todos os meus papéis e se torne o meu representante depois da minha morte.

— Depois da sua morte?

— Sim.

— Rufus Griswold?

— Sim. É a única coisa a fazer.

— Não compreendo.

— Não tem importância, titia. Rufus Griswold é quem tem mais condições de zelar pelos meus interesses. Tenho certeza disso.

— Mas por que, Eddy?

Ele dá de ombros.

— Começo a entender — diz em voz baixa — que todas as manifestações de interesse por parte de Griswold, suas visitas e tudo mais, são a prova de uma afeição sincera.

— Tem certeza disso?

— Faça o que lhe peço, titia.

No início do outono, vai para Richmond em busca de alguém que esteja disposto a financiar seu antigo projeto para uma revista, *Stylus*. Sem sucesso. Então começa a fazer o circuito dos bares. Durante semanas, passa as noites nos bares de Richmond e fala de *Eureka* com entusiasmo.

— Eu o escrevi... para algumas pessoas que gostam de mim... e de quem eu gosto. Mas garanto... que o que escrevo é verdadeiro, totalmente verdadeiro, meus amigos, e, além disso, imortal, sim, é algo que não morrerá, e mesmo que seja pisoteado e assassinado, seu valor aumentará, eu lhes garanto, pela vida eterna!

— Alguém dê uma bebida a este homem!

— O que o senhor deseja beber?

— Vinho do porto.

Certa noite, ele assiste a uma chuva de meteoritos, acima da cidade. É novembro. Inicialmente de um branco leitoso, o céu tinge-se de escarlate. À medida que os meteoritos crescem e suas caudas se tornam mais nítidas, o pânico se espalha. As pessoas falam com voz estranha, como se sua hora tivesse chegado. Mesmo tendo os astrônomos explicado que a trajetória dos meteoritos não cruzará com a da Terra, os espíritos não serenam. Ao contrário, pelas ruas grita-se que é o apocalipse.

Quando a luz atinge a intensidade máxima, um homem de cabelos vermelhos sai da redação de um jornal, agita os braços no meio da rua e rasga um exemplar do periódico.

— Isto é só para que fiquemos calmos! — grasna. — Tudo o que está escrito aqui serve apenas para evitar o pânico. Não entendem? O fim do mundo se aproxima!

Pessoas correm pelas ruas, cruzam o rio, deixam a cidade.

Outras meneiam a cabeça e ficam imóveis, de braços cruzados, a contemplar o lindo céu, a luz dos meteoritos.

É a luz do futuro...

O dia todo ele vagueia pela rua, escuta as conversas, observa os meteoritos, tentando calcular o diâmetro desses discos de luz cadente. Sonolento a princípio, sente a moleza se dissipar e põe-se a caminho com passos largos e rápidos. Suas pernas se movem como ponteiros de relógio.

Se os meteoros anunciam mesmo o fim do mundo, pensa, como será tal fim?

Quem sobreviverá?

Como será a humanidade... após a catástrofe?

Será que os novos humanos trabalharão, dormirão sem sonhar e entreolhar-se-ão com a vaga suspeita de terem um dia vivido de outra forma, e de que o mundo em que vivem não passa de um... resto que lhes foi imposto? O medo terá desaparecido? O homem novo recordará o que se passou?

Pouco a pouco o céu torna-se escuro, a luz dos meteoritos desvanece.

O silêncio retorna às ruas.

Ele está de novo em um bar, ao seu redor as vozes são alegres como se nada tivesse acontecido, como se os meteoritos já estivessem esquecidos.

— Alguém dê um vinho do porto a este homem!

Certa manhã, vai visitar o seu amor de juventude, Elmira. Encontra a casa dela pedindo informações e fica sabendo que ela agora se chama Elmira Royster Shelton. Faz vinte anos que não se veem. Ela é viúva.

— Elmira, é você? — exclama ao vê-la à porta da elegante residência branca.

Ela franze os olhos na direção dele, parado na escada.

Ainda tem o ar orgulhoso de vinte e cinco anos antes, mas ele percebe que ela está encantada em vê-lo. E observa que ela não é feliz. O marido fez fortuna no ramo de transportes e ela vive com prosperidade, mas seu belo rosto exprime melancolia.

— Você me deu meu primeiro beijo — diz ele em tom alegre.

— Em Ellis Garden — responde ela.

Não sorri, mas ele capta o clarão divertido nos seus olhos.

— Pensei que ficaríamos juntos — ele diz.

— Não por muito tempo, creio. Duvido que tenha deixado uma marca indelével em você. Afinal, você sumiu de repente.

— Eu lhe escrevi da universidade, não se lembra? Cartas de amor desesperadas.

O semblante melancólico dela se desfaz num cálido sorriso.

— Papai rasgava as suas cartas. Achava que você era um vagabundo sem fé e sem lei.

— John Allan também achava.

— E você é?

— Pareço ser?

— Não sei.

— Convide-me para entrar, eu lhe conto a minha vida. E quero ouvir o relato da sua.

Ela abre a porta.

Edgar visita com frequência Elmira Shelton em sua casa alta na rua Grace, em frente à igreja St. John, onde repousa Eliza Poe. Bebem chá da China. A conversa é ao mesmo tempo circunspecta e espontânea. Ela o estuda sem baixar a guarda. Ouviu histórias sobre ele. Edgar precisa convencê-la, através de cada gesto, de que renunciou à antiga vida. Agora é digno de confiança, moralista e sossegado. Depois que exibe a sua educação impecável (é um excelente ator!), ela relaxa; sua boca pequena perde a tensão e oferece-lhe um sorriso carinhoso. Elmira Shelton é religiosa, embora ao mesmo tempo convicta e hesitante, segundo diz.

— Tenho um coração difícil, cheio de tentações.
Ele pega as mãos dela e sussurra:
— Ah! como a compreendo.
Entreolham-se por um instante com seriedade, depois desatam a rir, sem conseguir parar durante vários minutos.

Ao se despedir dela naquela tarde, seu estado de espírito é radiante.

Na manhã seguinte, chegam-lhe notícias de Nova York. Um velho conhecido da redação do *Messenger* lhe conta, no meio de uma conversa, como as coisas mudaram em Richmond: encontraram um homem sem dentes.

— Como assim?

— Numa sepultura de um cemitério da cidade. Aconteceu algo parecido há alguns anos, não foi? Uma jovem encontrada numa sepultura. Desta vez é um homem, um escritor amador, um vagabundo bêbado, encontrado meio morto num túmulo.

— Sem os dentes?

— Parece que sim. Uma história feia. É bem coisa de Nova York, não é?

Edgar não sabe para onde olhar.

— Está tudo bem, Poe? Você está pálido!

— Preciso me sentar um pouco. Ainda não comi hoje.

— Venha, deixe-me ajudá-lo. Sente-se neste banco.

— Obrigado. Só preciso me sentar por alguns minutos, logo estarei melhor. Obrigado pela ajuda.

— Tem certeza de que está bem?

— Tenho, sim. Pode ir tranquilo. E obrigado pela conversa.

— Eu que agradeço. Bom dia.

Nessa noite, depois de percorrer os bares, é levado ao hospital Duncan Lodge por dois médicos. Por pouco não sucumbiu a um coma etílico. Em seu leito de doente, revira-se sem parar.

Ao abrir os olhos, descobre que está no fundo de um poço. Puseram-me aqui, pensa, porque sabem que tenho horror a poços. Pisca para afugentar a escuridão, mas ela o cerca, como terra. Enterraram-me, diz para si, furioso.

A escuridão cola-se à sua pele e goteja entre a gola da camisa e o peito. Ele começa a esmurrar o vazio até compreender que é inútil. Põe-se então a gargalhar ruidosamente, para que o escutem lá em cima. Após um instante, a sua risada ressoa como um soluço na parede cilíndrica. Os ruídos embolam-se na sua garganta.

Raciocina: é preciso não perder a cabeça. Não há motivo para perder o sangue-frio, murmura. Então se dá conta de que tem os lábios secos. Esfrega um no outro, a pele racha, ele sente gosto de sangue na boca. Percebe quanta sede tem. Ah, bom Deus, dai-me algo para saciar minha sede.

Braços estendidos à frente, avança no escuro com cautela, contando os passos: um, dois, três. Detém-se e tenta enxergar, porém as trevas o envolvem. Nada, como se tudo fosse nada, murmura. Quatro, cinco, seis, sete. As mãos estendidas encontram uma parede de pedra úmida, ele se inclina, encosta nela os lábios e a língua, implorando: por piedade, dai-me de beber.

Estendido no chão, olha para cima, incapaz de conciliar o sono nessa sepultura para vivos, mas tampouco consegue ficar acordado; não há como se manter desperto ali sem estar bêbado. Procurando não dormir mais que uns minutos, sua cabeça enche-se dos mais estranhos pensamentos. Encosta, então, os olhos na terra fria e finge dormir. Mas agora está acordado; ergue a cabeça e o ódio desliza para frente e para trás em seu peito, como uma lenta e imperturbável nave de aço.

Não sabe há quanto tempo está assim. Olha para o alto e vislumbra, lá em cima, uma luz na orla da escuridão. Doem-lhe os ombros ao se levantar. Ajeita as pregas do casaco amarfanhado e sujo de terra. Espana cuidadosamente a camisa com os dedos e olha de novo para cima. Algo está brilhando lá. Ele dá passos cautelosos, os artelhos sondando o solo até encontrar um pé de sapato, depois outro. Calça esses farrapos de couro com cadarços e prossegue, de pescoço esticado para as trevas, à procura da luz.

Então percebe que algo na escuridão está descendo, mergulhando lentamente poço adentro, um objeto escuro de superfície brilhante. Ele o observa com a respiração presa. Uma borda do objeto cintila, mas passa de um lado para o outro e ele não consegue fixar a imagem: não sabe se o que está descendo em sua direção é um enorme prato de cor marfim ou um ataúde.

Depois de um instante, constata que o objeto tem dois orifícios, como olhos. Edgar grita ao objeto, que não responde e continua a sua lenta descida. Esgotado, deita-se e dorme outra vez. Quando acorda, tem tanta sede que enche a boca de terra, mastiga-a e suga as pedras, mas sem conseguir engoli-las. Cospe a terra e grita ao "rosto" que se aproxima vindo de cima. Agora vê uma luz que cintila nos "olhos" e chama o nome dela: "Sissy! Sissy!". Mas não obtém resposta. Senta-se, então, e mete a cara nas mãos. Não sabe se é noite ou dia. Não sabe onde está, nem se é verão ou inverno. O "rosto" se aproxima. Ele se ergue num impulso. O objeto está em cima dele.

Surpreso, compreende que não se trata de um rosto e sim de um enorme botão, com dois buracos no centro, pelos quais se filtra uma luz fraca. O botão se aproxima. Edgar pressiona o rosto contra os orifícios e a luz o ofusca. Seus olhos doem. Cola a boca num dos dois orifícios e grita:

— Estou aqui embaixo!

Repete várias vezes esse apelo através dos orifícios, mas ninguém responde. Depois de um momento, desiste. O botão o pressiona contra o solo. Ele está de joelhos, a boca num dos buracos. É aí que entende. A luz o tranquiliza. Já não tem sede. Uma luz bendita derrama-se entre seus lábios. Ele abre a boca ao máximo, sente que a luz jorra para dentro dele, até a garganta, e o acalma; chora murmurando agradecimentos, muito obrigado, não sabem como eu estava infeliz, mas agora estou bem, ouviram, obrigado, obrigado, obrigado, nunca os esquecerei.

※

Restabelecido, promete não beber mais. Torna-se membro dos Filhos da Abstinência. Ficará puro. Durante muitas semanas não bebe uma só gota, e se sente aliviado. Com a saúde recuperada, diz a si mesmo que finalmente terminou.

"Você tomou seu último drinque."

A partir desse dia, não beberá outra coisa no mundo além de café e água.

Suas melhores obras talvez estejam por vir. Se encontrar alguém que cuide dele, tudo ficará bem.

Elmira Shelton e ele combinam de se casar. Ela manda uma carta a Muddy, em Fordham.

"Ficará feliz em saber que com ele vai bem e que está como sonhamos: sóbrio, abstêmio, comportado e muito amado."

Elmira lê a carta para Edgar, que imagina o rosto redondo e sorridente de Muddy.

Nesse dia, na rua, ele se detém na frente de um bar. Vislumbra lá dentro pessoas bebendo cerveja, vinho do porto e uísque, brindando e sorrindo. Felizmente essa vida — a vida no álcool — não o tenta mais, de modo algum. Tudo aquilo pertence ao passado. Prosseguindo seu caminho, diz a si mesmo que não é tarde demais. Ainda pode recomeçar. Casar-se com Elmira Shelton. Levar uma vida melhor. Muddy pode vir morar com eles em Richmond. Ele pode amar Elmira. Pode amar seus olhos sérios e sua boca pequenina.

Pode sentir alegria.

Pode escrever.

Pode começar de novo.

No início de setembro de 1849, viaja de Richmond a Norfolk para dar uma palestra sobre "O princípio poético". De lá seguirá para a Filadélfia e Nova York. Pretende voltar a Richmond no outono para preparar o seu casamento.

SAMUEL

Sexta carta ao patrão

❦

Baltimore

Esta carta foi encontrada em 1853, escondida numa cela da prisão de Baltimore. No lugar do destinatário estavam escritas, numa caligrafia à primeira vista quase ilegível, as seguintes palavras: Ao novo Sr. Poe.

Da mais profunda escuridão eu mal conseguia distinguir uma superfície de luz lá no alto. Disse a mim mesmo que aquilo era uma prova. Se eu tivesse direito à vida sobreviveria mas se tudo o que fiz e o meu grandioso projeto não valessem nada eu pararia de respirar entre as pedras do ataúde. Estou acostumado com lugares fechados. Meu corpo suporta ficar imóvel durante dias e dias. Eu acabava de levar um tiro. O sangue coagulou como um cinto em volta do meu peito. Mas meu coração batia sem parar sob aquela crosta de sangue seco. Tateando encontrei o orifício nas minhas costas. A bala me atravessou isso era um sinal de que a vida ainda queria algo de mim. Tive tempo de refletir lá embaixo deitado e a cada dia melhorava um pouco. Saí dali me encolhendo e empurrando a tampa com a planta dos pés. Sou mais forte do que você pensa patrão. Você nunca teria acreditado que eu tinha força para levantar aquela tampa. Mas quando me senti melhor comecei a juntar minhas forças. Minhas pernas são fortes depois de tanto andar. Você esqueceu que caminhar é o meu ofício. Minhas pernas me tiraram de lá! No jazigo comecei a cavar.

Fiz coisas abomináveis. Atos inumanos algumas pessoas dirão que não sou humano. Mas não enxergam dentro do meu coração não sabem nada meu coração é puro e não tem um grão de maldade nele dizia a minha mãe bendita seja a sua memória. Fiz coisas execráveis mas eu fiz pela grande mudança. Logo você compreenderá tudo.

O mundo muda. Ao ler isto você faz parte dele. Tudo que advém dos meus crimes participa da mudança.

Primeiro o medo e a destruição depois a vida nova.

Algumas vidas precisam ser sacrificadas em benefício da mudança do mundo. Quando você enxergar finalmente o que eu consegui ficará feliz.

Tudo tem um fim é o mais terrível e o mais belo também. Você escreveu que a morte é o propósito de tudo. No começo não entendi o que você queria dizer e li de novo. A morte não existe porque todas as coisas são atraídas umas para as outras. Quando algo morre se transforma em outra coisa e consequentemente nada pode morrer portanto a morte é o mais importante de tudo se a morte não existisse tudo estaria morto mas como existe então a esperança existe também e a novidade e um mundo novo.

Você escreveu isso.

Para que o velho se torne novo precisa morrer.

Enquanto eu estava deitado lá embaixo comecei a mudar de ideia a seu respeito.

Você não é mais o meu patrão. Não tenho mais nenhum. Mamãe me falou como o homem branco dono de escravos ama a sua propriedade. O homem que atirou em mim no jazigo e me jogou num ataúde como um feixe de lenha não me ama. Faz muitos anos que esse homem deixou de sentir o amor que um patrão deve sentir por seu menino.

Sou maior que você agora a minha obra de arte começa onde a sua termina. Sou seu superior. Edgar Allan Poe me deu a teoria mas eu a pus em prática e a tornei realidade.

Eis a minha última tarefa.

O mundo novo não pode começar sem que você seja novo.

Arrumei minhas coisas e fui para Richmond onde encontrei você na Taverna do Cisne. Uma noite entrei na sua casa e me sentei na beira da sua cama para estudar o que restava do homem que admirei. A sua respiração era fraca como se os seus pulmões fossem pequenos foles ouvi a sua respiração.

Você foi à casa daquela mulher e vi que você melhorou e começou a crer que poderia viver sem beber.

Mas não era assim que devia terminar. Não na casa dela. Não entre os Filhos da Abstinência.

Uma noite você bebeu demais na Taverna do Cisne e quase morreu num hospital.

Então vi que o meu plano era bom.

Você encontrará todas as garrafas que colocarei no seu caminho e beberá uma por uma e no final vai me agradecer por ter lhe dado uma nova chance.

POE

A última viagem

Richmond — Baltimore

Estamos à beira do abismo. Olhamos para baixo, sentimos vertigem e mal-estar. Nosso primeiro impulso é recuar diante do perigo. Inexplicavelmente ficamos ali.

E. A. POE, "O demônio do perverso"[29]

O plano dele é o seguinte: no final de setembro, pegará o barco em Richmond para Baltimore. Na Filadélfia, vai visitar um fabricante de pianos a fim de corrigir os poemas da esposa — "uma amadora mui talentosa" — e com isso ganhar o suficiente para cobrir os custos da viagem. Voltará, em seguida, a Fordham para buscar Muddy e os dois voltarão juntos a Richmond encontrar Elmira.

Então a sua nova vida tranquila começará.

Ao abrir a mala na estação para retirar o par de luvas de couro de cervo que Elmira lhe deu, encontra uma garrafa cheia entre suas roupas e manuscritos. Calça as luvas e enfia a garrafa no fundo da mala. Não a viu. Uma garrafa? Que é isso? Uma pequena miragem... uma odiosa ilusão de ótica... o quê? Recusa-se a aceitar. Olha ao redor, não compreende. Quem colocaria uma garrafa cheia de birita na mala de um homem que não suporta bebida? Não faz ideia. Elmira? Ao imaginá-la de garrafa

---

[29] "*The imp of the perverse*". Tradução do trecho citado: Eliana Sabino. (N. da T.)

na mão, percebe o absurdo dessa ideia. Que aconteceu? Por que ele não pega a garrafa e joga fora o seu conteúdo, como fez em Fordham? Simplesmente porque é impossível. A garrafa está na mala e nela permanecerá. Edgar aguarda, imóvel, na plataforma. Não mexe um dedo sequer. Reflete: e se ele próprio a pôs ali? Teria feito isso sem perceber? Será que, enquanto dormia, foi comprar uma garrafa, abriu a mala e a escondeu no meio das roupas como um passageiro clandestino?

Alguém esteve perto da sua bagagem?

Enquanto pensa, é tomado de uma sede terrível.

E assim que embarca no trem, arrepende-se amargamente de não ter jogado fora a garrafa. Agora não há o que fazer, é impossível, a sorte está lançada. Não jogará fora uma só gota. Da janela vê a plataforma afastar-se e sabe que em breve abrirá a mala, pegará a bebida e beberá um gole.

O vidro está frio em suas mãos. Fecha os olhos, entreabre os lábios e põe-se a beber.

Meu Deus, que delícia!

Acorda numa cama de pensão em Baltimore. Não se lembra como chegou lá. Tem a boca tão seca que não consegue sequer mover a língua. O simples ato de sair da cama é doloroso; seus membros são os de um ancião, as pernas rijas como barras de ferro. A passos trôpegos, cruza o aposento até a cômoda, onde se encontra uma garrafa de alguma coisa. Nu, em pé, bebe. Sente-se livre. Tem um nó no estômago, mas continua a beber. Não pode mais parar. Esvaziada a garrafa, ele cambaleia para a cama, sobre a qual desaba. Puxa a coberta para cima da cabeça, vê um céu multicor abrir-se à sua frente e adormece, feliz.

Ao despertar, há uma nova garrafa de aguardente num saco de papel, diante da porta.

Pensa: não é seguro beber antes do café da manhã.

Não, ele não está seguro.

Alguém lá fora deseja que ele se sinta muito bem.

O uísque dentro do saco é de uma marca boa.

No copo ele tem uma cor magnífica.

Ah, que maravilha!

Num instante estará de novo como morto.

Certa noite, no parque, começa a rir sem conseguir parar. Não se lembra o que é tão engraçado, mas é-lhe impossível impedir esse riso que jorra do seu peito. Quando enfim cessa, diz para si: ainda bem que acabou! Não sente tristeza nem alegria. Mas tem certeza de que desta vez é para valer, agora acabou mesmo.

As garrafas de uísque o perseguem.

Porcarias teimosas!

Cada vez que a bebida vai terminar, surge uma nova garrafa.

Ele acaricia o gargalo, o corpo, abre-a e bebe até esvaziá-la.

— Você é maravilhosa... Já lhe disse isso? Magnífica...

Ele a ama.

— Eliza... Sissy... Elmira — murmura.

Ao erguer a garrafa contra uma lâmpada do teto, descobre um bicho em seu interior. A garrafa cai de suas mãos e se estilhaça no chão. Uma aranha de longas patas corre pelo tapete em meio aos cacos de vidro. Armado de uma almofada, ele a persegue pelo quarto, tentando em vão matá-la. Ela sobe na cama e se enfia debaixo do edredom. Furioso, ele a esmaga com a almofada. Então escuta um murmúrio vindo de sob a coberta. Puxa-a com cautela. Centenas de aranhas formigam sobre o lençol.

Ele não se rende. Ataca-as com uma vassoura, mata muitas, uma substância branca cremosa escorre das aranhas esmagadas. Mas são numerosas demais. Presas de pânico, derramam-se da cama e se espalham pelo chão. Ele compreende que é uma batalha perdida, não conseguirá vencê-las. Diante da porta, os bichos sobem rumo à maçaneta. Edgar volta-se para a janela, mas ao correr a cortina para abri-la e pular, vê uma aranha enorme diante do edifício. Ela subiu no poste de luz e estende as patas: parece querer subir ao telhado. Edgar recua e cai sobre o leito. As aranhas se introduzem sob suas roupas, sobre a sua pele, nas suas axilas e até em sua virilha. Por entre as cortinas, vê o enorme artrópode peludo; seus olhos amarelos o observam com um ar de intensa afabilidade. Percebe agora que não corre perigo. As aranhas são suas amigas, não lhe farão mal.

Levanta-se e vai até o espelho. As aranhas cobrem a maior parte da sua roupa, passeiam pelo seu pescoço, pela sua face e se introduzem em suas orelhas. Refletido no espelho, o seu rosto adquire o brilho azul escuro das carapaças delas.

Está calmo quando sai para a rua.

Pensa: chegou a hora de parar de beber. Basta ficar sóbrio e todos os meus problemas desaparecerão. Agora vou ao alfaiate fazer um terno novo e me livrar do fedor deste. Um copo d'água, um terno novo e tudo vai melhorar.

Numa pracinha, vê o letreiro de uma alfaiataria, mas ao girar a maçaneta, constata que está trancada.

Segue em frente.

A escuridão cai sobre a rua.

— Com licença... sabe onde posso encontrar um alfaiate?

Numa ruazinha, avista o letreiro do alfaiate Smythee.

No mesmo instante, ouve passos atrás de si. Volta-se, mas a rua está deserta.

O ruído de passos fica mais forte.

Ele começa a correr.

O ruído o envolve.

Dobra uma esquina e dá de cara com o homenzinho.

Edgar se detém.

— Samuel...

Diante dele, o vulto esconde o rosto sob a capa.

Edgar dá um passo à frente.

— É você?

O homem descobre o rosto e Edgar vê uma máscara.

Caindo de joelhos na rua, ergue os olhos para o homenzinho, sem conseguir afastar os olhos do rosto e da máscara:

— O que é isso?

— Não me reconhece? — guincha a voz sob a máscara de pele.

— Não.

— Sou eu. Evan Olsen.

Edgar examina a máscara. A pele decomposta é enrugada, amarela e cinzenta. Há duas aberturas circulares no lugar dos olhos. Os lábios sumiram, mas ele reconhece o bigode louro de Evan Olsen.

Ajoelhado na rua, Edgar se contorce de rir.

— Você não me mete medo, meu velho... não tenho medo, não...

Através da máscara, Samuel o fuzila com o olhar.

Edgar não consegue parar de rir.

— É o fim... acabou... você não tem nada a ver comigo... máscara!

Esconde o rosto nas mãos, às gargalhadas.

Ao olhar por entre os dedos, o homenzinho da máscara se foi.

Edgar entra na alfaiataria, consciente de que Samuel nada mais tem a ver com ele.

Já que terá roupas novas, oferecerá a si mesmo uma bebida nova e forte. Bem que está precisando!

Uma hora mais tarde, Poe encontra-se no bar Gunner's Hall, usando uma roupa que não é a sua. Está tão bêbado que não consegue responder às perguntas que lhe fazem.

— Como vai, sr. Poe? — pergunta um homem que entra em seu campo de visão. O rosto não lhe é desconhecido, mas ele não recorda o nome.

— Em plena forma — responde Edgar.

— Lembra-se de mim? — insiste o interlocutor.

Edgar sacode a cabeça. Olha-o nos olhos.

— Joseph Evans Snodgrass — diz o homem.

Edgar assente com a cabeça. As pupilas do homem são amarelas, ele reconhece o brilho nos olhos da aranha diante da janela.

— Snodgrass — repete o homem, enquanto Edgar meneia a cabeça. — Sou redator em Baltimore, publiquei vários contos seus.

Edgar sorri sem compreender.

— O senhor precisa de socorro imediato — sussurra Snodgrass.

Edgar sorri.

— Sim, talvez.

Snodgrass se afasta por um momento e volta com um homem de sobretudo cinza antracite. Os dois o erguem e o levam para um fiacre, onde o acompanham até o Washington Medical College, um hospital de cinco andares numa colina que domina a cidade.

Enquanto o transportam, Edgar sente seu corpo relaxar e se afundar.

Um jovem médico, o dr. John Moran, o examina, mas Edgar está inconsciente e não o escuta dizer que leu seus poemas e contos e que adoraria conversar sobre eles. Edgar está pálido, o corpo encharcado de suor. Ao cabo de umas horas de sono profundo, desperta com um sobressalto e põe-se a tremer.

Olha fixamente o teto e fala sozinho. Passa da tranquilidade à cólera, do desânimo à resignação.

— Câimbras extraordinárias, fortes beliscões no fígado — murmura. O olhar vagueia pelo quarto como se percorresse o interior do seu corpo com a visão neutra e analítica de um médico. — O sangue uiva nas veias, a máquina inteira está formidavelmente envenenada, os lábios tremem e a pele se arrepia...

O monólogo continua, depois ele adormece, fica imóvel por uns minutos até que seu corpo seja sacudido por espasmos, como sob descarga elétrica.

No decorrer da noite, as coisas se embaralham de novo. Ele já não distingue o sono da vigília, os sonhos se misturam com a realidade do hospital numa barafunda amarga. Cada vez que abre os olhos tem alucinações: um padre com um ridículo buquê na mão, uma bela mãe com um garfo saindo da bochecha, uma aranha com aparência humana e um pequeno palhaço que se esconde no armário, debaixo da cama.

— Onde está você? — grita Edgar, olhando furiosamente ao redor e além da cortina. Mas ninguém além dele consegue ver o pequeno palhaço. Por que ele não se mostra? O que quer?

— Impostor! — grita. — Covarde!

Seu primo, Neilson Poe, vem ao hospital, mas não pode vê-lo, pois seu estado é péssimo. No dia seguinte, o paciente está um pouco melhor e o dr. Moran começa a lhe perguntar de onde vem, onde esteve, porém Edgar não tem certeza de coisa alguma.

— Tenho uma esposa carinhosa em Richmond — diz.

— Qual é o nome dela, *sir*?

— Não me lembro.

O médico põe a mão em sua testa.

— Como se sente, sr. Poe?

— Afundando. Mas tudo bem.

— Ah, isso vai passar — o médico tranquiliza-o. — Em breve estará de volta com os seus amigos.

Edgar replica em tom levemente irônico:

— Amigos? Não conte com isso, doutor.

Assim que o médico sai, Edgar descobre que o palhaço está deitado a seu lado. Ele o conhece: é o aborto com cara de velho.

— Não tenha medo — murmura Samuel.

— Não tenho medo de você.

— Não seja malvado. Não o ajudei sempre? — choraminga o outro.

O quarto está escuro. Os médicos circulam pelo corredor como sombras sonâmbulas.

— Não. Você nunca me ajudou — responde Edgar em tom calmo. — Você sempre agiu contra mim, seu verme maldito. Não sei o que você fez. Alguma coisa abominável, sem dúvida. Mas seja o que for, nada tem a ver comigo.

— Patrão... patrão... — lamuria-se Samuel.

— Não sou seu patrão.

— Eu fiz as suas histórias se tornarem... reais — diz o monstrengo, cheio de pena de si mesmo.

Edgar ri, se engasga, quase sufoca no próprio riso.

— Você me diz isso? Elas já eram reais quando as escrevi. Você tentou torná-las irreais... foi isso que você fez. Um equívoco nojento: essa foi toda a sua contribuição. Entendeu? E logo tudo isso será esquecido. Em breve as pessoas lerão Edgar Allan Poe e pensarão na beleza. Foi um remédio.

— Remédio?

— Você não entende. Nunca entendeu nada.

— Fiz por você.

— Você não tem nada a ver comigo. Nem eu com você. Não compartilhamos coisa alguma. O que eu escrevi nada tem a ver com os seus atos. Você não passa de uma fraude... de um imitador.

— Eu queria acordar as pessoas, *sar*.

— Ah, não diga mais nada! Por favor, vá embora. Vá se esconder num armário ou debaixo de uma cama. Pule da janela. Faça o que quiser. As coisas são como são. Nunca quis mudar coisa alguma. Quis somente escrever o que via e pensava.

— *Sar*, foi você quem me deu as ideias.

— Não quero ter nada a ver com as suas ideias.

Samuel senta-se na beirada da cama, imóvel. Edgar murmura:

— Qual o seu nome verdadeiro? Sempre quis saber.

— Samuel Jeremy Reynolds.

— Reynolds?

— É.

— Vá à polícia, sr. Reynolds. Conte-lhes tudo o que fez.

O corpo inteiro de Edgar recomeça a tremer. Samuel pega um copo d'água e o pressiona contra os lábios dele. Edgar cospe, não quer beber a água envenenada de Samuel. Mas o homenzinho segura-lhe a cabeça com firmeza e empurra o copo contra os lábios secos.

— As moléculas atraem-se entre si como irmãs — diz Samuel, derramando um pouco de água sobre a boca fechada.

— Não tenho irmão, Reynolds — diz Edgar, cuspindo. — Ele morreu há muitos anos. Tenho uma irmã viva... chama-se Rosie.

— Você tem um irmão, mas não sabe.

— Do que está falando?

— Uma espécie de irmão.

— Quem?

— Minha mãe se deitou com um branco.

— Quem é você?

— Seu irmão. Filho do sr. Allan. Ele se deitou com minha mãe.

Edgar suspira.

— Então você é o bastardo de John Allan?

— Antes de morrer, ele me deixou dinheiro em testamento, aí eu entendi. Foi por isso que ele nos levou, mamãe e eu, de volta a Richmond. Ele achou que devia isso a ela.

— John Allan não era meu pai.

— Era o único.

— Você não passa de um verme. Eu não tenho pai.

— Logo estará como novo. Não tenha medo.

— Não tenho medo — sussurra Edgar, com a sensação de que suas palavras se embrulham.

Samuel lhe acaricia o rosto, como se tal gesto aliviasse algo. Edgar tenta morder a mão do pequeno palhaço. Uma pedra vermelha cintila num dos dedos de Samuel. Edgar olha para ela fixamente.

— De onde você tirou esse anel? — sussurra.

Samuel desata a chorar.

— Peguei do sr. Allan.

— Ah, seu imbecil, ladrãozinho imbecil...

— Perdoe-me, patrão... por não ter conseguido... deixá-lo orgulhoso.

Aperta-se contra ele, mas Edgar o repele e diz com um sopro de voz:

— Não me chame de patrão.

E fecha os olhos.

Voltando ao quarto de Edgar, o dr. Moran encontra-o num estado lastimável.

Ele grita, chamando alguém que não consegue enxergar:

— Reynolds!

Várias vezes:

— Reynolds!

Sua cabeça recai sobre o travesseiro.

— Deus tenha piedade da minha pobre alma — sorri ele, horrorizado. Então se cala.

Poe
As Horas

~

Ele não respira mais, não tem pulso, o coração parou de bater. Não consegue se mexer, mas os sentidos estão inusitadamente ativos — olfato e paladar misturam-se numa percepção anormal, exacerbada. Quando o jovem médico inclina-se sobre o leito e toca em sua testa, Edgar sente um aroma fugaz e imagina flores de cores ao mesmo tempo banais e celestiais.

A sensação da mão do médico em sua testa não desaparece quando o outro sai do quarto, mas irriga o seu corpo como um benfazejo afluxo sanguíneo. Só tem um pensamento: não sente dor nem remorso. A voz do médico soa como a cadência de um movimento musical, a chuva que bate na vidraça faz o seu corpo vibrar de deleite. Então isto é a morte que causa tanta angústia nas pessoas!

No hospital, envolvem-no num lençol, colocam-no num caixão e o levam ao cemitério. Vultos o carregam chapinhando no solo lamacento, descem o caixão para o túmulo, cobrem-no de terra e desaparecem.

A luz foi embora. Uma vaga inquietação o invade. O breu fica mais espesso e o oprime no fundo do caixão. Seu peso é enorme.

Nada se move. Por muito, muito tempo, ele repousa na escuridão e acaba por se integrar a ela com imensa doçura. Ela não o oprime mais e o peso de antes desaparece completamente.

Dos seus sentidos emerge um novo, um sentido perfeito que o enche de bem-estar. Dentro dele há um movimento de ida e volta, como uma luz oscilando sobre uma superfície. Ele é isso agora. A experiência da luz e do movimento o inunda de satisfação, pois lhe parece infinita e imutável.

Enquanto ele se funde lentamente nesse novo estado, compreende que este não lhe pertence, não está nele, mas ele é quem está nesse estado, que Sissy também, assim como as flores que viu quando o médico se debruçou sobre. E novamente tem a sensação de adormecer e ser despertado por uma luz vinda de uma janela que o sobressalta. Porém, o que o desperta nada tem de ameaçador. É o amor eterno.

A consciência de ser torna-se cada vez mais difusa e é substituída por outra, cada vez mais nítida, de pertencer. Não conhece mais que o tempo e o espaço. Faz parte de um todo; está com eles e com ela. Para quem não é, para quem não tem forma, para quem não tem pensamento, para quem não tem sensação, para quem não tem alma e não faz parte da matéria; para tudo que é nada, para toda essa imortalidade, o túmulo é, afinal de contas, uma casa, e as horas corrosivas, suas amigas.

IV
Baltimore – Nova York, 1849-57

Para muitos, a obra de Poe representa todos os males, perversões e crimes imagináveis. E para alguns, Poe é pouco diferente de um criminoso comum.

MARIE BONAPARTE

POE

O *funeral*

Baltimore, 8 de outubro de 1849

O dia está horrível, chove, venta e nuvens escuras redemoinham sobre o cemitério. Diante da janela da sacristia, o pastor Clemm estremece: a quem vai enterrar nesse dia tão lúgubre? Um escritor, é isso? Um tal sr. Poo ou Poe. Muito bem, pensa, é só fazer o discurso de sempre e ler um pouco do Eclesiastes. Em seguida, abre o guarda-chuva e sai sob a tormenta.

Ao pisar na erva suja, ouve o assobio de um trem. Volta-se e vislumbra a coluna de fumaça revoluteando sobre o caminho e fundindo-se com as nuvens instáveis, depois se dirige à quadra das sepulturas novas.

A esposa do dr. Moran traz uma mortalha e ajuda a arrumar o cadáver. As mãos são colocadas ao lado do corpo, os cachos negros arranjados com cuidado sobre a fronte. Ela alisa as sobrancelhas com a ponta dos dedos, contempla a boca: o defunto parece estranhamente satisfeito.

— A aparência dele é mais natural que nunca — murmura alguém do cortejo.

O corpo é transportado numa carroça do hospital Washington Medical College ao pequeno cemitério presbiteriano na esquina das ruas Fayette e Greene. É um cemitério simples, com fileiras de sepulturas militares. Sem mais cerimônia, o caixão é colocado no túmulo 27, não muito distante do general Poe e do seu irmão, William Henry Leonard Poe.

O sepultamento é feito às pressas.

Estão presentes o pastor, Neilson Poe, Joseph Evans Snodgrass, Henry Hierring e um jurista de Baltimore que estudou com o falecido.

No meio do sermão, o vento ergue o hábito do pastor, envolvendo-o. Com um gesto irritado, ele recoloca o traje em seu lugar. Segura a Bíblia com uma das mãos e o hábito com a outra. Seu rosto está molhado de chuva, assim como a Bíblia.

A cerimônia não dura mais que uns minutos. Sob a chuva grossa, o pastor Clemm encurta o seu sermão.

Mais tarde, no mesmo dia, Horace Greely, editor-chefe do *New York Tribune*, pede a Rufus Griswold para escrever o necrológio de Edgar Allan Poe. Griswold escreve-o rapidamente, como se estivesse aguardando a morte do escritor, e assina como Ludwig, o nome do imprevisível rei da Baviera.

GRISWOLD

Necrológio

New York Tribune, 9 de outubro de 1849

Edgar Allan Poe está morto. Faleceu em Baltimore há dois dias. A notícia da sua morte surpreenderá muitos leitores, mas poucos a lamentarão. O escritor era conhecido em todo o país, pessoalmente ou de reputação: tinha leitores na Inglaterra e no continente europeu, mas poucos amigos, ou nenhum. A tristeza provocada por seu falecimento se deverá ao fato de que, com ele, a literatura perdeu um de seus astros mais brilhantes, embora também um dos mais imprevisíveis.

Tinha opiniões muito peculiares sobre as inúmeras complexidades da sociedade, e as relações sociais eram, para ele, imposturas. Essa convicção influenciava a sua natureza ao mesmo tempo astuta e pouco amistosa. Conquanto julgasse a sociedade um aglomerado de criminosos, seu intelecto aguçado não dispunha da qualidade que lhe teria permitido lidar com a vilania, e os estados de espírito hostis que ela lhe causava tornavam-no incapaz de vivenciar a honestidade.

Em muitos aspectos, assemelhava-se a Francis Vivian, do *Caxtons*, romance de Bulwer-Lytton:

Sua natureza apaixonada abrigava sentimentos funestos que são um obstáculo para a felicidade. Se alguém o contradizia, era de imediato colocado em seu lugar, e se alguém mencionava a prosperidade, ele era presa de um ciúme devorador, chegando a empalidecer. As admiráveis virtudes naturais desse rapaz — sua beleza, sua vivacidade e a audácia que fluía dele como um desejo ardente — transformavam a confiança inveterada que ele tinha em si próprio numa arrogância insuportável para a maioria das pessoas, substituindo nelas a admiração bem merecida pelo preconceito contra ele. Era irritável, invejoso e desagradável, mas isso não era o pior, pois estes traços proeminentes eram dissimulados sob um cinismo revoltante e ele se desafogava de suas paixões por meio de expressões desdenhosas. Parecia desprovido de moral e — o que era ainda mais surpreendente numa personalidade tão arrogante — do menor orgulho. Alimentava a um ponto extremo a necessidade de elevar-se que vulgarmente chamamos de ambição, mas nenhuma preocupação de conquistar a estima dos seus semelhantes. Nele somente havia o desejo indisfarçável de obter sucesso, não para brilhar ou servir, mas para poder dar-se o direito de desprezar um mundo que irritava a sua presunção.[30]

Ludwig

---

30 *The Caxstons*, do barão Edward Bulwer-Lytton. Tradução do trecho citado: Eliana Sabino. (N. da T.)

SAMUEL

Sétima carta ao patrão

Esta carta foi encontrada numa igreja de Nova York, no outono de 1857. No envelope encontrava-se, além da carta, um anel de pedra vermelha com as bordas desgastadas.

Quando saí do hospital fiquei doente as nuvens desceram na frente dos meus olhos meus músculos incharam. Desabei na calçada defronte ao hospital Washington Medical College. Rastejei para mais longe. A chuva me envolvia. Um fiacre deixou as marcas das rodas na lama escuridão na rua chuva dentro dos olhos eu não sabia mais onde estava comparado com a cela isso que chamam o mundo era caótico e complexo.

Um policial me pegou e eles me prenderam disseram que eu estava bêbado. Fiquei deitado no chão sem conseguir me mexer durante dias eu estava convencido de que ia morrer e que o anjo vindo do mundo novo logo viria até a minha cela para me arrancar os dentes e fazer de mim outra pessoa.

Meu irmão estava morto. Eu jazia no chão frio. Um raio de luz passava sobre as minhas costas e o meu pescoço de longe eu ouvia a chuva que turbilhonava nas ruas. O piso contra o meu rosto a língua contra os dentes a pele fria como pedra.

Você estava morto e eu chorava e pensava na nossa última conversa no hospital. Não o compreendo irmão não sei como depois de tudo que aconteceu você pode dizer que eu não entendi. Só quero que compreenda que tudo foi feito com a melhor intenção.

Está me ouvindo? Pode me ouvir? Por que não me responde? Com quem falarei? Se eu entendi tudo errado de que adianta falar?

Não digo nada.

Quando os guardas entraram na cela eu não me mexi e fiquei calado enquanto eles me arrastavam e calado enquanto me socavam os rins e enfiavam a minha cabeça dentro d'água até meus pulmões quase explodirem. Finalmente abri os olhos.

Sabemos quem você é disse o policial mais velho enquanto o mais novo me segurava.

Sabemos o que você fez. Pode confessar.

Eu me limitei a balançar a cabeça.

Já tinha tomado a minha decisão não disse nada a eles.

Fui levado para o tribunal com correntes nos pés.

O juiz olhou para mim com uma careta de espanto e repulsa.

Ao meu lado havia dois sujeitos de Baltimore com costeletas e olhos injetados.

Qual o papel do baixinho perguntou o juiz.

Ele não confessou não disse uma palavra.

Eu olhava para os dois grandões.

Eles se olharam e começaram a explicar o meu papel na fraude eleitoral.

Disseram que eu era o líder.

Eu era o cérebro disseram.

Na véspera da eleição fomos pegar pessoas em quem batemos ou ameaçamos ou ainda embebedamos e depois as levamos ao local de votação e as obrigamos a votar no nosso candidato explicou o sujeito mais alto olhando ao redor. Segui o olhar dele e vi o homem sentado perto da porta com um chapéu não vi o rosto dele.

Isso é antidemocrático disse o promotor.

Fiquei calado.

Tem alguma coisa a dizer em sua defesa?

Olhei para o homem perto da porta agora ele levantou a cabeça e olhou para mim. Era o sr. Rufus Griswold. Era como se ele olhasse para os homens no banco dos réus através de mim tinha um sorriso nos lábios depois se levantou e se esgueirou para fora da sala.

Uma hora depois eu fui sentenciado.

Já estou há sete anos na prisão em Baltimore.

A única coisa que me atormenta aqui é a ideia de lhe ter feito mal patrão e que você não me entende. Eu deveria trabalhar para a sua celebridade. A minha tarefa não está concluída.

Há um homem em Nova York escrevendo coisas que dão uma imagem lastimável da sua missão e da minha.

Enquanto estou aqui o sr. Griswold está arruinando a sua reputação. O horror da prisão não é a cela ou o frio ou a comida ou as surras o mais insuportável é pensar que dia após dia ele destrói a sua obra e não há nada que eu possa fazer para impedir.

Fui autorizado a ter livros na cela. Tornei a ler os seus contos.

> Há certos temas cujo interesse é fascinante, mas cujo horror é demasiado para servir aos desígnios de uma literatura que possamos qualificar de autêntica. Esses temas, o simples narrador deve evitá-los, sob pena de ofender ou provocar repulsa. Só se pode falar deles apropriadamente quando a verdade severa e grandiosa os santifica e sustenta.

Foi você quem escreveu isto em "O sepultamento prematuro".[31]

Eu sou uma verdade severa e grandiosa.

Um dia fui trancado dentro de uma caixa num buraco na terra. De vez em quando penso que ainda estou lá embaixo que não me deixaram sair. O carcereiro me esqueceu quando a mulher dele morreu. Dia após dia eu me transformava. Não na pele nem nos cabelos mas na consciência.

Minha pele não escureceu mas era sempre noite nos meus olhos.

O tempo se interrompe quando leio o seu conto.

> Há momentos em que, mesmo aos olhos sábios da razão, o mundo da nossa triste humanidade pode tomar a aparência de um inferno, mas a imaginação do homem não é Caratis para explorar impunemente todas as suas cavernas. Ah, não podemos julgar que a horrenda legião dos terrores sepulcrais seja pura invenção do espírito, mas, como os demônios em cuja companhia Afrasiab desceu o Oxus, é preciso que continuem adormecidos ou então nos devorarão. Não devemos perturbar seu sono, ou seremos liquidados.

Nas trevas escuto a sua voz.

Escuto-a melhor desde que você morreu.

Você está ao meu lado e sussurra.

Eu me aconchego sob a sua palavra profética.

Meus últimos meses na prisão foram os mais felizes de todos. Deitado em meu catre sonho com a minha última grande missão salvar as suas palavras das garras do falsificador.

Não tenho medo estou ébrio de amor pelo medo.

---

31 *"The premature burial"*. Tradução dos dois trechos citados: Eliana Sabino. (N. da T.)

Começo a temer o dia em que serei libertado e não poderei mais ficar aqui a sonhar. Constantemente caminho pela cela imaginando Rufus Griswold. Não sei por que ele me dá medo mas algo em seu semblante me inquieta.

※

Termino esta carta em Nova York.

Quando os guardas foram me buscar meu corpo não estava em paz.

Fiquei na rua de Baltimore com tamanha saudade da minha cela que fui tomado pela vontade de voltar e confessar alguma coisa que fiz há muito tempo.

Quando cheguei a Nova York chovia tanto que as ruas se transformaram em rios.

Depois de alguns dias encontrei o apartamento de Rufus Griswold na Quarta Avenida. Ao vê-lo percebi que já não sentia rancor e sim uma espécie de afeto. Ele foi o seu pior inimigo mas eu só sentia carinho por ele. Pensei: será que Griswold está a serviço do patrão as pessoas se lembrariam de você sem ele?

Você sabia desde o princípio que seria assim?

Durante muitos meses espionei Rufus Griswold ele se tornou um velho de cinquenta e dois anos. Meus passos o cercaram mas ele não me viu.

Patrão em breve será o fim para nós.

GRISWOLD

O visitante

*Seguramente, há na janela
alguma coisa que sussurra. Abramos.*
E. A. POE, "O corvo"

No fim da tarde, após terminar a revisão do capítulo inicial de *Washington, uma biografia*, Rufus deixa a mesa de trabalho e se dirige ao dormitório para descansar a vista. A cama geme sob o seu peso quando ele se deita. Respira profundamente, tentando ignorar a dor que se espalha dos pulmões ao peito inteiro, sequelas da tuberculose.

Da cama, escuta as vozes de Emily e Harriet na cozinha: falam sobre o Maine. Harriet diz que vai deixá-lo e voltar para lá. Há uma ponta de amargura na tagarelice da sua esposa. A culpa é dele. Ele estragou tudo. Esteve ocupado demais escrevendo, defendendo-se, atacando, pondo as coisas no devido lugar. Seria um erro parar agora. Os pretensos amigos de Poe zombariam dele e o transformariam num personagem irreconhecível, uma espécie de criminoso.

No início ele achava graça naqueles apelidos, hoje lhe soam ameaçadores: "Arrufo Gris Vô", "Rufião", etc. A contragosto tentou imaginar o personagem pintado por seus inimigos, um embusteiro hábil e cuidadoso. Pelo visto, o seu necrológio de Poe, as suas memórias, as cartas, estavam cheias de exageros, acusações equívocas, erros intencionais, omissões e mentiras. Todos que o conhecem sabem que ele não consegue viver com tal reputação, que não cessará de escrever, defender-se, contra-atacar.

Deve ter cochilado, pois ao despertar tudo está silencioso no pequeno apartamento.

Sobre a mesinha de cabeceira há um papel. Surpreso, pega-o e lê:

escutai os trenós com sinos:
de prata, os sinos![32]

Larga a folha sem refletir sobre o que vai atormentá-lo até quase perder a razão: a motivação do autor da mensagem. Somente ao se sentar de novo à mesa de trabalho e empunhar a pena é que sente o frio invadir seu corpo.

Nos dias seguintes, nada diz que possa preocupar Harriet. No que se refere ao casal, está tudo decidido: ela voltará ao Maine, para a sua família, ele ficará para completar o seu trabalho.

Não sente coisa alguma quando ela finalmente parte. Passa a noite diante da escrivaninha. Quando amanhece, o ruído de passos ressoa em seus ouvidos.

Há tumulto na cidade. Durante todo o verão duas forças policiais se confrontaram em brigas de rua, seguidos por gangues ilegais, os Dead Rabbits, The Plug Uglies. Nuvens de poeira são erguidas pelas escaramuças, e na rua White, perto do quartel-general da policia metropolitana, ressoam tiros. Correu sangue no Dia da Independência e foi preciso esperar até agosto para que a cidade recuperasse a tranquilidade e os camelôs voltassem a seus pontos. No entanto, até depois do outono as pessoas continuaram a se entreolhar de esguelha, como se uma inquietação permanente houvesse se apoderado de suas fisionomias. Junto à janela do seu apartamento, Rufus observava tudo isso com ponderada indiferença. Era como se nada do que acontecia na rua

---

32 *"The bells"* (Os sinos), poema de E. A. Poe publicado depois da sua morte. Tradução da citação: Margarida Vale de Gato. (N. da T.)

lhe dissesse respeito. Há anos sentia-se apático e desinteressado. Seu interesse foi desperto ao encontrar o poema.

Todas as manhãs encontra sobre a mesa de cabeceira uma estrofe de Poe. À medida que lê, cresce a convicção de que não se trata de brincadeira nem de uma vingança sórdida e mesquinha de alguém que ele prejudicou.

As estrofes são escolhidas com cuidado, mas escritas em caligrafia grosseira num pedaço de papel, de um jeito que teria enfurecido o poeta. Certa manhã, em meados de agosto, encontrou esta estrofe na cama, ao seu lado:

GRAÇAS AOS CÉUS, HÁ-DE
A CRISE ESTAR ACABADA,
A LONGA ENFERMIDADE
REDUZIDA A NADA
E A FEBRE CHAMADA "VIVER"
TOTALMENTE CURADA.[33]

Perscruta ao redor, busca o olhar de um estranho, imagina que há alguém escondido no apartamento, na escada ou na rua. Após alguns dias, começa a pensar nesses poemas, embora não no texto em si, que conhece bem. O que ele rumina, à noite, em sua mente é: como um poema pode dizer tão pouco?

"Os sinos", de onde o autor do bilhete extraiu a primeira citação, é um poema totalmente sem significado: "Nas tintibulações do ritmo — propaladas dos balidos dos chocalhos desses sinos sinos sinos".[34] São as sonoridades e o ritmo que criam o poema, mas ele nada significa.

---

[33] *"For Annie"* (Para Annie), poema de Poe para Nancy Richmond, que, ao enviuvar, mudou seu nome oficialmente para Annie. Tradução do trecho citado: Paulo Schmidt. (N. da T.)

[34] *"The bells"* (Os sinos). Tradução do poema: Margarida Vale de Gato. (N. da T.)

A música está na palavra "sinos", e isso revigora Rufus, como se ele tivesse escapado de algo.

Ao relembrar as desgraças que se abateram sobre ele — a morte de Caroline, a tuberculose, seus relacionamentos amorosos grotescos e o encontro com Poe, o acidente de trem que quase matou sua filha e o incêndio que a desfigurou, deixando-a irreconhecível —, começa a entender a ideia de Poe sobre o "efeito". Poe explicou como a disposição dos elementos de um poema faz nascer no leitor a sensação de *dénouement*, de desenlace. A música constante dos sinos, a repetição da palavra — sinos sinos sinos sinos — esvaziam o poema de sensações ruins, substituindo-as por uma espécie de harmonia.

Relê o poema mais uma vez.

Agora distingue outra coisa entre os versos, algo coagulado, petrificado.

> Esses que dobrando, dobrando, dobrando
> A monótona canção
> Se orgulham de estar rolando
> Uma pedra sobre o coração
> Homem ou mulher não são jamais...
> Nem feras são...
> São os carniçais!

Demorando-se no último verso, percebe que não havia entendido aquele poema e que o texto o manipulara, arrastando-o para onde não queria ir. Pousa o livro sobre a escrivaninha. Um logro, esse poema. Agora entende o que significa: os carniçais, ou "ghouls", são ladrões de cadáveres, demônios que devoram cadáveres.

O ritmo constante dos sinos e sua melodia tranquilizadora giram em torno dos mortos, das suas sepulturas, nomes, lembranças, história. O repicar dos sinos, som dourado na noite. Seu timbre monótono. Rolando assim uma pedra sobre o coração. Ao cair no choro, não consegue mais parar. A palavra tirou-lhe o fôlego. Ele desliza da cadeira e desaba no chão. O que ele é, afinal? Um ladrão de cadáveres, uma efígie de pedra. Um homem que devora outros homens.

De gatinhas afasta-se da mesa de trabalho, para longe de tudo que já escreveu, para longe de Poe. Quer deitar-se. Está no fim de suas forças, não tem outro desejo além de fechar os olhos e mergulhar na escuridão.

Deitado, porém, não consegue dormir, sente como se as cobertas tentassem fugir dele. Levanta-se e põe-se a andar de um lado para outro. Não suporta mais ficar no apartamento, precisa sair, dar um passeio noturno para acalmar o espírito.

No momento em que vai abrir a porta, vê o desenho.

Está pregado do lado de dentro da porta, com uma tachinha. Rufus fica vários minutos parado, à luz da lamparina, contemplando o desenho do seu próprio rosto. É uma cópia fiel de um retrato publicado no *Graham's Magazine*. Ele o amarrota e joga longe.

Uma vez no patamar, percebe que a porta do apartamento em frente ao seu está entreaberta. Ele respira fundo. Olha em volta. Ninguém. A janela do apartamento vizinho encontra-se aberta, o vento balança as cortinas. Há um vulto estendido no chão, ele distingue um par de sapatos. Dirige-se à porta com hesitação e a empurra.

O desenho do seu rosto está pregado à testa de um velho de pernas compridas. O sangue empapou o retrato, manchando-o. Os traços estão deformados, sujos e irreconhecíveis. O corpo de Rufus ficou rígido de frio. Ele não passa da soleira, não se inclina para retirar o desenho. Abandona o corpo e se vai cambaleando pelo corredor.

Descendo tropegamente a escada, controla a vertigem e sai para a rua. Precisa sair, quer ir à igreja, refugiar-se na penumbra, fechar os olhos e se recuperar na casa de Deus.

Por um instante sente-se forte e resoluto, mas então toma consciência de todas as pessoas ao redor, dos olhares que o examinam e o perseguem. Escuta o ruído de passos; estão por toda parte, cada vez mais próximos. Quanto mais avança pela Broadway, mais nítidos eles soam. Varre a rua com o olhar, sem saber o que busca, mas nada encontra. Então desata a correr, a despeito das dores atrozes nos pés. Empurra as pessoas, atravessa uma rua diante de um fiacre e segue o seu caminho em grandes passadas.

Quer fugir.

Finalmente empurra as portas da igreja, entra, avança pela nave e acha um lugar contra a parede.

Ao descobrir Reynolds embaixo do banco à sua frente, sente que o seu coração vai parar de bater. Sobressaltado, põe-se em pé, tenta fugir, tropeça na sua capa e cai no chão. Quando abre os olhos, vê o rosto do monstrengo em cima do seu.

— Você quis destruir o patrão! — gane Reynolds.

Então, inclinando-se sobre Rufus, sussurra-lhe ao ouvido:

— Mas você é que foi destruído.

Atordoado, Rufus encara o homenzinho. Fecha os olhos e então compreende: todos os seus esforços para destruir a reputação de Poe só fizeram com que a fama do escritor alcançasse alturas inimagináveis.

Sim, a sua fama imunda continuará a crescer e encobrirá o nome de Rufus Griswold, fazendo dele um bandido, ao passo que Poe será um personagem heroico, um escritor respeitado e procurado. Todo o trabalho de Rufus terá sido em vão, e, ainda pior, esse trabalho selou o seu destino. Todas as horas e anos passados à mesa de trabalho serviram apenas para a sua própria ruína.

Ele mesmo fez de Rufus Griswold um bandido e de Edgar Allan Poe um modelo. Agora é tarde demais. Ele já está esquecido, apagado por uma maré nauseabunda, enquanto Poe...

Poe continuará a brilhar.